三岛由纪夫

晓寺

刘光宇 徐秉洁 译

重庆出版集团 重庆出版社

图书在版编目（CIP）数据

晓寺 /（日）三岛由纪夫著；刘光宇，徐秉洁译. -- 重庆：重庆出版社，2015.6
ISBN 978-7-229-09692-2

Ⅰ.①晓… Ⅱ.①三… ②刘… ③徐… Ⅲ.①长篇小说—日本—现代 Ⅳ.①I313.45

中国版本图书馆CIP数据核字（2015）第076540号

晓寺
XIAO SI

[日]三岛由纪夫 著
刘光宇 徐秉洁 译

策　　　划：	华章同人
出版监制：	陈建军
策划编辑：	游晓青
责任编辑：	王春霞
责任印制：	杨　宁
营销编辑：	刘　菲
装帧设计：	周伟伟

重庆出版集团
重庆出版社 出版
（重庆市南岸区南滨路162号1幢）

投稿邮箱：bjhztr@vip.163.com

北京联兴盛业印刷股份有限公司　印刷
重庆出版集团图书发行有限公司　发行
邮购电话：010-85869375/76转810

重庆出版社天猫旗舰店
cqcbs.tmall.com

全国新华书店经销

开本：850mm×1168mm　1/32　印张：10.5　字数：218千
2015年6月第1版　2022年10月第6次印刷
定价：49.00元

如有印装质量问题，请致电023-61520678

版权所有，侵权必究

第一部

一

曼谷正是雨季。空气中总是含着细雨，即便是烈日炎炎，也时有雨丝飘舞。但那苍穹，必定显露一抹晴明；有时乌云蔽日，而浓云之外的天际光辉灿烂。每当骤雨欲来，天空一派昏黑，狰狞可怖。沉沉的乌云，笼罩着处处有翠绿椰树点缀其间的低矮街巷。

说起曼谷这名称，起初是在阿瑜陀耶王朝时代，由于这里橄榄树茂盛，所以叫作曼（城）谷（橄榄），古名又称"天使之都"。海拔不足两米的城市，交通全靠运河。虽说是运河，其实是取土筑路时，挖掘之处便形成河川。盖房子取土，则形成池塘。如此形成的池塘，自然而然地与河川相通，于是所谓运河四通八达，一条条通往那万水之源——在阳光照耀下，映现出与当地人肤色相同的茶褐色的湄南河。

市中心，有附带阳台的三层欧式建筑。在外国人侨居地，两三层的砖房也不少见。为改修道路，当地最美最富特色的街树，东一片西一片地被砍倒，柏油路已部分完工。残留的一行行合欢树遮住烈日,厚厚地覆盖在道路之上,形成黑纱一般的树荫。晒蔫了的树叶,雷雨过后突然复苏,生机勃勃地挺起叶梢。

街头的繁盛,令人想起中国南方的某个城市。敞篷双座的三轮车,往来如穿梭。时而有来自斑卡披附近水田的人,牵着背上落有乌鸦的水牛走过。皮肤锃亮的患有麻风病的乞丐,像是黑油油的脏东西一般,待在黑暗的角落。男孩子们光着身子跑来跑去,女孩子腿根上穿着蛇腹似的金属制裙裤。早市售卖罕见的水果和鲜花。华人街金店的门口,像帘子似的悬挂着一排排灿烂夺目的纯金锁。

但是,每当夜晚,曼谷市街唯见月光和繁星。除了自行发电的旅馆,只有那些装备多功能变压器的富贵人家像过节一般发出亮光。多数人家使用煤油灯或者蜡烛。沿河屋檐低矮的民居,都是在佛座上点一支蜡烛来度过夜晚,唯有铺竹席的地板尽头那佛像的金箔隐约可见。佛像前,燃着土黄色的粗线香。对岸人家映在河面上摇曳的烛光,时而被过往的舟影遮断。

去年,昭和十五周年,暹罗改国号为泰国。

曼谷被称为"东方威尼斯",实则两个城市从外观上而言,结构和规模均不可比。究其原因,其一,二者均凭借无数运河进行水上交通;其二,二者皆寺院众多。曼谷的寺院,约七百座。

耸立于绿荫之上的全是佛塔。最先迎来晨曦,最后送走夕阳。丽日当空之时,色彩瞬息万变。

拉玛五世朱拉隆功大帝在十九世纪修建的大理石寺院,虽然规模较小,却是最新颖最华丽的寺院。

当今拉玛八世阿南塔·玛希敦陛下，昭和十年十一岁时即位，不久去瑞士洛桑留学。而今十七岁，仍在那里勤学不已。在他留学期间，銮披汶总理独揽大权，只是形式上有摄政府咨询。摄政二人，第一摄政阿奇特·阿帕殿下徒有其名，第二摄政布里底·帕侬姆约掌握着摄政府的实权。

无所事事而又崇佛甚笃的阿奇特·阿帕殿下，时常参拜各地寺院。一天傍晚，他传旨要去大理石寺院。

寺院位于佛统路合欢树夹岸的小河边。

一对石马守卫着的大理石寺门上，古代高棉式冠饰犹如白色的火焰的结晶，锈迹斑斑的大门敞开着。由寺门直抵正殿的石板路两侧，翠绿的草坪里，有一对古代爪哇式的亭式小阁。草坪中剪成圆形的灌木枝头开着花，小阁檐下脚踏火焰的白狮子似在跳跃。

正殿前，印度大理石白圆柱和拱卫着石柱的一对石狮子，以及欧式低石栏和大理石壁面，耀眼地映现出夕阳的余晖。但所有这些，只不过是为烘托有许多金色和朱红花纹的一幅纯白的画布。尖拱形的一扇扇窗户，内侧的铁丹色历历可见，窗边四周装饰着金色的火焰。殿前的白圆柱，金灿灿的圣蛇盘踞在柱头上。一层层朱红琉璃瓦飞檐，周围镶着一排排翘首的金蛇。在重檐的各个尖端，金蛇鸱尾宛如踢向天空的女鞋尖尖后跟，竞相向天空神经质地跃起。这比比皆是的黄金，比在山墙上游戏的鸽子的白色更加显眼，可在热带的日光下，这种金色反倒黯然失色。

但是，成群的白鸽突然受惊飞起，飞向那渐趋暗淡的天际，鸽群的羽毛简直变成了煤烟般的黑色。这寺院到处装饰着匠心独运的金色火焰，鸽子就像那些火焰冒出的煤烟。

庭院中的数棵椰树，好像受惊了似的呆然伫立着。这"树的喷泉"状若弓形，向天空喷射几股碧绿的飞沫。

植物、动物、金属、石头以及铁丹颜色，在阳光中混淆、融合、跃动着。连守卫殿门的一对大白狮子，那大理石的鬃毛，也恍如一朵向日葵。那葵花籽似的牙齿，满满地并列在猛然大张着的口中。狮子的脸，就像是发怒的白色葵花。

阿奇特·阿帕殿下乘坐的劳斯莱斯轿车抵达门前。身着红制服的少年军乐队，早已在草坪两侧的小阁旁列坐，鼓起褐色的双颊吹奏乐器。擦得锃亮的圆号筒上，映出他们身上红制服的小小影子。在热带的阳光下，这是最相宜的乐器了。

白上衣红腰带的听差跟从着，在殿下头顶撑起草绿色的阳伞。殿下身着佩戴着勋章的白军服，在捧着布施的蓝腰带的侍从和十名近卫兵的护卫下步入寺中。

殿下的参拜，按惯例约二十分钟即结束。这期间，人们在草坪上冒着烈日等候。不久，大殿里响起中国胡琴声，夹杂着铜钟声。此时持伞听差扛着顶端饰有金色佛塔的伞站在门口。四名戴着僧帽式垂颈帽的近卫兵列坐在石阶上。大殿里面虽然看不清，但从阳光耀眼的户外，得见其中烛影摇曳，光线微暗，诵经之声绵绵不绝。拍节加速的伴奏音乐一阵昂扬之后，煞尾的铜钟声一响，乐声戛然而止。

听差张开草绿色的伞，毕恭毕敬地罩在退出的殿下头上，近卫兵们致以捧刀礼。殿下快步走出寺门，又登上劳斯莱斯。

不一会儿，目送其背影的群众散去，军乐队也走了，于是寺院中渐渐呈现出傍晚的宁静。披着鹅黄袈裟、袒露褐色右肩的僧人们去往河边，或读书，或交谈。河中漂流凋零的红花和腐烂的水果，映现出对岸的合欢树林和美丽的晚霞。太阳在寺后西沉，杂草凄迷。不久，只有寺院的大理石圆柱、狮子和夕阳残照下壁面的白色依稀可见。

例如，卧佛寺。

十八世纪末拉玛一世兴建的这座寺院，宝塔和佛堂比比皆是，人们须在其间转来转去地行进。

外面是烈日碧空，但是正殿回廊里巨大的白色圆柱，却像白象的肢体一般肮脏。

宝塔以小陶片装饰，那光滑的釉彩反射着日光。紫色大塔是深蓝色瓷砖镶嵌的多层塔，数不清的画有百花的陶片，在蓝紫色衬地上连缀着黄红白三色花瓣，恰似把一块陶瓷的波斯地毯卷起来，高高地竖立在空中。

其近旁还有草绿色的塔。一只怀有身孕的狗，耷拉着沉甸甸的遍布黑斑的粉红色乳房，在似乎被日光的铁锤打坏的磨损的石阶上跟跟跄跄地走过。

涅槃佛殿里有座巨大的金色卧佛，那丛林般的金色螺发，靠在一个贴着蓝、白、绿、黄各色瓷砖的箱枕上。伸得长长的金腕支着头。在幽暗的佛堂遥远的另一端，金黄的脚踵闪着光辉。

佛的脚掌本身就是一个精巧的螺钿工艺品，在黑地上细分成许多小格，每一块都用彩虹般的璀璨的珍珠，镶成牡丹、贝壳、佛具、岩石、出水芙蓉、舞女、怪鸟、狮子、白象、龙、马、鹤、孔雀、三帆船、虎、凤凰等图案，用以表现佛陀的事迹。

敞开的窗户，有如擦得锃亮的黄铜板，闪光耀眼。菩提树下，有一群身披橘黄色袈裟的袒露褐色右肩的僧人走过。

似乎空气本身得了热病，户外酷热炙人。宝塔之间淤积的池塘中，绿油油的红树垂着千万条气根。鸽子嬉戏的池中小岛上，岩石被涂成蓝色，表面画着巨大的蝴蝶，顶端放置着一座不吉祥的黑色小塔。

又如，以绿宝石主佛而闻名遐迩的护国寺。

这是一座自一七八五年营建以来从未毁坏过的寺院。

雨中，两侧各有一座金塔的大理石台阶上，半女半鸟金像粲然。朱红琉璃瓦和它的碧绿边缘，在明亮的雨丝中更显艳丽。

玛哈曼达帕回廊的墙壁上，尽是蜿蜒的《罗摩衍那》史诗的连环壁画。

壁画各处，风神的光辉的儿子——神猴哈努曼，甚至比有德的罗摩更为活灵活现。拥有素馨花般牙齿的黄金丽人悉多，被可怕的罗刹王拐骗。在历次战斗中，罗摩圆睁着伶俐的双眼奋战着。

在富有中国画风的群山和早期威尼斯画派格调的阴暗的背景前，绘有金碧辉煌的殿宇以及神猴和妖怪的战斗。七彩虹色的神骑着凤凰，在黑暗的山水之上翱翔。金衣人执鞭驯服穿衣跪坐的马。大海里有一条怪鱼突然抬起头来，正要向桥上的军旅扑去。远方是朦朦胧胧的碧蓝的湖泊，神猴拔出宝剑在一个草木繁茂处窥伺着在暗黑的浓荫下悄然行走的金鞍白马。

"曼谷的正式名称是什么,您知道吗?"

"不,不知道。"

"它叫作:克隆古·泰普·普拉·玛哈那空·阿孟·拉塔那科新·玛欣塔拉·希阿尤塔亚·玛富玛·波普·诺帕拉·拉哈塔尼·普里洛穆。"

"什么意思?"

"几乎无法翻译。就像这里一座座寺院的装饰似的,徒然的金煌煌,徒然的烦琐,不过是为装饰而装饰罢了。

"嘿,克隆古·泰普是'首府'的意思。波普·诺帕拉是'九色金刚石',拉哈塔尼是'大都会',普里洛穆是'心地善良',大致是这样的意思。挑选许多夸张的华丽的名词和形容词,只是像项链一般把它们串起来。

"臣下对国王只回答一声'是',这样的事按照这个国家的繁文缛节,要说成:普拉普特·卡·秋拉普·普洛穆坎·赛克拉欧·克拉莫穆。嘿,这只能译为'诚惶诚恐顿首顿首'吧。"

本多深深地倚在藤椅上,虽有兴致却又漫不经心地听着菱川讲话。

此人无所不知,但似乎有污点而且很离奇,像个没落的艺术家。五井物产会社派他做本多的翻译兼向导。年已四十七岁的本多认为,凡事听任于人,尤其是在这酷热的国度,乃是自己对自己的谦让。

本多来到曼谷,是应五井物产之邀。说起来是在日本讲妥买卖,并依据日本的法规订立合同,以后在外国因某些问题和要求而引起争执时，即使在外国法院提出诉讼，也有国际私法方面的问题。况且，外国律师根本不了解日本的法律。在这种情况下，往往从日本请来有权威的律师，向对方律师详细说明日本的法律关系，以便有助于打官司。

今年一月，五井物产向泰国出口十万箱解热剂"卡洛斯"，但其中三万箱药片受潮，变色，失效。明明写着"有效期限内"，却出现上述问题。这种民法上的不法行为，本应按"不履行债务"来处理，但对方却以刑法上的诈骗罪提起诉讼。对于下面的药品公司发生的商品瑕疵，五井物产当然应负《民法》第七百一十五条的"无过失赔偿责任"，但这种国际私法上的纠纷，必须有本多这样的本国的干练律师的协助。

本多被安置在曼谷最好的东方宾馆的一个漂亮房间里。从房间里可以眺望湄南河。天棚上的白色大电扇送着风。但是到了傍晚，还是去河边的庭院，尽情享受河风微微的凉气为宜。本多与来做夜晚向导的菱川一起品尝晚餐前的酒，同时听任菱川东拉西扯。他的手指连拿起一个匙子尚且嫌重，如此慵懒，而与菱川谈话，简直比拿这镀金的匙子还要沉重。

太阳向对岸的晓寺那边冉冉下沉。巨大的晚霞，映衬着二三座高塔的侧影，随心所欲地狠狠抓住了平坦的吞武里密林景致上面的广大空间。此时，绿色的密林像棉絮一般吸足了光线，于是映现出纯正的翠绿色。舢板来去，乌鸦成群，蔷薇色的肮脏河水凝滞不动。

"一切艺术都是晚霞。"菱川说。他习惯地在陈述一种说法时略一停顿，观察听者的反应。本多觉得，这短暂的沉默，比他的饶舌更为讨厌。

他的脸，像泰国人一样被晒得黝黑，与泰国人不同的是干瘪憔悴。迎着河对岸落日的余晖，菱川反复地说：

"艺术这东西，就是巨大的晚霞，是一个时代所有美好事物的燔祭。长期延续下来的白昼的理性，也被晚霞无意义的色彩的浪费所糟蹋。被认为永远持续的历史，也突然感到末日来临。美，挡在人们眼前，把人世间的一切作为变成徒劳。目睹那晚霞的辉煌，目睹火烧云疯狂的奔逸，'更美好的未来'之类的呓语也立刻黯然失色。眼前的现实就是一切，空气里充满了色彩的毒素。什么开始了呢？什么也没有开始，只有完结。

"那里什么本质的东西也没有。的确，夜有本质。那是宇宙的本质，是死和无机的存在。白昼也有本质，人世间的一切均属于白昼。

"所谓晚霞的本质是根本没有的。它只是游戏，是一切形态、光和色的无目的的然而严肃的游戏。请看，那紫色的云。大自然极少有紫色的色彩盛宴。晚霞是对一切左右相称的蔑视；这种对于秩序的破坏，是与对更根本的东西的破坏息息相关的。如果把白昼的悠悠白云比作道德的高尚，那么道德是可以着色的吗？

"艺术比任何事物都更早地预见、准备并且亲身实现每个时代的最大的末世观。在那里，对于美食与美酒、美形与美衣以及但凡那个时代的人所能想到的奢侈的研究已到了瓜熟蒂落的程度。这一切都期待着形式，期待着在短暂的时间里劫掠席卷一切人世间生活的形式。那不正是晚霞吗？而这是为了什么呢？其实，毫无目的。

"最微妙的东西，最为细枝末节的神经质的美的判断（我所指的是那一朵橙黄色云彩的边缘那难以名状的芳醇的曲线），与广阔天空的普遍性相关联。内里深处的东西生机勃勃地显露出来，并与表面性相结合的正是晚霞。

"即晚霞在表现，表现是晚霞的唯一机能。

"人们的一点点羞耻、喜悦、愤怒、不快，变成天空那般规模的东西。人类从来看不见的内脏的色彩，靠这大手术满天展现而表面化。最细微的温柔和殷勤，与世界苦[1]相结合，结果苦恼本身变成刹那间的快慰。人们在白昼死抱着的无数小理论，被卷入天空的感情大爆发和壮丽的感情放纵之中。人们看透了一切体系的无效。总之，它被表现出来了……持续十几分钟……而后即告结束。

"晚霞是迅速的，带有飞翔的性质。晚霞往往是这个世界的翅膀啊。就像只在为采蜜而振翅时才闪现出虹彩的蜂翼一样，世界闪现出它的飞翔的可能性，晚霞之下的物象全都在陶醉和恍惚之中飞来飞去……而后坠地死亡。"

本多一边漫不经心地听着菱川的谈话，一边眺望着，对岸地平线上留下一抹微光，天空暮色苍茫。

一切艺术都是晚霞？而那边是晓寺！

昨天一大早，本多雇船到对岸去，拜访了晓寺。

恰好日出，这是去往晓寺的最理想的时刻。四周依然微暗，

---

[1] 世界苦：佛学术语。

只有塔尖沐浴着晨晖。前方的吞武里密林中，百鸟齐鸣。

来到近旁，只见此塔处处镶嵌着描红画绿的中国盘子。此塔由栏杆分成几层，第一层栏杆是茶褐色，第二层是绿色，第三层是蓝紫色。镶嵌的无数盘子仿照花朵，或以黄色小盘子作为花蕊，四周以盘子堆成花瓣。或以彩色盘子作为花瓣，配上淡紫色的扣过来的酒杯当成的花蕊，这些花瓣一直延续到高空。叶子全是瓦片。塔顶有几头白象向四方垂着鼻子。

塔的重叠感和重复感几乎令人窒息。充满色彩与光辉的高度层层累积而上，越向塔顶越细，仿佛是多重的梦从头上压下来似的。陡立的台阶的垂直面，也布满了花纹，每层都用浮雕的人面鸟支撑着。一层一层，尽管被多重的梦、多重的期待、多重的祈愿压毁，仍然不断地累积，向天空徐徐逼近，形成一座绚丽多彩的宝塔。

那千百个盘子变成千百个小镜面，敏捷地捕捉着湄南河对岸射来的晨光，巨大的螺钿工艺品喧闹地闪耀着光辉。

这座塔长期以来一直以其色彩起着晨钟的作用。那是响彻天宇与拂晓的和谐的色彩。它的构造使它拥有与拂晓同等的气势、同等的分量、同等的破裂感。

在映照湄南河红土色的可怕的黄褐色朝霞中，这座塔投下光辉的倒影，仿佛预告沉闷炎热的一天又开始了……

"寺院已经看得够多了吧。今天晚上带您去有趣的地方。"菱川对茫然地眺望着暮色笼罩的晓寺的本多说，"卧佛寺、护国寺您已经看过了。在大理石寺院，正赶上摄政参拜。昨天早晨又去参观了晓寺。要是着了迷,那是无止境的。看了这些,足够了吧。"

"是啊。"本多含糊地回答。因为这妨碍了他的沉思,令他讨厌。

此时本多在想那久未翻过的清显的《梦的日记》。那是为在无聊的旅途中重读而放在提包里面的。自从来到这里,由于炎热和慵懒而没有重读。但是从前阅读时,一个梦境中的热带情调的艳丽色彩依然记忆犹新。

本来繁忙的本多,肯于到泰国旅行,并非只为工作。通过清显,他认识了两位暹罗王子。对于月光公主的那一次爱情的悲剧结局以及失窃的绿宝石戒指,他在多愁善感的年龄,详尽地进行了旁观。正是由于局限于旁观的地位,自己的发现就更犀利,所以那幅记忆模糊的图画,终于更牢固更顽强地在画框中保留下来。自己迟早一定要去访问一次暹罗,这个决心是久已有之了。

但是,另一方面,四十七岁的本多不知不觉地染上了一种习性,对内心轻微的感动也要警惕,遇事马上能嗅出其中的欺骗或夸张。本多回想:"那是自己最后的热情了!"就是为营救确知是清显转世的勋而弃职时的那种热情……而且他亲身体验到"救济他人"这种观念的彻底失败。

自从不相信能够救济他人以后,他作为一个律师,反而成为能人。丧失热情之后,在救济他人当中,接连取得成功。民事也罢,刑事也罢,若不是富裕的委托人,则不予受理。因此,本多的家业,比他父亲那一代更为兴旺。

穷律师摆着一副代表社会正义的面孔，其实是沽名钓誉，这种人可笑已极。对于法律的救助人的限度，本多深有体会。说真的，雇不起律师的人也就没有犯法的资格，然而许多人却是错误地出于需要或者由于愚蠢而犯了法。

偶尔也有这种想法：把法律这种规范加于广大的人性，在人所想到的玩笑当中，再也没有比这更傲慢的了。如果犯罪往往是由于需要或愚蠢而产生的，那么可以说，成为法的基础的社会习俗也是如此吧。

在以勋之死告终的"昭和神风连事件"之后，接连发生类似的事件。借着昭和十一年二月二十六日发生的"二二六事件"，才结束了国内的骚乱。但其后开始的"七七事变"已过去五年之久，仍不得解决。而且日、德、意三国同盟刺激了列强，人们纷纷议论有发生日美战争的危险。

但是本多对时代的推移、政治的纠纷、战争的迫近已不抱任何兴趣，已麻木不仁了。在他的内心深处，有什么崩溃了。时代的动荡像骤雨一般，"唰唰"的雨滴淋到难以数计的每个人头上，何止千遭万遍地淋湿每块命运的小石子。本多知道，没有任何力量能够阻止它。但是，任何命运的结局是否都是悲惨的，并不清楚。历史的进行，总是一边不负某些人的愿望，一边又违背另一些人的愿望。即使多么悲惨的未来，也是不会辜负一切人的愿望的。

虽说如此，可是还不能认为本多已变成了一个虚无而又性格阴郁的人。莫如说，较之过去，他快活了，甚至爽朗了。当审判官时的字斟句酌，像在草席上脚擦地蹑足行走似的讲话方式有所改变。衣服的喜好也随便了，也可以换穿有锯齿形格子的怪上衣了。他既诙谐，又豁达，只是来到这炎热的国度之后，变得轻易不开玩笑了。

他的容貌与年龄相符，似乎显出厚墩墩的分量。青年人那种简洁明了的线条已经消失，以前像洗晒过的棉布那样的皮肤，现在增添了缎子般不无奢侈的庄重。本多知道自己过去绝非英俊青年，所以觉得这般不透明的年龄的外表也还不错。

而且本多现在较之青年人，更为确实地拥有未来。青年人动辄喋喋不休地谈论未来，只不过是因为他们尚未拥有未来。"有所失才有所得"，这正是青年人所不晓得的秘诀。

正如清显未能左右时代一样，本多也未能左右时代。与从前在感情的战场上死去的清显的那个时代不同，又一次迫近的是青年们需在真正的行为的战场上赴死的时代。其先驱，便是勋的死。就是说，转生的两个青年，各自战死在两个不同的战场。

至于本多，他没有任何死的迹象。他既不热烈地希求死，也不躲避突如其来的死。但是现在，忽然在这热带地方，整天被倾盆而降的灼热火箭照射。本多觉得，这遍地草木葱茏、欣欣向荣的景象，一如死的辉煌的繁茂。

"从前，啊，大约二十七八年前，两位暹罗王子在日本留学的时候，有一段时间，我同他们特别亲密。其中一位是拉玛六世的弟弟帕塔纳迪特殿下，另一位是他的表兄弟、拉玛四世的孙子库利沙达殿下。他们两位近况如何？到了曼谷之后，很想见见他们。不过，我觉得人家谅必忘记了，不请自去恐怕有点……"

"为什么不早说？"无所不知的菱川，像抱怨本多见外似的说，"任何事情只要问我，我马上会给你适当的答案。"

"那么，能见到两位王子吗？"

"这可是办不到的。他们两位是拉玛八世陛下最信赖的伯父，已随从陛下到瑞士的洛桑去了。主要的王族，几乎都去了瑞士，宫殿是空的。"

"那真遗憾。"

"不过，还有唯一的一个可能，或许能见到帕塔纳迪特殿下的一位亲人。说来也怪，殿下最小的公主，是刚满7岁的孩子，由侍女们侍候着，只一个人留在曼谷，怪可怜的，像幽禁一般关在叫作蔷薇宫的小宫殿里。"

"那是为什么呢？"

"因为她被人认为精神有些不正常，如果带到外国去，会给王室带来耻辱。据说这位公主自从懂事以后就说，自己其实不是泰王室的公主，而是日本人的转世，自己真正的故乡是日本。无论谁说什么，她也不肯让步。如果谁稍加否定，她就又哭又闹，所以侍女们都维护着她这种幻想，把她养大。谒见公主是件很难的事。但是，先生有那一层关系，如果话说得得当，总会有办法的。"

二

本多听了这一番话，不想立刻去看望那位可怜的失常的小公主。

本多想，蔷薇宫像一个金灿灿的美丽小寺院，她在那里，这是很明确的。犹如寺院不会飞走一样，公主也不会飞走。可以想见，在这个国度，疯狂谅必像建筑一样，又像永远持续的单调的金色舞蹈一样，极尽华美而无完结。过几天，如果愿意去，再申请谒见亦无妨。

这种拖延，恐怕一半是因为热带环境下的无精打采，一半是由于与世无争的年龄的关系。本多的头发已见斑白，眼睛也该花了，幸亏从小就是轻度近视，尚未使用老花镜。

在本多这样的年龄，遇事能用已经掌握的若干法则之一作为尺度来衡量。天灾地变另当别论，历史上的事件，不管看来是如何突如其来，其实是事先长久地逡巡，可以说就像是一位姑娘在接受爱情以前那种兴味索然的样子。既能立即满足自己的心愿，又以自己所希望的速度接近实现的事情，必有赝品的气味，所以要使自己的行动符合历史的法则，对一切事物抱着无所谓的态度，乃是首要的。追求的东西，一无所获，意愿完全化为泡影，这样的例子，本多见得太多了。不求而得的，反倒求而不得。就连那似乎完全由自己的希望和意志来决定的自杀，勋为了完美地实现它，尚且不得不在狱中等了一年之久。

但是，回想起勋的暗杀和自杀，待到"二二六事件"的星斗阑干之夜，可以说他是扮演了先驱者……洁净的太白星。的确，这些人期盼着黎明，但他们造就的却是夜晚。而且今天，时代总算脱离了夜晚，处在不安的闷热的早晨，但这正是他们当中的任何人从未梦想过的早晨。

日、德、意三国同盟，触怒了一部分日本主义者和法国狂、英国狂，但是，崇拜西洋、崇拜欧洲的大多数人，甚至旧式的亚细亚主义者们却对它表示欢迎。不是与希特勒，而是与日耳曼森林结婚，不是与墨索里尼而是与罗马的万神殿结婚。它是日耳曼神话、罗马神话与《古事记》之间的同盟，是具有阳刚之美的东西方异教的诸神之间的深交。

本多当然并不信服这种浪漫的偏见，但是显然时代正在热衷于某件事情，正在做着某种梦，甚至令人战栗。因此，本多离开东京来到这里之后，突然间的休息和闲暇反倒引起了疲劳，闭门闷居，心里一味地回想过去，自己也无法遏止。

很久以前，与当时十九岁的清显交谈时，他曾主张"人的意志，从本质上讲，是一种同历史发展具有关联的意志"。这种观念，本多至今没有放弃。但是，十九岁的青年，对自己的性格怀有的本能的畏惧，在有的情况下会成为极其正确的预见。

当时，本多一面这样主张，一面对自己天生的意志和性格表示了绝望，这种绝望与日俱增，终于成为本多的痼疾。但他的性格，却并未因此而稍有改变。他想起了从前在月修寺住持僧教导下读过的两三本佛教书中，尤其是《成实论》的"三报业品"中最可怕的一句话："行恶见乐，因恶未熟。"

虽然说在这曼谷受到热情的款待，所见所闻以至饮食，都见到了十足的热带情调的懒散的"乐"，但这并不能证明自己在将近五十年的岁月中并未"行恶"。大概自己的恶，尚未成熟到像从枝头上自然落下的芳醇果实的程度吧。

在信奉小乘佛教的这个国家，南传大藏经的素朴的因果论，与本多年轻时曾铭感于心的《摩奴法典》的因果律混杂在一起。到处可见印度教诸神的奇怪面孔。寺院屋檐上装饰的圣蛇和金翅鸟，将七世纪的印度戏曲《龙喜记》的故事流传下来，而奉养金翅鸟是印度教的毗湿奴神所嘉奖的。

来到此地之后，本多生就的考究癖又抬头了。他的半生总是背离合理的事物，其机缘在于转生的神秘。那么，小乘佛教是怎样解释的呢？他对此怀有兴趣。

根据学者的说法，印度的宗教哲学，划分为如下六个时期。

第一期是梨俱吠陀时代。

第二期是祭坛哲学时代。

第三期是奥义书哲学时代，即是自公元前八世纪至公元前五世纪，以"梵我一体"为理想的自我哲学时代。轮回思想在这一时期开始明显地出现，这是与"业"的思想相结合而产生了因果律，与"我"的思想结合而形成了体系。

第四期是诸学派分立时代。

第五期是自公元前三世纪至公元一世纪的小乘佛教完成时代。

第六期是其后持续了五百年的大乘佛教兴隆时代。

问题在于第五期。本多久已喜好的《摩奴法典》，正是在这一时期集大成的。本多对于它把轮回转生记入法的条文，感到惊讶。但是，同样的"业"思想，佛教以后的"业"思想，与奥义书的"业"思想截然不同。区别在哪里呢？在于"我"被否定。可以说，佛教的本质正在于此。

佛教区别于异教的三个特色之一，即所谓"诸法无我印"。佛教倡导无我，否定被认为是生命的中心主体的"我"，进而否定了"我"在来世的存续——灵魂。佛教否认灵魂。如果生物没有叫作灵魂的中心实体，那么无生物也是没有的。不，世间万物都没有固有的实体，就像无骨的海蜇一样。

但是，这里出现的难题是，如果死后一切归于无，那么因恶业堕恶趣，因善业升善趣的究竟是什么呢？若是无"我"，那么轮回转生的主体究竟是什么呢？

佛教否定的"我"的思想与佛教传承下来的"业"的思想互相矛盾，尽管各派分立论争不已，但终于没有得到条理清晰、合乎逻辑的归结，可以认为这就是小乘佛教的三百年的历史。

这个问题要结出完美的哲学成果，有待于大乘的唯识。但到了小乘经量部，便确立了"种子熏习"的概念。它是说，如同香水的香味熏染衣服一样，善、恶业的积习残存在意志之中，使意志带上性格的色彩，赋予这种性格的力量便成为导致结果的原因。这种学说形成了后来的唯识的先导。

到现在，本多思忖，暹罗的两个王子常开的笑口和忧郁的目光里含有什么呢？那是在这金灿灿的寺院和花果之乡，在令人懒散的阳光照耀下，仍然一心一意地崇尚佛教笃信轮回，而且回避严整的合乎逻辑的体系——这种黄金般沉重的怠惰和树下微风飘拂的精神。

库利沙达殿下姑且不论，英明的帕塔纳迪特殿下，有着惊人的敏锐的哲学家的头脑。尽管如此，感情却十分强烈，冲走了他那穷理的精神。较之殿下的任何话语，本多至今记忆犹新的是，接到月光公主的噩耗，在夏日终南别墅草坪的椅子上失神的姿态。他的褐色的胳膊，从白漆椅子的扶手垂下。靠在肩头的脸是否失色虽不清楚，但微启的口中露出光洁的皓齿。

殿下那修长优雅的褐色手指，或许生来就是巧于爱抚的。它耷拉着，几乎要碰到夏日的绿草坪。那种样子令人感到好像是为其爱抚的对象殉死似的，五个指头一齐在转瞬间死去了。

尽管如此，本多恐怕王子们对日本的回忆，即或随着时间的流逝而增加怀念，也绝不会是美好的。王子们之所以心绪不佳，想必是由于孤独、语言不通、习俗不同，由于被盗，还由于月光公主的死吧。但是，最终使王子无法理解的是那盛气凌人的"剑道部精神"。它不仅使本多、清显那样的普通青年陷于孤立，而且使白桦派的自由的人道主义的青年们陷于孤立。最糟糕的是王子们自己大概也朦胧地觉察到，王子的朋友——"真正的日本"是稀少的，而王子的敌人——"浓厚的日本"比比皆是。那狷介的日本，像一位身披铠甲的青年武士一般趾高气扬，又像少年般易受创伤的日本，与其被人嘲笑莫如先自挑战，与其被人蔑视莫如先自赴死。勋与清显不同，正是生活在这样的世界的核心，并且相信灵魂。

年近半百的本多，从年龄中得到的一点，可以说是已经不受一切偏见的束缚。自己当过权威，所以不受权威的束缚；自己曾是理智的化身，所以也不受理智的束缚。

过去的大正初期的"剑道部精神"，是熏陶了整整一个时代的精神。尽管本多一次也没参与其中，但也曾受到它的熏染，所以至今本多回忆起自己的青春时代，也甘愿自己同样受到它的熏陶。

至于把它更加醇化、追究到底的勋的世界，本多并没有与其共度青春，只是从外表瞥见而已。但是，看到年青的日本精神在那么孤立的状况下战斗而自取灭亡的情形，不能不领悟到，"自己所以能够生存下来，完全是靠西方的力量，外来思想的力量"。固有的思想，置人于死地。

如欲生存，不能像勋那样恪守纯洁；不能自绝所有退路，拒绝一切。

勋的死，迫使本多省察什么是"纯粹的日本"。除了否定一切，甚至否定现实的日本和日本人，除了这种最难以活下去的生活方式，归根结底，除了在杀人之后自杀，难道就真的没有与"日本"共生存的道路吗？人们都害怕说出这些，而勋难道不是舍身证明这一点的吗？

想起来，民族最纯粹的因素，一定有血腥气，一定有野蛮的影子。与不顾世界上动物保护者的非难而保存斗牛国技的西班牙不同，日本在明治的文明开化运动中，曾试图扫除一切"蛮风"。其结果，民族最生动最纯粹的灵魂隐藏于地下，在时常的喷火中发挥其凶暴的力量，使人越来越忌讳和恐惧。

无论以多么可怕的面目出现，它本来是洁白的灵魂。来到泰国这样的国家一看，祖国文物的纯洁、简朴、单纯，甚至河底小石子都历历可数的河水的澄澈，神道仪式的清明，等等，愈发在本多眼前熠熠生辉。但是，本多并没有与这些风物共处，像大多数日本人一样，他无视它们，仿佛它们并不存在，甚至是用躲避它们的办法而生存下来的。此外还有简劲素朴的最本质的东西，那白绢，那纯洁的清水，那微风拂动的洁白的纸条[1]，那神社牌坊所隔开的单纯的空间，那海面的岩石，那群山，那大海，那日本刀，其光辉，其纯粹，其锐利……本多始终是躲避这些而生活过来的。不仅本多，那些大部分欧化了的日本人，也忍受不了这强烈的日本元素了。

但是，信奉灵魂的勋一旦升天，而又无疑是善因善果，转生为人进入轮回，那究竟是怎么回事呢？

如此设想也不无根据。决然赴死时的勋，是不是悄悄得到了"另一个人生"的暗示？人若生活得极其纯粹、彻底，就会自然而然地预感到还有另一个人生的存在吧。

在这酷暑之中，本多只要想起这些，便感到宛如清水滴额一般，日本神社的影像便浮上心头。在拾级而上的参拜者眼中，那牌坊分明是围绕前殿的框架；而在参拜后归去者的眼中，它

---

[1] 神前所饰木神枝或稻草绳上的纸条。

却是仅仅装满碧空的画框。一件东西把庄严的神殿和如洗的碧空互为表里地完全包容了，多么不可思议！那牌坊的形式，恰似勋的精神。

至少勋是活在一个最高的、美丽的、简朴的神社牌坊般明确的框框里。因此，在这个框框里，不可避免地装满蓝天。

不管在勋临死的时候，他的心离佛教多么远，本多认为，上述的那种关联，正暗示着日本人与佛教的关联，就像是用白绸子漉网滤过的湄南河的浊水一样。

在听菱川讲月光公主的那天深夜，本多在旅馆的房间，从旅行包里翻出了紫色包袱皮包着的清显的《梦的日记》。

这本日记，由于反反复复翻阅，以致装订线折断，是本多亲自笨手笨脚地细心补缀的。仓促写下的清显的年轻字迹跃然纸上，但是三十年前的墨迹已变成暗黑色。

是啊，正如本多所记得的那样，把暹罗王子们迎入宅第之后不久，清显做了一个色彩鲜明的暹罗的梦，并将它记录了下来。

清显"头戴镶满宝石的尖顶金冠"，坐在皇宫的漂亮椅子上，附近有一处荒芜的庭园。

由此可见，在梦中，清显成了暹罗的王族。

许多孔雀栖于房梁上，落下白粪。清显正把王子的绿宝石戒指戴在自己的手指上。

那绿宝石中浮现出一个"娇小可爱的女人的面影"。

这正是尚未谋面的发疯的幼小公主的脸。它映在戒指的绿宝石中，想必是低着头的清显自身的脸映在那里。因此，公主是清显，而且是勋的转生，这已是毋庸置疑的了。

把暹罗王子们迎入府中，听到其祖国光辉灿烂的故事，无论是谁都自然会有这番梦境。本多根据屡次的经验，不能不相信清显的梦的应验。

显然，一旦越过不合理，以后道路便豁然通畅。况且勋不敢谈及，本多也终于不得而知，但是勋在狱中的漫漫长夜，或许梦见过热带的女子。

菱川依然勤恳地照料旅居的本多。由于发现泰方的过失，诉讼事件在本多的协助下，也得以顺利进行。

根据英美法律的泰国民商法第四百七十三条规定，关于商品的瑕疵，在下列情形下，卖方可以不负责任：

1．买方在交易时已知道商品的瑕疵，或者在通常情况下人们如果不是疏忽大意，即可发现商品瑕疵。

2．提交时瑕疵明显，或者买方无保留地领取货物。

3．商品在公共拍卖中售出。

据调查，本多认为泰方似乎犯有合乎1项或2项条款的过失。如果搜集证据攻其弱点，看情况，或许对方有可能撤诉。

五井物产当然高兴，而本多也觉得事情告一段落，就可以请菱川办理谒见公主的手续。

虽然如此，还是讨厌菱川。

本多有生以来从未想过与艺术家打交道，事实上也从未和他们交往过，但尤其没料到会在这遥远的国度与没落的艺术家相处。

更糟的是，菱川照料人地生疏的过客，不仅无微不至有求必应，而且在这前门难进的国度，他是熟谙所有后门的难得的带路人。当然，他本人也觉得自己是无可厚非的向导。

虽然不知道菱川究竟写过什么样的作品，但他却有着无可救药的艺术家派头。他靠给人做向导谋生，内心却轻视自己陪同的这些"俗物"。这种态度显而易见，因此本多也乐于把自己装成菱川心目中描绘的"俗物"。在菱川面前，本多主动谈起留在日本的妻子和母亲，谈起因为没有孩子觉得遗憾，如此等等。当他看到菱川深表怜悯的反应时，又觉得很有趣。

实际上本多认为，较之清显和勋一生所显示的未成熟美，艺术和艺术家显露出的不成熟，特别是被他们作为职业本质的不成熟，简直奇丑无比。他们哪怕是活到八十岁，也要拖着这丑东西走，就像明明拖的是块尿布，还非拿它当招牌。

更难对付的是那些冒牌艺术家，他们趾高气扬，又言行卑贱，散发着懒汉特有的臭气。本来是寄人篱下的那种懒散，却被菱川装成热带情调的豪华贵族的懒散。在餐厅选菜时他总先说句"反正是五井物产付钱"，然后必定要那摆阔的昂贵葡萄酒。菱川的这种做法令本多感到不快。本多并不太喜欢葡萄酒。

本多虽然实在是不愿为这种人辩护，但考虑到自己身为被邀请的客人，出于礼貌，也确实不便要求另换他人。

在法院的候审室或者晚餐席上，每次那肥胖的分店经理问到"菱川还行吧"，本多都有苦难言地支吾着答道，"嗯，干得还可以"。但分店经理好像只满足于这表面的答复，并不深究话外之音，本多对此也无可奈何。

密林上部被烈日照射着，而地面的潮湿草丛，眼看着就变成了腐殖土。这个国度微妙的人际关系也是如此。菱川熟悉这种人际关系。他就像只敏捷强健的绿头苍蝇一样能迅速地嗅到腐败的气味，这是他谋生的本事。说不定他也曾在分店经理的盘子里舔食过残羹剩饭呢。

"早上好。"每早听惯了的菱川的声音从话筒传来，唤醒了睡梦中的本多。"打扰您休息了吧？真对不起。那些宫廷官员让人等多久都不在乎，对谒见者的时间要求却严格得很，为防万一，我就提前一点儿来了，您放心，还有时间呢，您刮刮胡子什么的吧，还来得及。啊？早饭吗？不……不……请不必费心……不过说实话，我还真没吃呢，不过不吃也不碍事啊。啊？到您的房间一起吃？那可不好意思，真的过意不去。不过既然您这么说，我就不客气了，到您房间去吧。要不要我再等五分钟？或者十分钟？好在您不是女士，我就不客气了。"

菱川嘴里客套着，可实际上已经不止一次地在东方宾馆纯英国式的丰盛奢华的早餐桌上做陪客了。

不一会儿工夫，整整齐齐地穿着白夏布西装的菱川，用巴拿马帽呼扇呼扇地在胸前扇着走了进来。他当当正正地站到慵懒地旋转着的白色大电扇下，还穿着睡衣的本多朝他问道：

"噢，先请赐教，免得以后忘记。对公主怎么称呼？海纳斯，可以吗？"

"不对。"菱川断然答道，"这位公主是帕塔纳迪特殿下的女儿，帕塔纳迪特殿下是庶出王弟，所以称号是普拉恩·加欧，用英语称呼则是罗亚尔·海纳斯。他女儿的称号是蒙·加欧，所以英语的称呼必须是希林·海纳斯[1]……这些事您尽管放心。有我在，万无一失。"

早晨的暑气，已经肆无忌惮地侵入房间。离开汗湿的床铺入浴时，皮肤开始感觉到了清晨。这在本多是难得的感官体验。不通过理智绝不接触外界的本多，在这里一切都通过皮肤来感觉。自己的皮肤有时被热带植物的浓绿、合欢树的红花、寺院的金碧辉煌、突如其来的蓝晶晶的闪电染上颜色，而通过这些才开始体验到接触了什么。这种体验是无比新奇的。暖和的骤雨，微温的水浴。外界是色彩丰盈的流体，自己好像终日浸泡在这流体的浴池里。居住在日本的本多，怎能想象到这番情景呢？

等候早餐时，菱川迈着洋人似的步子在房间里踱来踱去。他看了看墙上俗气的风景画，鼻子轻蔑地一哼。又低下头百无聊赖地瞧着脚下的皮鞋，一副自命不凡的样子。那黑皮鞋擦得锃亮，鞋帮映着地毯的花纹，"这家伙当艺术家，我当俗物"。本多对这出戏已经开始厌倦了。

突然，菱川猛一转身，从兜里掏出个紫天鹅绒的小盒，递给本多。

"不要忘了这个。请先生直接交给公主。"

"这是什么？"

"是贡品。不会见两手空空的客人，是泰王室的习惯。"

打开一看，里面是枚漂亮的珍珠戒指。

"真是的，我怎么没想到要带礼物呢。太叫您费心了。这要

---

[1] 意为尊贵的殿下。

多少钱？"

"那个……不要钱。是我让五井物产为先生买的谒见必需品。反正是分店经理从日本人那里压价买来的，您不必介意。"

本多马上明白无须在这里问价钱。不该为私用而给五井物产添麻烦，日后一定要向分店经理付钱。菱川很可能多报了价钱，但也只好佯装不知，还钱了事。

"那么，我就承蒙厚意吧。"本多站起身来，把小盒装在要穿的上衣兜里，又若无其事地问道，"可是，公主的名字叫什么呢？"

"江特拉帕公主。据说是帕塔纳迪特殿下把以前死去的未婚妻的名字作为小女儿的名字。江特拉帕是'月光'的意思，不过，又与英语的'疯子'相通，可真是……"菱川得意扬扬地说。

三

去蔷薇宫途中，本多看见车窗外模仿希特勒青年团，身着土黄色制服的少年们列队行进。菱川在身旁唠唠叨叨地说，实际现在街上已经很少听到美国爵士乐了，大概銮披汶总理的国粹主义运动开始见效了吧。

但是，在本多的眼中，这种变化在日本已是习以为常的事情。就像酒渐渐变成醋，牛奶慢慢变成酸乳酪，某些放久了的东西达到饱和，会由于自然的力量而变质。很长一段时间，人们生活在过度的自由与肉欲中，并因此而不安忧虑。当他初次在未靠酒精入睡的清晨醒来，会感到格外清爽，会自豪地发现自己需要的是清水而非他物……人们开始品味这种新的快乐，这些东西要把人们带向何方，本多已知其大概。这是由勋的死而产生的确信。纯粹的事物每每诱发邪恶。

"更南一点，更热……在南国的蔷薇之光里……"

勋死前两天的酒醉呓语，突然在本多耳边响起。八年过去了。自己现在正是为与勋再会而驰向蔷薇宫。

他那欢喜的心，宛如久旱的土地正期待着甘霖。

本多觉得，与自己的这种感情相遇，就是与自己的本质相遇。年轻时，本多往往认为不安、悲哀或者理智的明晰是自己的本质，但其实不然。得知勋切腹时，他并未感到锥心的悲痛，一种徒劳钝重的沉闷情绪瞬时压上心头。随着时间的推移，它又变成了一种期待，期待着与勋的重逢之喜。本多那时就觉察到自己丧失了人的感情。或许自己的本质只属于并非人世间的不寻常的喜悦，因为唯独自己免去了人人难免的离别之苦。

"更南一点，更热……在南国的蔷薇之光里……"

汽车在一座面向草坪的幽雅的门前停下了。菱川先下车，用泰语向卫兵通话，递上名片。

本多在车中望见，用龟甲和箭羽花纹编成的铁格子围墙里边，平坦的草地静静地吸收着强烈的阳光，几株白花黄花错杂的灌木，投下剪得溜圆的影子。

菱川引导本多进入门内。

要说是宫殿则显得太小。这座石板屋顶的小巧二层楼，涂满黄蔷薇色。除了楼旁的大合欢树在墙上投下几团浓密的黑影，满墙的黄土色抑郁地安抚着炎炎烈日。

走近草坪间的甬路时，不见一个人影。磨牙砺爪、垂涎欲滴地向那无形的喜悦走去，这使本多感到自己的脚趾像潜行于密林中的猛兽利爪。是的，他只是为这种喜悦而生的。

蔷薇宫本身仿佛关闭在自己小小的顽固的梦中。既无翼楼亦无伸展部分，像小匣似的结构，更突出了这种印象。一楼全被法式窗户包围着，几乎找不到哪里是入口。施以蔷薇木雕的窗板上部，竖排着黄、蓝、藏青色的龟纹玻璃，中间还镶着近东式的五瓣蔷薇形紫色玻璃的小窗。面向庭院的法式窗户，全都半开着。

二楼百合花格的窗板上，正中凸起、犹如三尊佛像的三扇窗户全开着。两旁刻着蔷薇雕花。

三级石阶上的正门也是同样的法式窗。菱川刚一按铃，本多便急着从紫色玻璃的小窗向内窥视，里面一片深紫色，像不可测的海底。

法式窗户打开了，出现了一位老妇人。本多和菱川脱帽致意。老妇人白发低鼻梁的褐色面孔上，浮现出泰国人特有的和蔼的微笑。但这微笑只是礼节，并没有别的意思。

菱川与老妇人用泰语略作寒暄。看来，谒见的约会并无障碍。

正门里面虽然摆着四五张椅子，其实还算不上门厅。菱川递给老妇人一个小包，老妇人合掌收下，立即推开正中的门扉，把二人带进宽敞的客厅。

上午的户外的酷热，使客厅里略带霉味的凉气也令人感到快意。老妇人请他们坐在金色和朱红相间的狮子腿中国式椅子上。

在等候公主的时候，本多仔细地观察了宫殿的内部。寂静无声的宫里，只能听到低微的苍蝇振翅声。

大厅并不紧靠窗户。四周是支撑着小二楼的拱形柱廊，只是正中的玉座前，由拱洞垂下厚重的帷幔。玉座上面的小二楼正面，悬挂着朱拉隆功大帝的画像。柱廊的科林斯式柱子漆着蓝地，竖沟里涂满金泥。柱头则用近东式的金色蔷薇代替了原来的莨苕叶状装饰。

整个宫殿处处执拗地重复着蔷薇花纹。白边涂金的小二楼栏杆上，排满了透雕的金色蔷薇。由高高的天花板垂下的大枝形吊灯，镶着金色和白色蔷薇花边。再看脚下，绯红的地毯上，织满了蔷薇花纹。

摆在玉座前两侧的是一对大象牙，宛如相拥的一对新月，这是泰国传统的装饰。在光线暗淡的玉座前，擦亮的象牙微微浮起泛黄的白光。

进来之后才知道，只有外面和前庭是法式窗户，朝着后院的窗户虽被柱廊挡着，但从敞开的玻璃窗就能知道那是齐胸高的窗户。微风就是由朝北的窗子吹进来的。

本多正向那边看着，突然一个黑影扑到窗框上，把他吓了一跳。原来是只绿孔雀。孔雀站在窗框上，伸着光滑的金碧色脖子。羽冠形成一幅剪影，像一面纤巧的扇子，在它傲岸的颅顶上舒展着。

"还要让我们等到什么时候？"本多不耐烦地对菱川小声说。

"这是常事，没有别的意思。倒不是说要人久等以示权威。您知道，在这个国家，任何事都不能着急。

"朱拉隆功大帝之子瓦栖拉兀王当政之时，总是游手好闲，昼夜颠倒，清晨回寝室入睡，过午才起来。宫内大臣上朝办公，也是下午四点才来，第二天早晨回家。不过在热带，或许这样才能诸事顺利吧。如果说这里的人们美如鲜果的话，那鲜果可是在慵懒之中才渐至丰美成熟的，怎么可能有勤恳耐劳的鲜果呢？"

菱川在耳边喋喋不休，实在叫人忍无可忍。本多想把耳朵躲远点，可菱川的口臭又穷追不舍地紧逼而来。这时，方才的老妇人又出现了。她双手合十，示意他们注意。

从孔雀站着的窗子传来"叱叱"的声音，好像并不是为公主清道，而是驱逐孔雀。孔雀展翅而起，影子从窗边消失了。本多看见从北侧柱廊走出三位老妇人。她们间隔有序，排成一行。而公主则由领先的老妇人牵着手，另一只手拿着白茉莉花环当玩具。这七岁的月光公主被领到放在象牙前的稍大的中国式椅子时，或许是身份低贱吧，刚才带路的老妇人突然跪下来叩头，额头几乎触地。

为首的老妇人拥着公主坐在当中的中国式椅子上，另两位老妇人并排坐在右侧小椅子上，第三位老妇人紧挨着菱川。方才跪拜的老妇人已经退下。

本多仿效菱川，站起身来深深鞠了个躬，又坐在金红两色的中国式椅子上。看上去，几个老妇人都年近七旬，年幼的公主与其说是被伺候着，不如说是被囚禁着。

公主没有穿老式的"帕侬"。上身是洋式白地绣金罩衫，下身是叫作"帕芯"的泰国花布裙子，很像马来亚的纱笼。脚穿朱红饰金的鞋。头发是本国特有的短发，相传古时女扮男装迎战入侵柬军的柯叻城勇敢少女们就是这种发型。

公主的容貌实在又可爱又聪明，丝毫没有疯癫的样子。黑亮的大眼睛向这边注视着，纤细的秀眉和嘴唇透着英气，又因为留着短发，看起来俨然一位王子，肌肤则是含金的褐色。

虽说是谒见，但公主在接受本多等人的敬礼之后，一边在椅子上摇晃着腿，两手摆弄着白茉莉花环，一边频频地望着本多，向为首的女官低声耳语，女官一句严厉的斥责制止了她。

在菱川的暗示之下，本多从兜里掏出紫天鹅绒小盒，递给第三女官。又经过第二女官、第一女官，才转到公主手中。这个过程花费了很长时间，漫长得使人感到更加闷热了。小盒被第一女官打开查验，小公主也因此失去了亲手打开它、体味那份惊喜的乐趣。

她那可爱的褐色手指冷淡地扔掉花圈，拿起珍珠戒指，蛮有兴趣地端详了一会儿。她在那儿一动不动，看不出是感动还是没感动。这不平常的静止过于长久，以致本多怀疑这是不是公主发疯的先兆。突然公主脸上浮现出水灵灵的微笑，露出小孩子参差不齐的小小白牙。本多这才放下心来。

戒指放回小盒，由第一女官收存。公主这才开始以清楚伶俐的声音说话。像绿蛇在合欢树枝间忽隐忽现地游过来似的，那句话经三位女官的嘴唇传递，最后由菱川做翻译，终于传到本多的耳朵里。原来公主说的是"谢谢"。

"我对泰王室早已深怀敬意，又见殿下对日本有亲近之感，如果您允许的话，我想这次回国后敬赠您日本的布娃娃等玩具，不知您意下如何？"

本多请菱川翻译了这番意思。泰语出自菱川之口还算简略，但随着第三女官传给第二女官，各句的音节越来越多，待到第一女官奏给公主时，变成了莫名其妙的一串长话。

公主的话语也是如此，被一张张满是皱纹的黑嘴唇毫无感情地传达过来。在途中好像把公主原话活泼稚嫩的养分吸了去，吐出来的尽是那镶满假牙的老嘴嚼过的令人讨厌的渣子。

"殿下说，万分高兴地接受本多先生的盛情厚意。"

就在这时，发生了变故。

趁第一女官不备，公主跳下椅子，跑过两米左右的距离，紧紧抱住本多的腿。本多惊恐地站了起来。公主浑身颤抖着抱住本多，边哭边大声喊着什么。本多弯下腰去，双手扶住哭叫着的公主那小小的肩膀。

老女官们不便粗暴地把公主拉开，她们凑在一起，一边注视着这边，一边不安地商量着什么。

"她说什么，赶快翻译！"本多向愣着的菱川喊道。

菱川用高而尖的嗓音翻译过来。

"本多先生！本多先生！我是多么想念您啊！您那样关照我，我却一声不吭地死了。我很想向您道歉。足足等了八年，才盼来今天这次重逢。虽然我现在是一个公主，但其实我是日本人。我的前世是在日本度过的，日本才是我的故乡。请本多先生带我回日本吧。"

女官们好不容易才把公主带回原来的椅子上，重新恢复了谒见的威仪。看着倚着女官哭泣的公主的乌黑头发，本多还在回味留在自己腿上的幼童的温暖气息。

女官说，公主心情不佳，今天的谒见到此为止吧。本多通过菱川，请求准许最后提出两个小问题。

一是："请问，在松枝家的池中岛，松枝清显与我得知月修寺住持僧的到来,是何年何月?"

这个问题传达过去,公主不情愿地半抬起伏在女官膝上满是泪痕的脸,拨开被泪水浸湿的鬓发,不加思索地答道:"一九一二年十月。"

本多暗暗吃惊,但不知公主的心中是否果真像小小工笔画卷似的,原原本本地详细记载着已经逝去的两位前世之人的故事。虽然刚才从她嘴里说出勋向自己道歉的话,但她是否清楚那番话的背景呢?刚才她答出了准确的数字,可是却毫无感情,她只不过是把"画卷"上的数字原封不动地说出来罢了。

于是本多提出第二个问题:"饭沼勋被捕的年、月、日呢?"

公主似乎越来越困倦,但仍流利地答道:"一九三二年十二月一日。"

"到此为止吧。"

看来第一女官是要催促公主立刻离开。

公主突然像弹簧似的抬起身子,穿着鞋站在椅子上,向本多尖声喊着什么。女官低声地劝阻她。公主不停地叫喊着,揪住了劝阻她的女官的头发。听起来公主的话语音调相同,显然是重复着同一句话。这时,第二女官、第三女官跑过去想抓住她的手臂,公主发疯似的号哭起来,高大的宫殿里响着回声。公主从想按住她的老妇人两手中间伸出光润而有弹力的褐色小手,又揪又抓。老妇人们痛得叫着躲开,公主的哭声越来越大。

"怎么回事?"

"公主说,后天去挽巴茵离宫游玩,一定要请本多先生去,而女官却阻止她。这出戏可大有看头!"菱川说。

女官们开始和月光公主商量。公主总算点点头，停止了哭泣。

第一女官一边整理抓乱的衣服，一边喘着粗气，直接对本多说："后天，殿下要去挽巴茵离宫散散心，邀请本多先生和菱川先生一同去游玩，望您务必前去。因为准备在那里吃午饭，所以请于上午九点在蔷薇宫聚齐。"

菱川立即向本多翻译了以这种方式发出的邀请。

在归途的车中，本多正在沉思，菱川却无所顾忌地唠叨起来。这个艺术家派头的家伙，对别人的感情一点儿都不体谅，说明他的神经简直像用旧了的牙刷。当然，如果他认为人与人之间互相关照是"俗物"的特性而不屑为之的话，这么做还可以理解。可是，菱川居然还总是夸耀自己干向导这一行比任何人都细心周到。

"方才先生提出的两个问题真有水平。我不明就里，不过看那情形，是不是您看到小公主见了您格外亲近，觉得像哪位熟人的转世之身一样，所以才提出问题考她呢？我说得没错吧？"

"是的。"本多漫不经心地回答。

"那么，都答对了吗？"

"不。"

"答对了一个？"

"不，很遗憾，两个都不对。"

本多爱搭不理地说了假话，但这种自暴自弃的口吻反而掩饰了谎言。菱川信以为真，哈哈大笑。

"是吗？都错啦？她还煞有介事地说出些年月日呢，没说对可就完了。转世之说缺乏说服力呀。先生您也是，跟试探路边算命的似的，去考那么可爱的公主。人生可没有什么神秘的东西，保留着神秘的只有艺术，因为唯有在艺术中，神秘才成为一种必然。"

这个人竟热衷于合理主义，本多甚为惊讶。车窗映出绯红的影子，仔细一看，原来是条河，从路边树干如焰的猩猩椰子树的中间望去，河堤上有些花红似火的凤凰树。炎热已在那些树梢上奔涌。

本多开始考虑，即使语言不通，有没有办法不让菱川陪同，自己去挽巴茵呢？

四

"恕我不能奉陪那位疯公主。我不同去,您可要受委屈了。那些老女官几乎不懂英语。"

多亏菱川想要本多领情的这种说法,不带菱川同去挽巴茵的计划,反而顺利地实现了。

本多也一反常态地答道:"与其通过麻烦的翻译,不如用半天的时间,把听不懂的泰语当作音乐来欣赏一下呢。"

他希望就此可以断绝与菱川的关系。

这次野游的快乐,本多后来曾不止一次地回忆过。

只有一半的路程通车,之后便换乘宫廷式画舫。画舫在连成一片的水田和河水间穿行。时而有睡完晌觉的水牛,从水田里挺起身子,露出沾满泥的光脊背。通过地势稍高的树林旁边时,河边的树木上有许多松鼠蹿上蹿下,逗得公主很开心。偶尔还能见到小绿蛇抬着脑袋,从这边的低树枝上游到另一根枝上去。

热带丛林中到处耸立着贴满施主们献上的崭新金箔的鲜艳

佛塔。本多知道那些金箔是日本造的，向这里出口了很多。

行船途中，月光公主一直兴致勃勃地欢闹着。只有短暂的一刻，她一动不动地倚在船舷上，凝神注视远方。公主的这一姿态，留在本多的记忆中。对这种事情已经习以为常的女官，毫不介意地大说大笑。但是本多马上发现公主凝视着的是什么了。他觉得这是不可忽视的事情。

那是从地平线涌起的遮住了太阳的大片乌云。太阳已高高升起，要遮住它，乌云必须伸出长大的魔掌。这块乌云只为遮住太阳才拉长了身子。但它遮盖得十分勉强，在青空的上端确实是遮住了太阳，然而这部分云彩却放出灼热的白光，和它总体的不祥的黑色极不协调。不仅如此，由于这块云伸长得过于勉强，以致黑云下方露出破绽，上面的光线从那里奔泻而出，犹如发亮的血从巨大的伤口无休无止地迸流出来一样。

低矮的密林覆盖着遥远的地平线。较近的密林在这迸射而泻的光芒之下，别有洞天地辉耀着美丽的绿色光辉。而较远处的密林，却正在黑云下方，豪雨如注，宛如大雾迷漫一般。雨幕仿佛菌丝般细密地垂下，森严地笼罩着阴暗的森林。目力所及的地平线上，远远望去，只有密林的一部分，笼罩在倾注而下的雨幕里。菌丝般的雨丝在风中飘荡，真切可见。骤雨好像就凝结在那里，被幽闭在那里。

这时，本多立刻明白了小公主所看的是什么。

公主是同时注视着时间和空间。远方骤雨下的空间，本来属于从这里无法看见的未来或过去。置身于眼前晴朗的空间而清楚地看到雨的世界，这是不同时间的共同存在，也是不同空间的共同存在。雨云使她窥见不同的时间，遥远的距离使她窥见不同的空间。可以说，公主是在凝视着这个世界的裂缝。

这时公主粉红湿润的小舌头，一个劲地舔着本多献上的戒指的珍珠（如果女官看见，马上会申斥她吧）。好像她自己要用这一动作，保护这奇迹的显现……

挽巴茵——对本多来说，这是一个难忘的地名。

公主一定要本多牵着她的手。不管女官们怎样皱眉头，本多还是拉着她那汗津津的小手，让旧地重游的公主引路，游览了这所王家园林。他们漫步欣赏了中国式离宫、法国式小亭、文艺复兴式庭园以及阿拉伯式宝塔等等。

特别美丽的是宽阔的人工池塘中心的佛堂，宛如放在水面的精巧工艺品一样。

临水石阶因水涨而被淹没，末端隐于混浊不清的池底。看得见的水中台阶，白色大理石被水苔藓染成绿色，水草也缠绕在上面，又被许多银色的小水泡覆盖了。公主几次想把手和脚伸进去，都被女官制止了。本多听不懂公主说些什么，大概是她把水泡也当成了戒指上的珍珠，非要摘下来，所以和女官们发脾气吧。

本多去劝阻，公主立刻安静下来，与本多一同坐在台阶上，眺望着池中的佛堂。

说起来，其实那不是佛堂，只像是舟游小憩之处。这四面透亮的小阁，略微褪色的橙黄帷幔随风鼓起，帷内露出的只是空无一物的小屋。

小屋周围是很多黑地涂金的细柱子，由那高高的柱子的空隙，能透视池塘对岸的一派葱绿、卷成旋涡的云和阳光灿烂的天空。如果久久注视，觉得像是把帘子竖起来，细分的间隔反倒组成奇异的细长花纹，构成一幅云彩与森林的壮丽外景。而且这小阁的屋顶也极为华丽，精细地砌着青色、黄色、绿色的琉璃瓦，在四层的重檐之上，金光粲然的纤细尖塔直耸蓝天。

不知是观看小阁时那样想的呢，还是以后回想时无意中把月光公主的身姿与那小阁混淆了，本多念念不忘的池中小阁，细长的黑地柱子变成乌木般的肉体，身上佩着繁多的黄金工艺品，头戴尖顶金冠，好像是一位跷脚站立的纤弱舞女。

五

在语言不通，又没有特意尝试过沟通意志的地方，所发生过的一切被移入记忆，无须任何加工，就能原封不动地变成美丽小巧的连环画，装嵌到几个尺寸相同的饰金画框里。在那儿流逝的时间，只因一瞬间的画意才联系在一起，快活的时间粒子刚一翻腾跃动，就为了形成一幅刹那间的画面而突然静止。这刹那间的画面，就像公主那向徐徐沉入水底石阶的珍珠伸去的柔软丰润的小手，那手指和手掌上清洁细致的纹路，垂及面颊的黑油油的短发，浓密的长睫毛，那小小的黑色前额上映出的，宛如黑底漆器的螺片一般闪闪烁烁的池水的波纹。时间在沸腾，骄阳曝晒下的庭园的空气在"嗡嗡"的蜂鸣中沸腾，漫步着的一行人的感情也在沸腾。美如珊瑚的时间精髓显露无遗。是的，年幼公主无忧无虑的幸福，与那幸福背后的前世的一连串苦恼和流血，恰似在旅途上所见的远处密林的晴朗与骤雨一样，合为一幕。

本多感到自己像是待在如同拆开了所有拉门的大厅一样的

时间里。过于广阔，过于自由自在，以致令人不会觉得这是住惯了的"现世"中的住宅。这些紧密排列着的黑木柱子，仿佛能看到、听到那个凡人的感情无法企及的世界。在这间充满了公主幼时的无限幸福的大厅里，黑檀木柱子的阴影中，像捉迷藏似的，那个柱子后边是清显，这个柱子后面是勋，每个柱子后面，都有许多轮回的影子悄无声息地隐藏着。

公主笑了。游玩途中公主经常面带微笑，但是在那湿润的粉红牙床一下子展露出来时，才变成真正的笑。公主笑的时候，必定仰脸看着本多。

来到挽巴茵之后，老女官们也忽然间不再拘束，忘掉了那些死板的礼节，大说大笑起来。一旦不拘形式，年老就是她们唯一的礼节。她们像满脸皱纹的馋嘴鹦鹉，把嘴凑近一个袋子里啄食槟榔。她们把手伸进衣襟里挠痒痒。她们模仿舞女，尖声笑着迈开横步。有个老舞女活像木乃伊，褐色面颊上的白发像假发一样，在阳光下分外耀眼。老女人张开槟榔染红的嘴笑着。她一边横步走一边向旁边伸开胳膊，当她弯起胳膊时，那骨瘦如柴的肘部形成锐角，衬着积云炫目的天空，构成一幅剪影画片。

公主的一句话，突然引起女官们一阵嘈杂，她们围着公主，撇下本多，像旋风一般跑开了。本多吃了一惊，但向她们去的小屋一看就明白了，原来公主要去撒尿。

公主要去撒尿！这给本多一个极深的可爱的印象。自己如果有小女孩，也会是这样吧？对于没有子女的本多来说，这类想象都是抽象的。像这样小公主突然要撒尿，清新可爱的肉体的气息扑面而来，这在本多还是第一次。他甚至暗想，如果可能的话，他真想架起公主光滑的褐色双腿帮她撒尿。

公主回来，一时有些害羞，话也少了，也不看本多的脸了。

午餐后，公主在树荫下做游戏。

是什么游戏，游戏怎么玩的，本多都没记住。单调的歌反反复复地唱着，歌的意思本多一点都不懂。

留在记忆中的只是这样一幅构图，公主站在树荫中一片草地的中央，强烈的日光穿过树叶洒下来，她的周围是三位老女官，有的跪着有的盘腿而坐，姿势很随意。一个老女官，看样子是敷衍着参加游戏的，一直吸着莲花片包着的烟草。另一个女官，怕公主口渴，膝边放着一把镶有夜光贝螺纹的漆器水壶。

大概那游戏和《罗摩衍那》有关吧。公主拿树枝当剑，滑稽地弓着腰憋着气笑，显然在模仿猴神。女官们手打着拍子哼歌的时候，公主也变换着种种姿态。公主歪一歪头，花草也在微风中把头一歪，在树枝上蹦来蹦去的松鼠也突然停下来歪歪头，好像这一切都很合拍似的。公主又一变成为罗摩王子，浅黑的细腕从白地绣金的袖口伸出，威风凛凛地冲天举起宝剑。这时一只野鸽掠过公主的眼前，翅膀遮住公主的面颊，而她却纹丝不动。本多发现，耸立在公主背后的正是菩提树。这郁郁苍苍的大树，阔大的叶子垂挂在长长的叶柄尖端，微风拂来，叶子如悬铃般轻轻摇曳。每一片绿叶的黄色叶脉都十分清晰，如同滤过的热带光线……

公主热了，老大不愿意地向老女官要求着什么。女官们凑在一起商量了一下，然后站起来招呼本多。一行人从林子的树荫里走出来，来到泊舟之处。本多以为要回去了，但并不是。原来是吩咐船夫从船里取出一大幅美丽的花布。

一行人带着花布走向红树气根盘曲的岸边，选择了一个僻静的场所。两个女官撩起衣襟，举起布走进水中，在齐腰处把布展开，做成帷幕，以便遮挡对岸人的视线。另一个女官也撩起衣襟，伴着裸身的公主进入水中，一双老腿在水中投下纤细的影子。

公主发现聚集在红树气根的小鱼，高兴地喊叫起来。女官们的举止好像无视本多的存在。对此，本多甚为吃惊，但又想，那也是一种礼节吧，于是坐在岸边的树根上，静静地注视着公主沐浴。

公主很不安静，在透过花布的斑驳阳光中，频频向本多微笑。她并不遮掩那略显肥大的孩童肚腹，一次次向女官撩水，遭到申斥，便溅起水花逃开去。水并不清，是与公主的肤色相同的黄褐色，但那混沌的河水溅起飞沫时，也在透过花布的光线的照耀下，飘散成清澈透明的水滴。

公主有时举起手来，本多无意中向平素被胳臂遮盖着的小胸脯的左胁望去，那左胁并没有应该有的三颗黑痣。他想，或许浅淡的黑痣在褐色的皮肤上不易看清吧。本多一有机会，便紧盯着那个地方，连眼睛都觉得累了，可是……

六

本多参与的诉讼案件，由于对方感到不利，突然撤诉，意外幸运地得到了解决。本多当然可以立即回国，但五井物产为表谢意，提议为本多安排一次随他意愿的旅行。本多想去印度，五井物产说，因为战争气氛迫近，现在是最后的机会，并保证由五井物产在各地的分店给予最佳照顾。本多希望所谓的照顾最好不是菱川那种照顾。

本多一方面把这件事通知家里，同时高高兴兴地根据时速只有二十五六公里的印度火车的速度，编排旅程时间表。打开地图一看，本多向往的阿旃陀石窟和恒河畔的贝拿勒斯，相距的里数令人眼晕。而这两处，以同样的力量吸引着本多指向未知的直观的磁针。

起程前本多想去月光公主那儿告别，但一想到要请菱川做翻译，实在厌烦便作罢了。于是开始忙着出发前的准备，直到临出发时才用宾馆的信笺写了一封对上次的野游表示感谢的信，派信童送往蔷薇宫。

本多的印度之旅极为丰富多彩,这里只叙述一下一天午后在阿旃陀石窟的深刻体会和贝拿勒斯动人魂魄的景观便足够了。在这两处,本多见到了对他的人生来说极其重要、极其本质的东西。

七

旅程先由海路进入加尔各答,到距加尔各答六百七十八公里的贝拿勒斯坐了一整天火车。由贝拿勒斯到蒙格西米乘汽车,至曼莫德又坐两天火车。再由曼莫德坐汽车去阿旃陀。

十月上旬的加尔各答,适逢一年一度的杜尔迦节,十分热闹。

在印度教万神殿中最受欢迎,尤其在孟加拉邦和阿萨姆邦最受尊崇的迦梨女神,与其配偶毁灭神湿婆神相同,有无数名称和无数化身。杜尔迦就是化身之一,但不像迦梨那样血腥,是较为温和的女神。街上到处陈设巨大的杜尔迦像,它那诛伐水牛神的雄姿惟妙惟肖,愤怒的眉毛刻画入神。入夜后它轮廓分明地浮现于耀眼的灯光中,接受着人们的崇敬。

加尔各答是迦梨女神庙所在地,是信仰迦梨的中心,节日的寺院热闹非凡。本多立即请三个印度人做向导,前去参观。

迦梨的真身是夏库泰,夏库泰原意为精力。这大地母神,或以母性的崇高,或以女性的艳冶,或以令人厌恶的残虐形象,把全能女神的画像颁予世界各地的女神，使之富于神性。迦梨呈现死和毁灭的形象（这大概是夏库泰的本性），她代表瘟疫、天灾地变等给世上一切生物带来死和毁灭的自然力量。其身漆黑，其口血红，唇吐獠牙，颈挂成排骷髅和人头，在僵卧的配偶身上狂舞。这嗜血成性的女神，为解其渴，立即唤来瘟疫或天灾地变。因此，必须不断地奉献牺牲，予以安抚。据说，一只虎的牺牲可为女神止渴百年，一个人的人身牺牲可止渴千年。

本多参观迦梨女神庙，是在一个闷热的雨天午后。

寺门前，群众以及混杂其中强求施舍的乞丐们，湿淋淋地挤来挤去。院内甚为狭窄，前殿人头攒动，建在大理石基座上的高大神殿的周围，人们像旋涡一般拥挤不堪，几乎没有立足之地。雨淋过的大理石基座格外洁白光润，但是泥足的践踏，额头上祝福朱砂的零落，以致那些黄褐色与朱红色东涂西抹。这种狼藉景象可以说是渎神，但人们仍如醉如狂地骚动不已。

一位僧人从庙内伸出长长的黑手，用祝福朱砂，在献过香资的信徒额头涂上小圆点。群众为此而争先恐后。一位妇女的蓝色纱丽被雨湿透贴在身上，由背至臀的形体全显露出来；一个男人穿着白麻衬衣、黝黑肥胖的脖颈堆满了皱褶。他们无一不向僧人那涂成红色的黑手指尖又蹦又跳。这景象的活跃与狂热，令本多想起波伦亚折中派画风的一景——安尼伯·科拉奇的《圣罗克的布施》中描绘的群众的跃动。而光线暗淡的庙内，摇曳的烛光映照着口吐血舌、颈饰人头的迦梨女神像。

本多随着向导来到后院，不足百坪的石板地饱受雨淋凹凸不平，这里人迹稀少。有一对又低又窄的门柱似的柱子，下面是凹陷的石门槛，还有洗手池似的围栏。近旁还有和它一模一样的小小模型。较小的一对柱子被雨淋湿，门槛上遗有血迹，石板地上到处是雨打的血痕。据向导说，大的是水牛牺牲台，现未使用。小的是公山羊牺牲台，为杜尔迦这样的盛大节日，要屠宰四百只公山羊。

从里面来看迦梨女神庙（方才因群众拥挤未能细看），只有基座是洁白的大理石，当中的塔和四周的拜殿，都以色彩绚丽的瓷砖装饰着，令人想起曼谷的晓寺。细致的花卉图样以及一连串对称的孔雀花纹，被雨拂去尘埃，那绚丽的色彩冷冰冰地笼罩着脚下的流血。

稀疏的大雨点慌慌张张地滴落。被雨风吹晕了的空气，反而酿成雾一般的闷热。

本多看见一个没打伞的妇女来到公山羊牺牲台前，毕恭毕敬地跪下。那是一位中年妇女，体貌丰润，令人感到她是聪明而虔诚的。她的深绿色纱丽已经湿透，手里提着盛有恒河圣水的小铜壶。

她把那圣水洒到柱子上，点燃了防雨的油灯，向那周围撒下深红的小爪哇花。然后跪在血迹斑斑的石板地上，以额抵柱虔心祈祷。那额头的吉祥痣，在她忘我祈祷的时候，从被雨粘住的鬓发之间显露出来，像是她自己用来做牺牲一般血红醒目。

本多觉得神魂摇荡，体会到一种恍惚与难言的嫌恶相交织的感情。在这种感情的凝视之下，周围的情景模糊了，唯独清晰地映现出女人祈祷的姿态，而且清晰得令人生畏。正当他对这种入微的清晰及心中的嫌恶难耐已极之时，女人突然不见了。

他怀疑是否刚才出现幻觉。然而不是，因为透过敞开的后门上的粗铁蔓藤花纹，还看得到离去的女人的背影。不过，祈祷的女人与离去的女人之间，好像有着无法联系的隔阂。

一个小孩牵来一只还很幼小的黑山羊。小山羊的额头被雨淋得乱蓬蓬的，中间涂着祝福的红点。向它额上洒圣水时，小羊摇着头，后腿刨地，想要逃走。

一个衬衣很脏蓄着胡子的年轻人走来，从孩子手里接过小山羊。他按住小山羊的脖子。小山羊焦急地哀号起来，缩起身子后退，臀部的黑毛也被雨淋得乱蓬蓬的。年轻人按住小羊，把它的头塞入两根柱子构成的枷中，用夹在柱子上的黑铁卡子紧紧地卡住小羊的脖子。小山羊撅起屁股，边叫唤边蹬腿。年轻人扬起月牙刀，刀刃在雨中闪着寒光。那刀准确地落下，小山羊的头向前滚去，眼睛大睁着，嘴里吐出发白的舌头。留在柱子这边的身体，前肢微微发抖，后肢的膝头连连向自己胸前抽搐着。那激烈的动作一次次减弱，像将停的钟摆。从脖子流出的血并不太多。

执行牺牲的年轻人，抓着无头小山羊的后腿跑出门去，把它吊在门外的桩子上，迅速开膛处理。年轻人脚边还有一只无头公山羊，后肢还在雨中发抖，像是被噩梦魇住……跨越生死之境的那一瞬间，几乎是在不知不觉中，没有苦痛，干净利落，而那尚未醒来的噩梦好像仍在继续着。

年轻人刀法娴熟，忠实但又无动于衷地履行这神圣而可憎的作业。血点飞溅在他的脏衬衣上，他那深陷的大眼睛瞪得溜圆。从那农夫般的大手中，"神圣"像汗水一般极其平常地滴落。

参加祭礼的行人对这些早已司空见惯，表情漠然地走过去。神圣无非是用脏手脏脚在人们中间牢牢地占据着一个位置罢了。

　　羊头呢？已经摆在门内有简陋遮雨棚的祭坛上。在雨中生着的火炉上撒着红花。几片花瓣已经被火烧焦了。在祭祀梵天的火宫旁边，七八只黑山羊头把爪哇花似的红色切口朝向外面摆成一列。羊头之一便是刚才还哀号着的小黑羊。在这些羊头后面，一个老太婆深弯下腰，像做针线活似的用黑手指从光滑的羊腔里，细心地剥下亮晶晶的内脏。

八

在前往贝拿勒斯途中，本多不止一次地想起这牺牲的情景。

那情景似乎是在忙碌地准备着什么。他觉得牺牲的仪式并不会就此简单结束，莫如说有些东西正从那里开始，它正架起一座通向不可见的、更神圣、更可憎、更高之处的桥梁。可以说那一系列的仪式，是在通路上铺设的一块红布，正要迎接一位神秘人物的到来。

贝拿勒斯是圣地中的圣地，是印度教徒们的耶路撒冷。奔流的恒河纳入湿婆神宝座所在的喜马拉雅山的雪水，在这个地方弯曲成绝妙的月牙形，其弯曲之处的西岸就是古名瓦拉纳西的贝拿勒斯城。这是奉献给迦梨女神的丈夫湿婆的城市，乃是通向天国的主门。这里还是各地人们朝拜圣地的目标，是恒河、豆他帕帕、基尔那、亚穆纳、斯罗斯瓦提这五条圣河的汇合处。如果在这里沐浴，即可坐享来世至福。

《吠陀》中关于沐浴之惠，有如下词句：

水才是药。
水清除身上的病，
充盈以活力。
水确是万灵草，
医百病，清诸恶。

又：

水长生不死。
水可以护身，
水有治疗的灵验。
常记勿忘，
水之威力，
水是心身之药。

以祈祷清心、以水洁身的印度教礼仪，在贝拿勒斯许许多多阶梯浴场里达到极限。

午后到达贝拿勒斯，在旅馆放下行囊沐浴之后，本多立即要求安排向导。尽管长途火车旅行很疲劳，但一种奇异的朝气勃勃的急切心情，使本多处于一种快活而又不安的状态。旅馆窗外，洒满令人窒息的夕照。如果投身其中，好像会立刻抓住神秘似的。

然而贝拿勒斯既是极神圣的城，又是极肮脏的城。在一条仅能从屋檐射下几缕光线的窄街两侧，排列着卖油炸食品的小摊、糖果店、卦馆、面粉零售店等，充斥着恶臭、湿气和疾病。穿过这儿，就来到了河边的石铺广场。等死的麻风病患者成帮成群，在广场两侧一排排地蹲着乞食。他们是从全国各地来此朝圣的。这里有许多鸽子。午后五点的天空是灼热的。乞丐面前的白铁罐里，只有几枚铜钱垫底。一个麻风病患者单眼失明而红肿，把失去指头的手，像修剪过的桑树一般伸向晚空。

这里有各种形态的残疾者，侏儒在这里蹦蹦跳跳。肉体像是缺少共同符号而不可理解的古代文字一般排列着。那并非腐败或堕落所致，扭曲的身体似乎依然以活生生的肉体和热气，散发出可憎的神圣的意味。许多苍蝇像搬运花粉似的搬运着血和脓。苍蝇都很肥胖，闪着金绿色的光。

在去往河边的道路右侧，支着大帐篷，上面绘有鲜艳的圣纹。人们在听僧侣讲经，他们旁边，放着布裹的尸体。

一切都在浮游。因为许多最露骨最丑陋的人们肉体的面目，与其排泄物、恶臭、病菌、尸毒一同曝晒在天日之下，犹如从寻常的现实蒸发出的热气，在空中飘荡。贝拿勒斯，它是一条越丑陋越显得华丽的地毯。一千五百座寺院，在朱红柱子上以墨檀浮雕描绘出各种性交姿势的爱的寺院，终日高声诵经坐待死期的寡妇们的家，本地人，外来人，将死的人，死去的人，满身是疮的孩子，揪着母亲的乳房死去的孩子……贝拿勒斯就是由这些寺院和人们夜以继日地兴高采烈地挂向天空的一张喧嚣的地毯。

广场修成向着河流的斜坡，行人被自然地引向最重要的阶梯浴场——"十马牺牲"。据传说，这是创造神布拉玛献上十匹马做牺牲的地方。

这水量充沛的黄土色河流正是恒河啊！在加尔各答，那被毕恭毕敬地储藏在黄铜小水壶里，向信徒额头或牺牲额头点上少许的圣水，在眼前的大河里却这样的浩浩荡荡。简直是令人难以置信的神圣的盛宴！

在此地，无论病人、健康人、还是残疾人、濒死的人，都理所当然地充满黄金般的喜悦。苍蝇、蛆虫也因沾满喜悦而肥胖。印度人特有的似有缘由的严肃表情中，弥漫着几乎与无情难以区分的虔诚，也是理所当然的。本多怀疑，怎样才能把自己的理智融入这强烈的夕阳、这恶臭、这瘴气般的微微吹过的河风？怎样才能把自身没入这由祷告的唱和声、钟声、乞讨声、病人呻吟声编织而成的热烘烘的毛织物般的傍晚空气中呢？本多不时担心，自己的理智会不会像暗藏在怀的匕首，将这面完整的织物割破？

关键在于把理智抛弃。从少年时代起，本多就把持有理智的刀锋当作自己的责任，尽管几次转生的袭击使它卷刃，但一直就这样把它保存了下来，而现在只好悄悄地把它扔在这充满汗水、病菌与尘埃的人群之中。

为供沐浴的人休息，阶梯浴场上竖着无数蘑菇似的阳伞。日出时是洗礼的高峰时刻，现在是傍晚，所以伞下多半无人。向导下到河边，与船夫交涉。夕阳像烙铁似的烤晒着脊背，本多在一旁等候了好长时间。

小船终于载着本多和向导离岸了。在恒河西岸众多的阶梯浴场中，"十马牺牲"大致位于中央。观赏浴场的船，先南下，看过"十马牺牲"以南的浴场之后再北上,去看"十马牺牲"以北的浴场。

恒河西岸如此神圣,东岸却恰恰相反,甚至据说如果住在东岸,死后将转生为驴,所以被人忌讳。远远望去只见低矮的绿色丛林,不见一间房舍。

小船开始南下的同时,强烈的夕阳即被建筑物遮没。许多壮丽的浴场以及形成其后壁的成排大柱和这些柱子支撑着的高楼紧密排列着,夕阳坠入它们身后,只给它们一片辉煌的背光。唯独"十马牺牲"浴场背靠广场,容许夕阳恣意照耀。而晚空已把河面映成柔和的蔷薇色,过往船只投下了淡淡的帆影。

那是薄暮到来之前遍地皆是神秘光线的时刻。光线此刻像是要雕刻精细的铜版画似的控制着光度,以便端正万物的轮廓,甚至细致地描绘出每一只鸽子。一切物体无不添加了一层枯萎了的黄蔷薇的色调,河面的反照和天空的残光之间保持着沉郁的调和。

阶梯浴场正是与这种光线恰好相称的雄壮建筑群。与宫殿和大寺院的石阶不相上下的石阶伸向水中,而后面却只耸立着巨大的背壁,即便是排列着柱子与穹隆,那成排的柱子也是壁柱,拱廊则是盲窗,因此阶梯本身更显示着圣域的威风。柱头饰采用科林斯式和近东式相混合的样式。在那高达四十英尺的柱子上,记录着每年夏季的洪水水位,其中特别显著的涨水,则与表示水位的白线一同标有一九二八年、一九三六年等年份。比令人头晕的高柱子更高的地方还有住人的长廊。长廊背壁的顶端是排拱洞,石栏杆上站着一排鸽子。房顶上闪耀着渐渐减弱的夕阳的背光。

小船渐渐靠近这些浴场中的喀达尔浴场。船的近旁有人在撒网捕鱼。阶梯浴场很冷清，为数不多的人在沐浴，台阶上浴场里的人都又黑又瘦，各自沉湎于祈祷和冥想中。

一个走下大台阶站在当中正要沐浴洁身的人，引起了本多的注意。那人背后是一排壮丽的黄土色柱子，在落日余晖之中，柱头装饰的各个部分都清晰可见。他恰好站在神圣的中心处，然而与附近蹲着的削发僧人的黑身子比较起来，令人怀疑他是否真的是人。他是个身材魁伟的老人。但是唯有他发出耀目的蔷薇色光亮。

他头顶留着白发小髻，左手挽着沉重的绯红色腰布，除此之外丰满而微微松弛的肉体裸露着。他的眼睛全神贯注地望着对岸辽阔的天空，仿佛身边没有人似的。他把右手缓缓伸向天空，似乎有所祈盼。面部、胸部和腹部，在残阳之中，呈现出新鲜的粉白色，显示着与众不同的高雅。但是，老人的现世遗痕——黑皮肤，像斑像痣或像条纹一样，在双腕、手背以及大腿一带，马上就要剥落似的残留着。正因为有这种残缺，显得他光亮的粉白皮肤更加高雅。原来他是一个白癜风病患者。

一大群鸽子飞起来了。

在许多浴场的间隙处，菩提树的树叶伸向河面。据说等待转生的死者灵魂，在十天丧期内就宿在那一片片叶子上。一只鸽子的惊恐在一瞬间传播开来，无数只鸽子从那枝叶丛中腾起。本多坐在掉头北上的小船中，被那一齐振翅起飞的大群鸽子弄得眼花缭乱。

小船已通过"十马牺牲"浴场,在沿河的红砂岩房屋下行驶。房子的窗框镶嵌绿白两色花样,室内涂成绿色,这是"寡妇之家"。窗口飘出袅袅香烟,传出阵阵铜钟声,齐唱的歌声响彻天井又洒落河面。来自各地的寡妇们住在这儿,只等死期的到来。她们认为病魔缠身而等待死亡解脱的这段时间,能在贝拿勒斯度过是无上幸福的,所以都希望住进"欣求之家"。因为在这儿,一切都在近旁。北面不远处是火葬浴场,而供奉着上千交媾体位的尼泊尔爱染寺的黄金尖塔就在火葬场上边。

本多看到船边有一个布包且浮且沉地漂着。从那形状、体积、长短来看,本多觉得像是两三岁的幼儿。实际上正是幼儿的尸体。

无意中一看手表,是五点四十分。四周暮色渐浓,此时本多看见前方的阶梯浴场火光通明,那是玛尼克尔尼克浴场的葬火。

那个阶梯浴场在一座印度教式寺院的下面,基础部分有五层宽窄不等的祭坛面临恒河。寺院中央大塔的四周,围绕着或高或低的几座宝塔,各有回教式莲花形拱洞凉台。这座巨大的黄褐色寺院被烟熏黑又坐落在高大柱廊之上,它那烟雾弥漫不像有住持的阴森森的威容,越临近越觉得像是浮在空中的不祥幻影。然而在小船与台阶之间,满漾着土色的水。在渐暗的水面上,许多供花(其中也有在加尔各答见过的深红爪哇花)、香料成了垃圾,在水面上漂流着。葬火的高大火焰,清楚地倒映在水上。

火焰腾空,塔上的鸽子也乱飞乱叫。天空呈现深蓝带灰的颜色。

沐浴台阶临水之处，有一个被烟熏黑了的石头小祠。在湿婆神与他的一个妻子沙蒂并立的雕像前亦有供花。沙蒂是为维护丈夫的名誉投火而死的。

附近停泊着成群的满载火葬用柴的小船，以致本多的小船难以靠近台阶中心。在熊熊燃烧着的薪柴后面，可以看到寺院的柱廊深处有一小堆火。那是永不熄灭的圣火，每一次葬火都是由这儿领取火源的。

河风停了，周围的空气淤滞着令人窒息的暑气。而贝拿勒斯也与其他地方同样，喧嚣替代了寂静，从阶梯浴场不断传来人们的动静，叫声、孩子们的笑声和诵经之声浑然融为一体。不仅人是这样，瘦瘠的狗也紧跟着孩子们。在离火光较远的台阶一角，没入水中洗澡的水牛被赶牛人大声吆喝着赶出水面，它们光润的黑脊背一个接一个跳了上来。当它们摇摇晃晃地登上台阶，湿淋淋的黑色肌肤像镜面似的反映着葬火。

火焰时而被白烟遮蔽，从烟的空隙里吐出火舌。被风吹上寺院露台的白烟，像活物一般在黑暗的殿堂里翻卷着。

这个阶梯浴场是净化的极点，是对万物不加隐藏的印度式露天火葬场。这火葬场其状可憎，令人作呕，正像贝拿勒斯一切被认为神圣而清净之物无不面目可憎一样。这里，无疑是今世的尽头。

一具红布裹着的尸体，浸过恒河水后，放在湿婆与沙蒂小祠旁边坡度不大的台阶上，等候火葬。裹成蛹似的包尸布如为红色，表示死者为女人，白色则表示男人。死者的亲属与僧人一同在帐篷中，等着把尸体放在柴上点火时，投入黄油和香料。接着又有一具裹以白布的新尸体，被竹架抬着在僧人与亲属的诵念唱和声中来到同一个地方。带着黑犬的几个孩子，在人群中跑来跑去。像在印度的任一城市都可见到的那样，活着的东西无不跃动而纷乱。

时间是六点。不知何时从四五处腾起火焰。那烟都被吹向寺院，因此船上的本多闻不到怪味，却能饱览一切。

远处右边，有集中起骨灰任凭河水浸泡的场所。肉体固守的个性消失，众人的骨灰掺和着融入恒河的圣水，复归"四大"[1]和天地之浩气。灰堆的底部在被水浸之前，无疑已与附近的湿土难以区分。印度教徒不造坟墓。本多突然想起去青山墓地为清显扫墓，当他觉察到那墓石下确实没有清显时，曾经浑身发抖。

复归"四大"的净化那样缓慢，而拂逆的人的肉体，死后尚要留下无用的芳醇……在火焰中，红色的布展开了，光润的东西蠕动着，黑色粉末与火花一同飞扬，隔着火焰闪光不断，似乎正有所生成。有时忽然"轰"的一声，薪柴倒塌，火势减弱，而一经焚尸人予以添补，便又腾地升起高大的火焰，火舌几乎要将寺院的露台吞去。

这里没有悲哀，似是无情的东西都是喜悦。人们不仅相信轮回转生，而且认为这是与水田育稻、果树结果等同的司空见惯的自然景况。就像收获、耕耘需要人手，轮回转生也需要帮手，可以说人就是交替地为做自然的帮手而生的。

1　四大：佛语。构成万物的四元素：地、水、火、风。

在印度，似是无情之事物，其原因都联系着隐秘的巨大而可怕的喜悦！本多害怕理解这种喜悦。但是，既然自己的眼睛已经看到终极的东西，今后就不会被去掉吧。恰似贝拿勒斯浑身患有神圣的麻风病一样，本多的视觉本身，也感染了这种不治之症。

但是，关于这种终极的印象，在下述的一瞬间到来之前，还是不完善的。那一瞬间使本多的心经受了一次纯如水晶般的战栗。

那就是圣牛朝向这边的一瞬间。

在印度可以到处随意行动的白色圣牛，也有一头转悠到这火葬场。这头圣牛在火堆旁边也不惊恐，不久它被焚尸人的竹竿驱逐，便伫立在火焰那边寺院阴暗的柱廊之前。柱廊里面漆黑，所以圣牛的白色显得很神圣，洋溢着崇高的智慧。那白色腹部在摇动的火光映照下，宛如喜马拉雅山的雪沐浴着月光。那是冷彻的雪与庄严的肉在兽身上无垢的综合。火焰含着白烟，白烟遮盖火焰，火焰时而红煌煌地睥睨四周，时而被卷成旋涡的白烟隐没。

正是此时，透过焚尸的白烟隐约可见，圣牛那白而庄严的脸转向这边。的确是朝着本多的这边。

当晚，本多吃罢晚饭留言说要在次日拂晓前起床，之后匆匆上床，借着酒劲入睡。

梦中出现种种景象。他梦中的手指触着从未摸过的键盘，发出了声音，他像技师一般检查了可能知道的宇宙机构的各个角落。突然间好像出现了洁净的三轮山，而山顶的岩石可怕地横躺竖卧，岩石的裂缝迸流鲜血，垂着血舌的迦梨女神出现了。还有，烧掉的尸体复活为美丽的青年，头发和腰间覆以光润洁净的杨桐树叶。他站起来，附近可憎的寺院情景忽然一变而成明净的大粒沙子的寺院的庭院。一切观念以及所有的神，都在协力转动巨大轮回之环的把手。这个像宇宙涡状星云似的环，载着喜怒哀乐的人们舒畅地转动着。而人们感觉不到那轮回，就像天天在地上过活却感觉不到地球的自转。轮回之环也像是神仙乐园里彩灯闪耀的夜晚空中游览车。

印度人岂不是知道这些吗？甚至在梦中本多也省察这种疑惧。就像地球自转这一事实绝非五感所知，而是以科学的理性为媒介才逐渐认识的。轮回转生也是日常的感觉或智力把握不到，而是凭着某种信得过的极其正确的、既有系统又直观的超理性才得以认识的吧。正因为知晓这些，才使印度人如此懒惰，如此抗拒进步，并且把我们通常用作判断人的感情之基准的共同符号——人的喜怒哀乐，从他们的表情中全部削掉了吧。

当然，这是一个旅行者的肤浅感想。梦境往往把最崇高的象征与最庸俗的思考混杂起来。本多在梦中思考的时候，过去的审判官时代那种冷淡刻板的思辨方式又露了面，恰似所谓思想"怕烫"的人，急急忙忙把热而未分化的事实冷冻起来，如果不是概念化的冷冻食品便不入口。这种性格和职业习惯，仍然保留在身心之中。人们在梦中尤其变得小心谨慎，本多也不例外，或许他还独占着一如往昔的精神保身术。较之暧昧离奇的梦，现实所见的事物则是更为强烈的更加无法解释的谜。当他醒来时，那些事实具有的热清楚地残留在身心之中。他感到好像染上了热病。

在旅馆走廊的一头，服务台灯光暗淡，留胡子的向导和夜班侍者在悄悄说笑，一见身着白麻西装的本多向黑暗的走廊走来，老远地便向他恭恭敬敬地行礼。

本多天不亮就出来，是为了看看阶梯浴场上人们等待拜日出的盛况。梵天多而一，它是一个神格，而又具有超越的神格，贝拿勒斯就是奉献给这多神教下的统一原理的。体现那神的正是太阳；在太阳从地平线升起的一瞬间，其神圣达到极点。正如圣徒商羯罗阿阇梨所说："神把天空和贝拿勒斯置于天平时，重的贝拿勒斯沉于地，而轻的天空扶摇直上。"于是，圣城贝拿勒斯一直受到与天空同等的对待。

印度教徒认为，在太阳里看到了神的最高意识的体现，对神来说太阳才是终极真理的象征性的体现。因之，贝拿勒斯充满对此的渴慕与祈祷，人们的意识脱离地上的羁绊，用祈祷的力量把贝拿勒斯自身像浮游的地毯一般举向空中。

"十马牺牲"阶梯浴场被比昨天多得无可比拟的人群占据。无数伞下的烛光，还在黎明前的黑暗中闪烁。对岸丛林的上空，重重叠叠的云霞之下，已有天明的征兆。

各个大竹伞下放置长凳，红花装饰着湿婆的化身——男根石，用小药碾研着浴后点额的朱砂粉。旁边有僧人伺候，准备用黄铜瓶里装着的献给寺院已经圣化的恒河水混合红粉，涂在浴后人的额头。有的人想在水中叩拜旭日，因此迅速地走下台阶，先拜手里捧着的水，然后缓缓地全身入水。有的人跪坐在伞下，等候日出。

晨光从地平线上喷薄而出，转眼间沐浴台阶的情景有了轮廓和色彩，女人们纱丽的颜色，那肤色、鲜花、白发、疥癣、黄铜圣具……宛如开始发出彩色的呐喊。忧郁的朝云徐徐变形，让位于扩散的光线。平林之上终于冒出旭日鲜红的尖端时，与本多摩肩接踵互相拥挤的群众一齐发出虔敬的叹息，就地屈膝而跪者亦有之。

半身入水的人们，或合掌，或伸开双手，礼拜略显全圆的红太阳。紫磨金般的水波之上，那些人的半身影，伸长到台阶上人们的脚前。人们皆大欢喜地向着对岸的太阳，在此期间，人们似乎被看不见的手牵着，络绎不绝地浸入河水。

太阳升在绿色丛林上面，此时，容许注视的红色圆盘，却一变而为瞬间的注视也不可能的团块。那已是威吓般轰鸣而泻的光焰。

突然，本多想到，勋在自戕的虚幻世界里，经常想象描绘的太阳，正是这个太阳。

九

从四世纪以后，印度的佛教急速衰落。巧妙的说法是："印度教以其友爱的拥抱将佛教杀掉了。"有如犹太的基督教与犹太教、中国的儒教与道教的关系一样，在印度，佛教为了成为世界性的宗教，亦须将其祖国让给更合乎当地风俗的宗教支配，以致被从那里逐出。印度教只在其万神殿的小小一隅，敷衍了事地保留着佛陀之名，即作为毗湿奴神十种变化的第九变而残留着。

据信，毗湿奴神变为鱼、陆龟、猪、人狮子、侏儒、佛陀等。按照婆罗门的见解，作为佛陀的毗湿奴神，故意引诱民众趋向异端堕入迷界，而这反而为婆罗门教导民众复归正道——印度教，开辟了机缘。

在佛教如此衰落的同时，西印度的阿旃陀石窟寺院则化为废墟。直到十二个世纪后的一八一九年，被一营英军偶然发现，在此之前湮没无闻。

瓦格拉河悬崖上并列的二十七座石窟，是公元前二世纪、公元后五世纪和七世纪延续三个时期开凿的。除第八、第九、第十、第十二、第十三石窟属于小乘佛教时代之外，其余均属大乘。

本多在走访了那个活的印度教圣地之后，还想寻访灭绝了的佛教遗迹。

他应该去那里。为什么应该去呢？

无论在石窟，还是在投宿的旅馆周围，都没有蜂拥的群众，极其静寂而简净，由此也证明了他的这种心愿。

尽管如此，阿旃陀附近并无可住宿之处。本多选择了兼带游览著名印度教遗迹埃洛拉的宿处。旅馆所在地奥兰加巴德，距埃洛拉仅十八英里，距阿旃陀六十六英里。

由于五井物产会社的安排，旅馆准备了最高级的房间、最好的车在迎候本多，以至于锡克族司机毕恭毕敬的态度，不能不成为引起其他英国游客反感的原因。早晨外出前在餐厅中，本多也感到了沉默的英国人对这唯一东洋客的无言的敌意。这种敌意甚至直截了当地表现出来。首先向本多餐桌端来腊肉鸡蛋的侍者，被邻座一位携夫人的高傲得像是退伍军人似的美髯老人叫过去，严厉地申斥了几句。此后，送到本多餐桌的盘子就是最后一个了。

如果是普通的旅行者，遇到这种变故，心情会立刻暗淡下来。但是，本多的心却顽固地没有被刺伤。自参观贝拿勒斯以来，一层不可思议的厚膜覆盖了心房，一切都在这个膜上滑过去了。侍者的过分恭敬，看来也是由于五井物产会社事先给了很多赏钱，所以这次事件丝毫没有伤害本多自从做审判官时就养成的所谓"客观性的尊严"。

大概是五人以上抽空小心擦过的一辆漂亮的黑轿车,在旅馆的前院,映着盛开的鲜花,等候本多出发。不一会儿,车便载着本多,奔驰在西印度美丽辽阔的原野上了。

那是到处不见人影的原野。只是偶尔有浓茶色的獴,踢起路旁沼泽里的水,穿过车前的道路,颤颤巍巍地奔跑;还有从树隙向这里窥视的一群长尾猴。

本多心中产生对净化的期待。印度式的净化太可怕,在贝拿勒斯所见的秘迹[1],至今仍像热病一般存在他的身心。他需要一捧清水。

开阔的原野令本多心旷神怡。既无田地,亦无农夫,只有无边无际的美丽原野,合欢树深蓝色的浓密树荫一片连着一片。有池沼,有小河,有黄花和红花。灼热的天空像一个巨大的华盖,高悬在这一切之上。

这自然,既没有奇特的风景,又没有激越的东西。只有无为的瞌睡,包围在光辉的绿色里,粲然发光。对于被某种可怕的不祥的火焰烧灼心灵的本多来说,原野可使心情镇静。这里没有飞溅的牺牲的血,而有从丛林里飞翔的白鹭之纯白。那白色飞掠过一片阴暗的深绿,时隐时现。

前方天空的云彩,微妙地翻卷着。散乱绽开的末端,亮如丝绸。唯天空的蓝色一望无际。

自己不久将进入佛教占领的地盘,这使本多得到很大的慰藉。这种心情是不言而喻的,尽管那是衰微破灭已成废墟

---

[1] 秘迹:指洗礼、圣餐等。

的佛教。

的确，在接触过光怪陆离的曼陀罗之后，他梦想着的佛教好像一块冰。在这片明亮寂静的原野之中，已经有了他所熟悉的佛的寂寞的预感。

本多突然体验到归乡的感情。此刻自己是从一个由印度教统治着的喧嚣的王国，回到虽已灭亡，却因灭亡反而变得纯粹的那个亲切的梵钟之国去。每当念及在从绝对中归途的尽头有佛等待着，他往往感到似乎从未在佛教中梦想过绝对。在他梦想的家乡的宁静之中，存在着不断亲近衰亡的东西。在美丽而灼热的碧空尽头，不久将出现佛教本身的坟墓、一个忘却的遗迹。在没看到之前，本多就真实地感到了那医治过分燃烧的心的幽暗的冷气，那洞窟中岩石的凉爽和岩间清水的洁净。

这是心的衰弱。或许色彩、肉和血的惊人的崩溃之相，催促他寻求化为闲寂之石的别种宗教。在前面的云彩的形态中，也存在着衰败了的清净的灭亡。在一看就丰盈美丽的树荫之中，也有幻影。但是，那里连个人影都不见。在这午前的绝对宁静之中，在这除了发动机疲惫的响声之外毫无声息的世界中，展望在窗外缓缓移过的广阔原野，确实把本多的心渐渐带往家乡去了。

不知不觉之间已经驶过平坦的原野，来到峻峭的大峡谷边。这是阿旃陀的前沿。汽车绕道兜来兜去，驶向谷底像剃刀刃一般耀眼的瓦格拉河流域。

下了车，就近到茶棚休息，这里也是满屋苍蝇。本多立即透过眼前的窗户，隔着广场，眺望着石窟的入口。就这样急匆匆地走进去，反而觉得似乎与现在所追求的寂寞相左。他买来明信片，用汗津津的手拿起自来水笔，把那印刷粗劣的石窟照片左看右看了好一会儿。

在这里再一次有了喧嚣的预感。眼神里充满猜疑的白衣黑肤的人们或站或坐，广场上瘦小的孩子叫卖着土产项链。黄灿灿的烈日普照广场各个角落。光线暗淡的室内，桌子上摆着三个干瘪的小橘子，上面落满了苍蝇。从厨房飘来浓烈的油炸食品的气味。

他在明信片上写了起来，那是写给久未通信的妻子梨枝的。

"现在我来游览阿旃陀石窟。正要开始。眼前的橘子汁，由于茶杯边上蝇粪斑斑，没法儿喝。但我十分注意身体，请勿念。印度的确是个奇异的国度。你可要留心肾脏。问候母亲。"

这是情书吗？他的文章总是如此。显然，雾霭般的温情浮上心头，加之归乡的感情，使他突然拿起笔来，但一写成文章，必定成为这样一篇干巴巴的东西。

梨枝是这样的女人，无论留在日本多少年，也必定用那与送别本多时同样平静的笑脸迎接归来的本多。即使这期间两鬓添加几许白发，送别的神色与迎接的神色也毫无二致，犹如把左右两袖上的菱形花纹合起来时，分毫不差地完全吻合。

轻微的肾病致使面部的轮廓总是模糊不清，白昼的月亮一般朦胧的那副面孔，一旦离开它而置于记忆之中，他就觉得它正好适于放在记忆中。当然，对这样的女人，谁也不会憎恶。本多边写明信片边在内心深处感到十分放心，并向某种东西致以谢意。但这不是说他相信梨枝爱他，他此时的心情和这完全是两回事。

只写了这些,他把明信片揣在脱下来的上衣兜里,准备在旅馆寄出。他站起身来,走到烈日炙人的广场。向导像刺客一般靠近跟前。

二十七座石窟是在俯瞰瓦格拉河的断崖半腰岩石裸露之处开凿而成的。河、河滩、河滩石头当中夹杂着野草,坡度缓缓增加,最后在杂树覆盖下的悬崖半腰,沿着成排的石窟前面,有一条白花花的石头栈道。

第一个石窟是礼拜堂。此地共有四座礼拜堂和二十三座僧房的遗迹,这是四座礼拜堂之一。

带有霉味的凉气、黎明前的黑暗般的情景,乃是预料之中的。位于最里面正中的巨佛,映着射入窄小入口的光线的余晖,轮廓流畅的结跏趺坐姿态明了可见。观看天棚和四周的壁画时,由于光线不足,向导的手电像发光的蝙蝠飞来飞去一般,不停地东照西照,于是又显现了本多意料之外的种种恼人画像。

头戴金冠,只缠着一块华丽腰布的半裸女人们,以各自随心所欲的姿态,浮现在那光晕之中。她们多半手里握着一枝莲花,面孔都像姐妹般相似。凤眼半睁,上面两道细眉有如新月。微张的鼻翅,使伶俐而凛然的鼻梁那种冷冰冰有所缓和。下唇丰盈,嘴唇绷得很紧。这一切都使本多想象出曼谷的月光公主长大成人后的面容。与年幼的公主不同的是这些画中女人的成熟肉体,乳房都像成熟得即将裂开的石榴。纤巧的金银珠宝项链,杂乱地纠缠在一起,像是缠绕在乳房上的蔓草一样。有为显出丰满的腰部而侧坐的背影,也有在仅挂在胯骨上的腰布下腆着的大肚子。有的女人跳着舞，有的女人濒临死亡……

然后，随着喋喋不休的向导的手电光线的移动，女人们再次一个接一个地隐没在黑暗中。

一走出第一个石窟，犹如猛烈敲响铜锣般的热带阳光，立即把方才看见的景物还原为幻影，使人觉得像是白昼假寐忽梦忽醒那样——历访已经忘却的从前记忆中的石窟。令人确实感到现实的是在眼前闪闪发光的瓦格拉河和那赤裸裸的河边岩石的景致。

一如往常，本多疏远了愚钝而饶舌的向导。于是向导冷淡地走过去，本多索性在一般游客不屑一顾的空落落的僧房遗址中久坐。他让向导们走到前头，只剩下他独自一人。

空落落的反倒便于自由自在地描绘幻象。有一个僧房就是这样。它没有可看的佛像和壁画，洞内两侧是发黑的粗大列柱。最里面正中的最暗处，隐约立着一个讲经坛。在那儿只有一对又长又宽的石桌，两边各摆一个，一直通到里边。这僧房，射进来的光线也是粗线条的。似乎众多的僧人刚刚离开这用作教室兼食堂的石桌，到户外去换空气去了。

色彩皆无，令本多感到惬意。虽然仔细一看，在石桌的小坑洼里，仍有从前黄土制颜料的红色滞留着。

以前有人在这里待过又走了吗？

是谁在这里待过呢？

独自待在石窟的冷气中，本多觉得似乎周围逼人的黑暗在一齐向他耳语。这种既无装饰又无色彩的"不存在"，或许是来到印度之后初次唤醒了某种显著的存在的感情。衰败、死灭、一切皆空，没有什么能比这更分明地切肤体验新鲜的存在的征兆。不，存在已在那里，在弥漫于所有岩石之上的霉味里开始成形了。

某种事物将在内心形成时，欢喜与不安掺和在一起，犹如狐狸闻到远处的气味而去接近猎物时的所谓动物性的感情。尽管未能明确地抓住这种感情，但在他内心深处，久远而牢固的记忆之手已经抓住它了。本多的心因期待而紊乱。

出了那个僧房，在户外日光中向下一个目标即第五个石窟走去时，栈道拐了个大弯，展开了新的远景。石窟前的道路，是从嵌入岩石里的淋湿的柱廊内侧钻过去的。柱廊淋湿，是由于其外侧有两条瀑布。本多知晓第五个石窟就在那一带，便停下来，隔着横在两处之间的山谷眺望瀑布。

两条瀑布之一顺着岩石断断续续地奔流，另一条则像是银色绳结似的继续流着。但两者均幅度狭窄而奔流湍急。沿着黄绿色峭壁落入瓦格拉河的一对瀑布，激起附近山壁清脆的回响。瀑布里面，瀑布左右，除了可以见到黑暗的空石窟以外，还有翠绿的合欢树丛和鲜红的花朵相伴，那喷水似的光彩和水雾里的彩虹令人心神爽朗。在本多的目光与瀑布的连线上，几只黄蝴蝶互相纠缠着上下翻飞。

本多仰望瀑布的源头，那令人眼晕的高度实在令人惊叹。由于太高，仿佛在那里出现了一个与此地隔绝的世界。瀑布流经的岩壁的绿色是地衣和羊齿的暗绿，而山顶瀑布源头的绿色则是洁净的淡绿。那里也有一些岩石显露，然而那草绿色的柔和与明朗非人间所有。一只小黑山羊在那里吃草。而在比草更高的澄碧明澈的天空里，许多云彩含着光辉，庄严地翻卷着。

刚一听到声音，人世间无声的极限复又统治了这里。刚感到沉默压倒了一切，瀑布的声音又纷至沓来。本多时而沉醉于寂静，时而痴迷于水声。

本多想快点到瀑布飞溅的第五个石窟去，但又望而却步，这两种心情互相斗争着。那里恐怕什么也没有，这一点大概是确实的。但是此时，清显发烧而神志不清时说的一句话，点点滴滴地落进本多的心田。

"还会见面的。准会见面的，在瀑布下边。"

其后，本多相信他所指的是三轮山的三光瀑布。那是确实的吧。但是，此时他认为，清显所指的最后的瀑布，肯定是这阿旃陀的瀑布。

十

　　载着本多从印度出发的五井船舶南海号,是一艘有六间客室的客货船。暹罗湾雨季已过,但仍刮着凉爽的东北季风。这艘船横穿暹罗湾,又过了湄南河口的北榄,一面测量着海潮的涨落,一面向曼谷溯流航行。十一月二十三日,天空十分干燥,一片珐琅青色。

　　从那瘴疠流行的地方返回熟悉的城市,心情分外舒畅。虽然绝非有什么东西在心里燃烧,但他的精神之船上却满载着对这次旅行的十分可怕的印象。本多一直倚着甲板的栏杆。在他那"精神之船"的深舱里,那些东西在"吱吱"作响。

　　途中除与一艘泰国海军驱逐舰交错而过之外,椰子、红树和芦苇遮蔽的河岸静悄悄的,人烟稀少。渐渐临近右岸的曼谷、左岸的吞武里时分,看见吞武里河岸上椰叶葺顶、地板铺得很高的房屋。从耀眼的树叶间,瞥见在果园劳动的人的黑色身躯。人们正在栽培香蕉、菠萝和山竹。

　　缘木鱼喜欢攀登的槟榔树,也在果园一角亭亭玉立。由此本多想起用蒌叶包着槟榔果作为嚼烟,以致嘴里通红的老女官。对此,现代主义者銮披汶已予禁止。看来女官们在离开首都的挽巴茵,才能解除对这种禁止的忧虑。

划着单桨的货船多起来了,不久,前方商船和军舰的桅杆交错在一起。这里是库伦特威港,即曼谷港。

夕阳曝晒之下,泥色的河水显得异常鲜艳,呈现出熏黑的蔷薇色,再加上流淌的油发出的虹一样的光彩,使本多想起印度那成群的麻风病患者的光滑肌肤。

靠岸时,在挥帽迎接的人群中,渐渐看清了五井物产的肥胖的分店经理、两三位社员以及日本人会长。然而像是站在分店经理身后躲藏的菱川,却使本多的心情陡然沉重起来。

本多从舷梯下来,五井物产的社员刚要接过他的提包,菱川便从旁边过来,把皮包夺走。他以前所未见的谦卑殷勤的态度迎接本多。

"您回来了,本多先生。看到您健康的模样,我就放心了。这次印度旅行想必辛苦了。"

这几句问候,对本多来说是失礼的,而对分店经理来说更为失礼,所以本多没有理他,而向分店经理致谢。

"所到之处,您那十全十美的安排,实在出乎意料。这次奢侈的旅行,多亏您啊。"

"英美对日本的资产冻结,压不垮五井物产,您大概清楚了吧。"

去东方宾馆的车中,菱川抱着皮包,老老实实地坐在助手座。分店经理述说本多不在期间曼谷人心的恶化。他说,他们被英美的宣传阴谋蛊惑，对日感情极其险恶，所以多加小心为好。从车窗看到大街上不知为什么挤着从前少见的一群群贫民。

"这里谣传，日本军队很快就要从法属印度支那打过来，地方治安恶化，所以大批难民涌入曼谷。"

但是，宾馆的英国式的漠不关心一如往常。在房间安顿下来，洗了澡，心情也平静了。

为邀本多共进晚餐，分店经理等人坐在面对庭院的前厅椅子上等候着。大电扇在棚顶上缓缓旋转，不时有甲虫碰上，发出响声。

从房间走出来的本多，重新审视自己也属其类的"南方外地的日本绅士们"旁若无人的举止。他们实在不美。

为什么呢？确切地说，在这一瞬间，本多才真正发现他们的丑恶和自身的丑恶。如果说这是与那美的清显和勋同样的日本人，实在是无法想象的。

英制亚麻服、白衬衣，以及领带，都是无可挑剔的上等货，然而各自拿着日本扇子扇个不停，手腕上依旧挂着一条镶着一粒黑玻璃球的带子。一笑露出金牙，个个戴着眼镜。上司无非是"谦虚"地自吹自擂，下属不外乎是对这老生常谈帮腔说："毕竟还是分店经理，有胆量，有诚实的勇气啊！"此外的话题则是流浪的女人，主战论，或者悄声议论军部的蛮横……一切都隐藏着在热带无精打采的念经那种状态，而又与表面的活力奇妙地结合起来。体内某处经常酸懒，或许由于出汗而发痒，却仍保持着拘谨的态度，而内心的某个角落时常想起昨夜的快乐，以及那可怕的花柳病……方才本多在房间里照镜子时，虽然发现脸上添了几分旅途倦容，但是并没有确切地认定自己的脸也是"他们"之中的一个。当时他只是看到曾经参与正义、后来在通向正义的小胡同里做买卖——如此活到四十七岁的人的脸。

"我的丑恶是独特的。"本多从电梯上下来，走在通往前厅的红地毯上，很快便恢复了自信。他想："与那种商人不同，不管怎样，我是有过正义的'前科'的。"

当晚，在广东菜馆里，酒过三巡，分店经理当着菱川的面，对本多大声说：

"这位菱川君，给本多先生添了许多麻烦，在许多方面伤害了您的感情，本人很过意不去。先生走后，他说：'是我不好，我错了。'反省过了度，惶恐到神经衰弱的程度。他是有许多缺点的人，让他陪伴先生，原以为会有用处，反而给您带来意外的麻烦，说起来我们也是有责任的。好在不过四五天就要出发（啊，军用飞机已经安排好了），菱川君也深刻反省了自己，保证以后一定要让先生事事如意，所以我们恳请先生多多包涵，多多关照。"

于是菱川从餐桌对面，以恳求的态度说："先生，请狠狠申斥吧，是我不好。"他低下头来，额头几乎碰到桌布。

这种事态使本多甚为不快。

分店经理的这番话，说明他仍然很自负，认为是指派了适合的向导，但从菱川的态度来看，准是本多太任性，使得菱川不高兴。然而如果把菱川换掉，又会伤害菱川，所以只有让菱川忍耐着再干四五天。这样，把一切过错都推到菱川身上，才是上策。这样也才不伤本多的面子……

本多一时有些生气，但马上意识到，如果固执己见，局面将愈发不利。菱川不会亲口向分店经理忏悔自己"错误"的具体事例，而且不知道究竟为什么被厌恶，此乃菱川的特性。显然他也有他的想法，总之是被嫌恶了，所以要设法挽回这种局面，于是巧妙地把分店经理拉拢过去，促使他如此麻木不仁、不近情理地讲话。

本多对这肥胖的分店经理的愚钝尚可谅解，而菱川由于知道自己被嫌恶，演了一出又无耻又狡猾的戏，这种精心策划的强加于人，则是不可饶恕的。

本多突然想明天就回日本。但是，事到如今变更旅程，旁观者只会认为是孩子气地怀恨菱川。这是显而易见的，所以他发觉连这个也是办不到的，简直是走投无路。本来已经过于宽大，以后非得对他更加宽大不可。

既然如此，只好把菱川当作机器来使用。他说分店经理的误解毫无道理，笑容满面地予以否定。还说，明天买礼品，逛书店，为辞行而与蔷薇宫联系，全都得靠菱川。而后，本多感到满足的是，至少他对分店经理隐瞒自己真情实感的手法是非常巧妙的。

果然，菱川的态度有所改变。

首先领他去的地方是一家书店。那里陈列着英文版和泰文版印刷粗劣的小册子之类的书，就像进货不足的菜摊稀稀拉拉地摆着几棵菜。若是以前，菱川又该在那里轻蔑地议论一番泰国文化如何低俗，此时却默默地任凭本多挑选。

找不到有关泰国小乘佛教的英文版书，更没有关于轮回转生的书。但是一本薄薄的诗集却引起本多的兴趣。这本书的白色封面已被太阳晒得卷起来，纸张粗糙像是自费出版的。站在那里看了英文序言，得知那是一九三二年六月的不流血革命之后，大概是投身其中的一位青年，把舍生忘死的革命后的幻灭，用诗的形式写成的。没想到那是勋死的翌年出版的诗集。翻开书页，印得模糊不清，文字稚拙的英文诗句如下：

> 有谁知道，
> 在献给未来的青春的牺牲之中，
> 长出的只是腐败的蛆虫。
> 有谁知道，
> 在约定新生的瓦砾之地，
> 萌芽的只是毒草荆棘。
> 于是蛆虫扇动金色的翅膀，
> 卷起毒草地的风啊如同疫病。
> 我一腔忧国的热血，
> 比雨打过的合欢花更红。
> 雨后的屋檐、柱子、栏杆上，
> 专制的白霉倏忽丛生。
> 昨日的明智在利益的浴汤中顿时昏聩，
> 昨日的捷足在锦绣的轿子里裹足不前，
> 莫不如，

去那卡宾县、巴塔尼县，
在茂密的花桐木、紫檀、苏木之中繁衍，
并立于常春藤、荆棘、淡竹的路径。
在不透阳光不透雨的密林里，
时而犀、貘、野牛出没，
时而象群觅水，
踏碎我的尸骸向前行。
莫不如，
用双手撕裂我咽喉中的红月亮，
照亮树下杂草上的露珠，
有谁知道，
有谁知道，
哀歌的一段歌声。

　　本多的心被这绝望的政治诗打动，觉得没有比这更能抚慰勋的在天之灵的诗了。不是吗？勋所久盼的"维新"未成而身先死；即使"维新"成功，那时他也定会感到有增无减的绝望。失败亦死，成功亦死，这应是勋的行动原理。但是人生不如意的是，不能置身于时代之外，公平地比较两个时代、两种死而选择其一。无法把体验到"维新"后的幻灭而死与未曾体验到它即先死这两者并列起来加以选择。因为先死则不可能有后来的死，后死则不可能有先前的死。所以人们只能把这两种死置于未来，务必按照先知的吩咐，立志择其一。当然，勋选择了未体验幻灭的死。在这种先知中，包含着对权力的滋味毫无所知的年轻人那种清流般的睿智。

但是，参加革命而在其成功之后感受到幻灭的绝望，有如仔细地眺望月球背面那样的感怀，即使寻求一死，那死或许不过是逃避比死更甚的凄凉。同时，无论那是如何真挚的死，也难免只被当作沉闷的革命午后发生的病理学上的自杀。

本多想把这首政治诗献至勋的灵前的原因即在于此。勋至少是梦想着太阳而死的，然而这首诗中的早晨，却是在裂了缝的太阳下，敞着化脓溃烂的伤口的。可是，碰巧时代相同的勋的壮烈的死与这首政治诗的绝望之间，却牵着一根斩不断的线。这是由于人们舍生忘死地追求的未来的幻想，那最好的幻想与最坏的幻想，那最美的幻想与最丑的幻想，或许就在同一地方，甚至更可怕的是或许就是同一事物。勋的先见越是英明，勋的死越是纯真，他誓死追求的梦想，就更不外乎是这首政治诗般的绝望罢了。难道不可以这样说吗？

本多感到，自己本身会有这种想法，当然是由于那巨大的印度的影响。印度把多层莲花瓣似的构造赋予他的思想，已不容许他停留在爽快的直线的思考上。为营救勋甚至抛弃审判官职务时的自己（虽然这里面也有他终于未能营救清显的强烈悔恨心理在起作用），恐怕是毕生中唯一的一次涌动无私与献身精神，但在徒然地丧失勋之后，除了在转生之中预卜落空的理想，在轮回之外瞻望其未来，已毫无办法。把最后的暗示赋予难以保持"人类"感情的本多之心的，正是那可怕的印度。

无论是成功或失败，或迟或早，时间反正要带来幻灭——对于这种先知，如果只是一成不变的话，便并不是什么先知，因为它不过是常见的悲观论者的见解。重要的只有一个，就是以行动、以死来体现先知。勋是出色地把它完成了。时间到处设置的玻璃障壁，绝非人力所能逾越的障壁，唯有用勋那种行为，才可能由对面向这面和由这面向对面均等地透视。在渴望中，在憧憬中，在梦想中，在理想中，过去与未来变成等价的同质的东西，总之变成平等的东西。

在死的瞬间，勋果真窥见了这种世界吗？本多已近老年，为了摸清不久自己死时将会看到的某种东西，这是一个不容忽视的问题。至少那一瞬间，实在的勋与假设的勋互相对视。这边的先知，清清楚楚地抓住了当然是未见过的那一边的光辉。同时，对面的眼睛，怀着无限的渴望透视着这一边，憧憬已经获得和尚未获得的某种事物，清清楚楚地抓住了朝向自己的来自过去的渴望的光辉。这是很确实的。两个生命，通过不能重演的两个生命的出现，穿透那玻璃障壁而结合起来。勋与这位政治诗人，暗示着一种永恒的锁链，即憧憬经历结局而死的诗人与拒绝经历结局而死的年轻人之间的锁链。如果这样，他们用各自的方法所追求和期望的事情本身又将如何呢？历史绝不以人的意志为转移，而人的意志的本质，正是敢于参与历史的意志。这种想法，乃是本多自少年时代以来始终不渝的主张。

那么，在这种情况下，作为最佳祭品的这本诗集，怎样才能献给勋的亡灵呢？

就这样带回日本，供在勋的墓前就行吧。不，本多知道，勋的墓也是空的。

是的，莫如献给月光公主。献给那般直言不讳地坚持说自己是勋转生的那位年幼的公主即可。这可以说是最直接的快速投递，自己便成了能够轻而易举地穿过时间的障壁，往来自如的快捷的信使。

但是，年仅七岁的公主，无论如何聪明，能够理解这种诗的绝望吗？而且勋的转生这次采取过于率直的形式，以致本多反而萌生了一丝疑虑。第一，虽然在那样明亮的日光下查验过，公主那可爱的浅黑侧腹上却没有三颗星状的黑痣……

本多决定以印度土产上等纱丽与这本诗集作为进献的礼品，请菱川与蔷薇宫联系。回话说，三日后，公主特命打开因国王不在而关闭着的却克里宫，在"王妃宫"赐见。

然而，这里附有女官下达的严格条件。据说，本多去印度旅行期间，公主一直急切盼望本多返回泰国，并且一定要在本多回国的时候同去日本，甚至吵闹着要做旅行的准备，以致不得不假装整理行装来哄骗她。因此，希望在谒见之际，非但不要提到回国的日期，甚至要避免"回国"二字，尽可能装作像是就此长住泰国的样子。

十一

回国前一天的早晨，依然晴空万里，风平，酷暑。

上午十点谒见，大热天为领带和上衣所苦的本多与菱川，约在九点四十分经过卫兵室前。

一八八二年朱拉隆功大帝建造的这座宫殿，新变态式与暹罗式风格浑然一体，极其壮丽，是意大利建筑师的杰作。

这座宫殿以热带蓝天为背景高高耸立，正面建筑极其复杂，几近幻想的程度。昂首望去，那光辉夺目、独具匠心的正面，尽管是纯欧式的，仍带有亚洲建筑物的特色，令人心醉神迷。青铜像守护着左右两侧缓缓上升的大理石台阶口。再往前则是正门，罗马式神殿拱洞上部庄严的栉形立壁上，镶着大帝的色彩绚烂的画像。至此均属纯西洋风格的新变态式，全是用大理石、浮雕与黄金构成的。再上一层是走廊，装饰着桃红色大理石科林斯式列柱。走廊的中央有一个暹罗式楼阁，像船上的望楼一般威风凛凛地凸起，可以隐约看到楼阁的白地天花板上，镶着枣红和金黄色方格。山墙上雕刻着附带枝状物的烛台似的却克里王朝徽章。更上层直到相当于佛塔尖上火焰形装饰的黄金尖塔的顶峰，一层又一层纯暹罗式金黄和朱红色的复杂的重檐，罗列着舞女耸肩似的鸱尾，伸向蓝天。这一切足以令人感到却克里宫的整个结构就像是要以极其复杂、色彩极其鲜明的疯狂的高贵王族的热带式梦想，压碎坚固而理性的欧式冰冷基座。它恰似嘴尖爪利的梦魔，竖起金黄与朱红的翅膀，骑在睡卧着的王者威严冰冷的白色胸腔上。

"这真美啊。"菱川停下脚步，一边擦拭仰视的脸上的汗珠一边说。

本多当即感到，菱川的恶癖像旧病复发似的又要发作。一见苗头立即粉碎，这乃是好意。

"美也罢，不美也罢，又怎样呢？我们只是应邀来谒见的罢了。"

想不到本多如此强硬，菱川望着他，眼神里含着怯意，缄口无言。本多后悔，为什么没有自来到曼谷之日起，就采取这种有效的方法。

两位警卫军官来引路，并暗示由于月光公主一时高兴而暂且打开这关闭已久的宫殿，是做了十分繁杂的准备的。这一次是按照菱川的眼色，本多把适当数量的钱，敏捷地揣进了军官的衣袋。

打开巨大的宫门进入光线暗淡的大厅，黑、白、灰色和花斑大理石铺地，摆着大约二十张红木镶边洛可可式椅子。曾经见过面的女官当即由军官那里接过两位客人，领他们走进右侧的大门。这里是天棚很高、采光很好的纯欧洲式宫殿大厅，悬

89

着枝形灯，几张意大利式镶嵌花纹的大理石桌子周围，摆着金色与红色的路易十五式椅子。

墙上挂着朱拉隆功大帝四位王妃和母后的等身画像。据菱川说，四位王妃之中的三位是姊妹。画像全是维多利亚王朝的画法，显示着外国画家精心绘制的痕迹。尤其是容颜的描绘，呈现出画家的良心与阿谀、诚心与恶意、不知写实是否允许到这种程度的战战兢兢的大胆与厚颜无耻的虚假交织在一起。王族人物那种略显沉郁的气质，与浅黑肌肤的沉郁的肉感相称，加之衣裳和背景的热带情调，自然使画得惟妙惟肖的画面带上了幻想的色彩。

大帝的母后泰普西林是身材矮小的老年贵妇人，相貌中潜藏着一种阴沉而野蛮的威严。本多从容地一幅一幅欣赏着画像。据菱川解释，四个妃子当中，第一夫人普潘披是三姊妹中最小的。与其大姐斯南塔、二姐索万古·瓦塔那比较起来，谁都会认为斯南塔王妃最美。

她的画像在房间一角，阴影半遮，是一幅一只手扶着窗边桌子的立像。窗外淡蓝的天空中飘着晚云，隔窗露出压弯枝条的橘树。桌子上放着插有一枝小莲花的景泰蓝花瓶、金酒瓶和酒杯。王妃的金色衣裙下面露出美丽的赤脚，粉红色刺绣上衣的肩头，佩着一条宽幅绶带，胸前闪耀着一枚大勋章，一只手拿着一把精巧的象牙扇子。那扇穗和地毯，都是晚霞那样的绯红色。

吸引本多注意的是五幅画像之中最为美丽可爱的那张娇小面孔。那微微张着的厚嘴唇，略显严厉的目光，以及短发的发型，令人不禁想起月光公主。定睛凝视时，这相似又消失了。可是没多久，有如笼罩这画面的暮色不知从哪里涌来，又从室内的四角涌起，不一会儿，从那握着扇子的黑色小手伶俐的指头，或者拄在桌子上的手指弯曲的姿态，同样相似的印象又渗透过来，终于觉得甚至严厉的目光和嘴唇也与月光公主毫无二致了。但是，如此达到顶点的相似，又像沙漏里的沙子一般，无止境地崩溃下去。

此时，里面的门开了，原来的那三位老女官簇拥着公主出现了。本多与菱川站在那儿，深深施礼。

似乎挽巴茵之行也融化了女官们的心，公主欢快地叫着跑到本多跟前，并没有人阻止。菱川简直像鸽子啄食撒下的豆粒一般，急忙搜集公主乱抛出的话，对本多耳语。

"长时间的旅行啊……我太寂寞……为什么不给我多写信呀？……泰国，印度，哪边大象多？……我不想去印度，想早点回日本……"

然后，公主拉起本多的手，带他到斯南塔王妃画像前。

"这是我祖母。"她夸耀地说。

"就是为了让本多先生看到这幅美丽的画像，才把您请来却克里宫的。"为首的女官从旁插话。

"不过，我从这斯南塔王妃那儿继承的只是身体。心是从日本来的，所以我本来想把身体留在这里，只让心回到日本。可是，那不就得死吗？所以身体也必须一同带到日本去，就像小孩子无论走到哪里都抱着她心爱的布娃娃一样……明白吗？本多先生。您看见的我这可爱的形态，其实不过是我携带的布娃娃。"

当然,公主天真的口气,并不像菱川翻译的这样井井有条。但是,公主起劲地讲话时那对清澈的眼睛,在翻译过来之前,就已经使本多的心战栗了。

"还有一个洋娃娃呀。"公主仍然不顾大人们的意图,跑到大厅中央,从窗间射进来的阳光在那里形成一个个方格。桌子上参差不齐地用象牙镶嵌着复杂的花样,胸口将及桌面的公主一边专注地用指尖摸着桌上镶嵌的蔓草和花朵,一边像唱歌似的说:"与我十分相像的洋娃娃在洛桑。她是我的姐姐。可是,姐姐不是洋娃娃,她的心、她的身体都是泰国人,并不像我本来是日本人。"

公主欣然接受本多献上的纱丽和诗集,但把诗集翻了几页便放下了。一位女官不无歉意地解释说,公主还不能读英文。本多的尝试落了空。

在这远非家庭气氛的房间里,由于公主的央求,本多讲了一会儿印度故事给她听。但是,当他看到公主听得入神,眼睛湿润,露出一种难以形容的悲戚神色时,他想到自己隐瞒着明天将回国这件事,甚为痛心。

何时才能与这位公主再会呢?公主长大了,一定是很美的吧,但那时不知道有没有相见的机会。说不定,今天就是与公主相见的最后一面。转生的神秘也像掠过热带午后庭院的一只蝴蝶的影子,甚至不久便将从公主的记忆中消失。或许只不过是勋为了向本多传达他道歉的话,借用了发狂的年幼公主的嘴罢了。勋在自戕前连一句话都没向本多交代。如此想来,倒可以坦然地离开曼谷。

然而，听着本多的谈话愈发泪汪汪的公主的眼睛，无疑含着离别的预感。谈话毋宁是选择孩子式的可笑的插话，但是公主的大眼睛里的悲伤却越来越深。

本多讲一小段就停一下，菱川指手画脚地一段段翻译。突然，公主的大眼睛几乎要迸裂似的睁大。女官们一齐凶神恶煞般地瞪着本多。本多不知道出了什么事。

公主突然尖声叫着紧紧抱住本多，女官们站起来，拼命地要把公主拉开。公主的脸蹭着本多的裤子，哭着喊着。

顿时，先前那样的战斗场面开始了。女官好歹把公主从本多身上拉开，示意本多"快跑"，菱川把它译过来时，又哭又喊的公主又差点儿抓住本多。本多从桌椅之间逃跑，公主哭着追赶，女官从三面追赶公主，路易十五式的椅子"哐哐"倒地，宫殿大厅变成了捉迷藏的院子。

本多好不容易才甩开公主，穿过前厅，从正门跑下大理石台阶时，听到背后宫殿高高的天棚回响着公主的哭声，本多一时踌躇。

"女官们让你快跑，她们想办法处理善后，先生快点儿啊！"

本多被菱川催逼着，汗流浃背地逃到宽敞的前院。

开车后，菱川对喘息未定的本多说："对不起，让您受惊了。"

"受什么惊，常有的事。"本多用他的大白手巾擦汗，掩饰自己的狼狈相。

"方才先生对公主说过本打算从印度坐飞机回来，可因为是军用飞机，没能买到票吧？"

93

"是这样说的。"

"我给翻译错了,无意中说了真话,翻译成'就要坐飞机回日本,但因为是军用飞机,没能连你的票都买到,所以不能带你去了'。然后公主说'我不让你走','无论如何也要把我带去',以致酿成这场纠纷。女官们抱怨我们违约,对我们瞪眼睛。啊呀,是我疏忽,实在抱歉。"菱川以若无其事的神情赔不是。

十二

日泰定期航线，自去年即昭和十五周年开通。为封锁援蒋物资，日本派遣法属印度支那监督委员之后，法属印度支那态度大为软化，于是开辟已有的台北—河内—曼谷航线，增加了经由西贡的南方迂回航线。

这是大日本航空株式会社经营的民航。然而五井物产会社却认为，偷偷地乘坐军用飞机是个漂亮的做法。招待贵客，军用飞机的设备固然不好，但速度快，发动机上乘。这样既能给迎接的人以乘飞机者确有紧急公务的印象，又能显示五井物产对军方的权威。

本多对热带风物恋恋不舍。绿色密林之间的金色佛塔显得渐渐小起来时，他觉得自己在这里经历的转生的相逢，完全是一篇童话、一场梦。转生的证据如此齐备，而月光公主过于幼小，所以一切都与儿歌的悲欢混杂在一起，未能触及清显和勋的生活的一系列演变和那湍急的归结，就像是一辆招摇过市的疯狂的彩车一样。

难以想象，甚至奇迹也需要日常性！随着飞机临近日本，本多放下心来，因为那里只剩下摆脱奇迹的日常性。他终于不仅失去了理性的法则，而且失去了感情的桎梏。甚至与月光公主分别，并无分外的悲伤。在飞机上接触滔滔不绝地谈论战争迫近的军人，既不觉得讨厌，亦无任何感动。

看到前来迎接的妻子的身影，本多当然感到久别重逢的喜悦。一如所料，他实实在在地感到，离开日本时的自己，与归来时的自己，以那微肿而略带睡意的白脸颊为媒介，眼看着黏合在一起了。两个时点的间隔消失了，总觉得旅途中深深的红色伤口已消失得无影无踪。

"您回来啦。"

妻子站在迎接的人们背后，取下朴素的毛绸披肩。她一向不喜欢美容院的加工，回到家自己赶紧把电烫的发型改个样子，使之符合老一套。鞠躬时，那熟识的蓬乱的刘海儿伸到本多鼻子底下，有些烧焦的药味。

"妈妈身体很好。不过，晚上冷，怕感冒，所以在家里巴望着。"

梨枝未待询问就先告诉婆母的消息，语调里没有一点尽义务的味道，这使本多感到宽慰。生活本该如此。

"明天赶快去百货店买个布娃娃。"在回家的车中，本多说。

"好的。"

"在泰国见到一位小公主，答应送给她一个日本的布娃娃。"

"像河童那样的日本布娃娃可以吗？"

"是啊。不要太大，大约这样就可以吧。"

本多说着，一只手放在胸前，一只手放在腹部，比量着长短。虽然认为意味着变成男子的男娃娃更好，但又觉得不自然而作罢。

在本乡自宅的大门，穿着细条纹布衣服的老母亲，缩着肩膀迎接儿子。剪短的垂发染得过于浓黑，金边眼镜的细镜腿压着头发挂在耳朵上。本多常想劝告她不要这样，但总没有适当的机会。

母亲与妻子服侍着经过草席走廊走向依旧又大又黑又冷的里屋时，本多无意中感到自己的脚步很像父亲回家时的脚步。

"好啊，在战争开始前回来了。我可真是担惊受怕的。"

曾是爱国妇女会一个热心干事的母亲，在冷风"飕飕"的走廊，一边气喘吁吁地走着一边说。年迈的母亲害怕战争。

休息两三天后，本多去丸大厦的事务所上班，开始忙碌而安稳地度日。日本的冬季使他的理性很快就苏醒过来。理性好像是在那东南亚之旅中无由得见的冬候鸟，像是一只仙鹤，飞到返回日本的他心中结了冻的海湾来了。

十二月八日清早，妻子来寝室叫醒他。

"今天提前叫醒你，请原谅。"她平静地说。

"怎么啦？"他以为是母亲的身体出事了，便爬起来。

"跟美国开战了。方才广播新闻……"梨枝的语调中仍然含有过早叫醒他的歉意。

当天早晨去了事务所，但攻击珍珠港的新闻轰动一时，根本谈不上什么上班了。年轻女职员发出怎么也抑制不住的一连串笑声，令本多惊讶。难道女人只会把爱国的欢乐与肉体的欢乐混杂在一起表现吗？

午休时间到了，事务所的人们商定一同去皇宫前面。本多送走大家之后，把事务所的门锁好。饭后一个人出去散步，自然是以二重桥前的广场为目标。

丸之内附近，人同此心吧，宽阔的步道摩肩接踵。

本多思忖："我已四十七岁了。"无论肉体和精神，都失去了朝气、力量和纯洁的热情。再过十年，就该做死的准备了。但是，自己绝不会死于战争。本多无军籍，即或有，也不害怕被驱上战场。

他已到了这样的年龄，对年轻人果敢的爱国行为，远远地鼓掌喝彩就可以了。去轰炸夏威夷！这种惊人的行为，对他的年龄来说，是不可思议的。

这距离仅在于年龄吗？绝不是。本多本来就不是为了行动而生的人。

他的人生与所有的人一样，一步步走向死亡。这且不论，而他是只知道走的人，没有跑过。他曾经企图救人，却未曾面临需要他人救助的危险。他缺少被救助的天资。人们不由自主地伸出手来想要救护他自己也非常珍视的某种光辉的价值——他从未感受过这种危机。（这不正是所谓魅力吗？）遗憾的是，他是缺乏魅力的自立的人。

如果说本多对攻击珍珠港的狂热感到嫉妒，那未免过于夸张。他只是"今后自己不会放出什么光彩就将了此一生"这种利己的忧郁的确信的俘虏。他的确从未认真地希求过这种光彩。

但是另一方面，印度贝拿勒斯的幻影一旦浮现，如何壮烈的荣光也会黯然失色。这大概是由于转生的神秘使他的心灵枯萎，夺去他的勇气，使他明白一切行动均无效……最后使得他把这一切哲学都只用来保重自己。有如躲避在身旁爆炸的花炮的人一样，本多感到人们的狂热反而使自己心灰意冷。

聚集在二重桥前的人手里的太阳旗，那"万岁"的呼声，从远处也能看到听到。本多在自己与他们之间，隔开一条宽阔的大粒沙子路的距离，远远地眺望护城河堤上枯萎的草色与寒松的色调。他双手插在大衣兜里站着，两个身着藏青色工作服的姑娘，高声笑着，手拉手地经过他的身旁向二重桥跑去。突然瞥见她们绽露的雪白牙齿，闪着冬日映照的光泽。

弓形的美丽的冬天的嘴唇！当她们走过的一瞬间，在清澈的大气中画出一道鲜艳而又温暖的裂痕的女人的嘴唇……轰炸机上的勇士有时也一定梦见过这样的嘴唇。青年啊，总是如此。追求最激烈的东西，同时被最柔媚的东西诱惑。这所谓柔媚的东西，或许就是死吧？……本多自己也曾是一个青年，但他是一个从未被死诱惑过的"有为青年"。

这时在本多眼里，冬日照临的宽广的大粒沙子路的空间，突然变成了广漠的荒野。三十年前清显给他看过的日俄战争相册中《追悼得利寺一带的战死者》的照片，清楚地浮现于脑际，与眼前的风景重合，最后甚至占据了它。那是战争的结束，而这是战争的开始。即便如此，这也是不祥的幻象。

朦胧的坡度平缓的远山，左侧伸展于山脚下的原野而渐渐增高；右侧则与稀疏的小树林一同消失在黄尘滚滚的地平线。

再往右则不是山，而是一排排越来越高的林木，林间露出黄色的天空……

这是那照片的背景。画面的正中，能看见小小的白木墓标和白布飘动的祭坛，那上面摆着花朵，数千士兵围着它垂下头。

本多的眼里清晰地看到这幻象。"万岁"之声与耀眼的太阳旗的波涛又复活了。然而，这使本多的心充满难以形容的悲伤。

十三

战争期间，本多用余暇专门研究轮回转生，到处搜寻这种不合时宜之书是他的一种乐趣。新出的书越来越无聊，战时旧书店里积满尘埃的书却越来越显得豪华。只有这里才公开出售超脱时代的知识和趣味。而且比起社会上的物价上涨来，无论日文书外文书，低廉的价格维持不变。

本多从这些旧书里，也学到了许多西方有关轮回转生的学说。

那是公元前五世纪伊奥尼亚哲学家毕达哥拉斯的著名学说。毕达哥拉斯的轮回学说，接受了先行于它的从公元前七世纪直至六世纪风靡希腊全国的俄耳浦斯教团密教的影响。而俄耳浦斯教又是在动乱不安的整整二百年间到处点燃疯狂的火焰的狄俄尼索斯（酒神）信仰的后裔。

酒神来自亚洲，与希腊各地的地母神崇拜以及农耕仪式相结合，暗示二者本来同出一源。大地母神至今仍生气勃勃的姿态，本多已在加尔各答的杜尔迦庙有所目睹。酒神早就来到北国色雷斯，冬来即死，春来复苏，体现了自然界的生命的大循环。无论打扮成怎样快活而放纵的样子，酒神也是那夭折的美少年们，即以阿多尼斯为代表的年青五谷灵们的先驱。如同阿多尼斯必与爱与美的女神相遇，酒神在往后各地的秘密仪式里，也与大地母神相契合。在德尔斐，酒神与地母神并祀，而且雷尔纳秘密仪式的主神便是这些男神女神的组合。

酒神来自亚洲。这造成狂乱、淫荡、吃生肉和杀人的宗教，正是作为"灵魂"所必需的问题而从亚洲传来的。不允许理性的澄明、不允许人和神停留在稳固的美丽形态里的这种狂热，恰似遮天蔽日的蝗群，侵袭阿波罗式的丰饶的希腊田野，转瞬间使田野枯萎，把庄稼吃光，本多对照自己在印度的体验，不能不想见此时的骇人景象。

酩酊大醉、死、疯癫、病热、破坏……为什么这些邪恶的东西如此迷惑人们，如此使人们灵魂出窍呢？为什么人们的灵魂竟至如此舍弃安乐静谧的家园，必须飞到外面去呢？为什么心灵如此厌恶平静的停滞呢？

这是发生在历史上的，也是发生在个人之中的事情。人们无疑是感到，若非如此则无法触及那圆形的宇宙，那全体，那全一。烂醉如泥，披头散发，撕裂衣服，裸露性器，从嘴里滴落嚼食生肉的血……人们无疑是竟至如此地想以自己小小的指甲尖触及一下"全体"。

这正是经俄耳浦斯教团洗练过并变为秘密仪式的"凭灵"和"脱自"的心灵体验。

其中使希腊的思想最先面向轮回转生的，正是这"脱自"的体验。转生的最深刻的心理源泉即是"恍惚"。

在俄耳浦斯教团信奉的神话中,酒神名叫狄俄尼索斯·扎格留斯。扎格留斯是地母神的女儿普西芬尼与大神宙斯所生的儿子,是父神钟爱而托付其统治未来世界的婴儿。传说是天神宙斯热恋地神少女普西芬尼时,化为大地的精灵(大蛇)而同她交合的。

妒忌的宙斯之妃赫拉发觉此事,策动地下巨人梯坦等,用玩具引诱幼儿扎格留斯,残杀之后,肢解尸体,煮而食之。只有心脏经赫拉之手献给宙斯,宙斯把它赐予塞美勒,从这里再生为狄俄尼索斯。

另一方面,宙斯对梯坦等人的暴行十分愤慨,以雷击之,后来从梯坦的骨灰中产生了人类。

于是,人类继承了梯坦的恶的本性。另一方面,由于他们嚼食的扎格留斯之肉的余香尚存,因而在体内仍保留着神的因素。所以俄耳浦斯教团提倡,必须由"脱自"而皈依狄俄尼索斯,通过自我神化而达到其神圣的本源。它的圣餐的仪轨,后来甚至影响到基督教的圣饼和葡萄酒。

而被色雷斯的女人们割下四肢杀害的奏乐者奥尔弗斯,恰似再现了狄俄尼索斯的死。他的死、复活及冥府的秘密,成为俄耳浦斯教团的重要教义。

那么,由"脱自"而走出躯体的游魂,转瞬间得以接触狄俄尼索斯的神秘,如此看来,人不久便懂得灵肉的分离。肉是梯坦的恶的骨灰所生,而灵则保留着狄俄尼索斯纯洁的余香。而且俄耳浦斯的教义说,地上的苦并不与肉体的死亡一同结束,脱出已死肉体的灵魂，在冥府度过一段时间之后，必须再次出现在地上，附在别的人或动物的肉体上，沿着无限的"生成之环"循环。

本来具有圣性的不灭的灵魂，必定遍历如此黑暗的弯路，溯本求源，乃是由于肉体所犯的原罪，即梯坦等人杀害扎格留斯。地上的生活又添新罪，罪上加罪，人永远摆脱不了轮回之苦。有的罪，不一定脱生为人，或许变成马、羊、鸟、狗，或者变成冰冷的蛇，匍匐在地活着。

可以说是祖述和深化了俄耳浦斯教的毕达哥拉斯教团，是以轮回转生学说与宇宙呼吸学说为其有特色的教义的。

本多后来在与印度思想长时间交谈的弥兰陀王的生命观灵魂观之中，看到了这"宇宙呼吸"的思想的痕迹，它与我国古神道的秘义也有相似之处。

与小乘佛教那种童话般明朗的《本生经》相比较，教义虽相通，阴沉的伊奥尼亚色彩忧郁的轮回学说，却使本多的心灵疲惫，觉得莫如去倾听万物流转论者哲学家赫拉克利特的讲解。

在这流动统一的哲学里，"凭灵"与"脱自"才能合一，一者即一切，一者来自一切，一切来自一者。在超越了时间与空间的领域，自我消失，轻而易举地实现与宇宙的合一，在某种神的体验之中，我们可以成为一切。在那里，人与自然，鸟与兽，风声飒飒的森林，波光粼粼的小河，白云缭绕的山峰，岛屿错落的碧海，无不得以互相摘掉存在的框框，融为一体。赫拉克利特讲解的，便是这样的世界。

"生与死,
醒与梦,
幼与老同一。
此化为彼,
彼复化为此。"
"神变为昼与夜,
神变为冬与夏,
神变为战争与和平,
神变为丰饶与饥饿,
神唯多变而已。"
"昼与夜同一。"
"善与恶同一。"
"圆周上的终点与起点同一。"

这些就是赫拉克利特雄浑的思想。本多接触这样的思想,感到那光芒像要晃瞎眼睛时,确实有一种解放的感觉,可是同时又不愿匆忙地挪开捂着眼睛的自己的双手。这是因为恐怕晃瞎了眼睛,也因为觉得自己的感性和思想还不成熟,不能沐浴如此无边无际的光明。

十四

于是本多暂且转移注意力，埋头研究十七八世纪复活于意大利的轮回转生学说。

生活在十六七世纪的修道士唐玛佐·康帕内拉信奉轮回转生学说。这位异端与叛逆的哲学家，在二十九年的狱中生活之后，被接到法国，度过了幸福而荣耀的晚年。当路易十四诞生之际他献上赞歌，以其作为自己的轮回学说的实证。

康帕内拉从鲍提罗那里学习婆罗门教徒的轮回转生论，得知死者的灵魂甚至会转生为猴、象、牛等。而且假托毕达哥拉斯教团是信奉灵魂不灭与轮回转生的，规定《太阳之都》（他的主要著作）的居民"原本来自印度，是躲避莫卧儿人的篡夺与暴虐的贤人们"，称之为"毕达哥拉斯式的婆罗门教徒"，但关于其轮回的信仰却含糊其辞。然而康帕内拉自己却提倡"死后的灵魂既不进地狱和炼狱，也不进天堂"。

可以隐约看到他的轮回学说的，据说是《高加索十四行诗》。其中，康帕内拉流露了充满悲伤的感怀，歌吟道："人类不会因自己的死而进步，即使转变了祸，恶却更加猖獗，这种情况并不鲜见。虽然死后，感觉也永远存在，但那不过是忘却了现世的苦恼。既然不知前生是痛苦的还是平安的，怎能知道死后呢？"

与贝拿勒斯的欣求相比，提倡轮回学说的西欧人，全被今世的不如意和悲愁压得一筹莫展。而且他们不希求在来世欢乐，只求忘却。

说到这里，十八世纪的哲学家、笛卡儿的激烈反对者维科，虽然同样倡导轮回学说，但却以其才气和斗志，处在尼采的永劫回归的先驱者的位置。维科根据他不牢靠的知识，称赞日本人是尚武的民族，本多高兴地读到他叙述的这一段："日本人犹如迦太基战役时的罗马人，礼赞英雄的人性，武事勇猛，语言颇似拉丁语。"

维科以其回归的观念来解释历史。亦即各文明时代，是以比最初的"感觉的野蛮"远为恶劣的"反省的野蛮"结束的。前者意味着高洁的未开化，而后者意味着卑劣狡猾、奸佞诡诈。于是这有毒的"反省的野蛮""文明的野蛮"，在它经过的几个世纪中，不能不重又遭受新的"感觉的野蛮"之侵袭而灭亡……本多觉得在短短的日本近代史上，也真切地看到了这种情形。

维科信奉天主教式的神意，但在发表下述不可知论者的言论时，似乎他与"业感缘起论"是十分接近的。

"神与被造物是不同的实体，而且存在理由与本质乃实体所固有，所以被创造的实体只要是有关其本质的，便是与神的实体不同的另一种东西。"

如果认为这看起来似乎是实体的被造物是"法"与"我",认为存在的理由是"业",那么到达另一世界的神的实体,就正是"解脱"。

维科在他的神学理论中倡导,神的创造"内在地"转化为被创造之物,"外在地"转化为事实,因而世界是在时间中创造出来的。他主张,人的精神所思念的无限和永远,是神的反映。它不受肉体的限制,从而也不受时间的限制,所以是不死的。但是关于无限者是怎样降落到有限的事物里的,他却委之于不可知论,避而不谈。不过,轮回转生学说的睿智,正是从这里开始的。

说起来,印度哲学专门仰赖不屈不挠的认识力(哪怕凭借幻想和梦也在所不辞),始终与不可知论无缘,这是很令人惊叹的。

十五

及至本多得知西洋的这种轮回思想，是一些极其孤独的思想家从古代断断续续地流传下来的，他便觉得公元前二世纪统治西北印度的弥兰陀王会见那伽犀那长老时提出种种问题，似乎对佛教的轮回转生说抱着深深的怀疑与好奇心，并把希腊自古以来的毕达哥拉斯派哲学忘光了，这是不无道理的。

日译《大藏经》中《弥兰陀王问经》的第一卷，始于对王都的描写：

"如是传闻：希腊人殖民立国之地，都府奢羯罗是通商贸易一大中心。山清水秀，有公园、花园，有森林、池塘和湖泊，山川林野形成天然的极乐净土。此地居民，富虔敬之念，由于敌手扫荡净尽，毫无不安和压迫之感。而王城周围，以鹿砦堡垒、宏门严拱、白壁深壕等防备极其严整。而且市街宽阔，十字街、市场等等，设计十分巧妙。商厦装饰绚丽，名贵商品云集。数百座慈惠院蔚为壮观，数千幢高楼大厦犹如喜马拉雅山巅，巍巍乎耸入云端。市街上，青松般的男子，花朵似的女子，婆罗门、刹帝利、毗舍、首陀等上中下各阶层的人们成群结队，熙来攘往。

"市民欢迎各教派学者教师，于是奢羯罗府有如各宗长老硕学之渊薮。街头巷尾，销售贝拿勒斯纺织品及其他种种绸缎布匹的大小商号鳞次栉比。香花市场，芬芳馥郁。还有许多如意宝珠之类的宝石商店以及金银铜石器物的商店，如入令人眼花缭乱的宝山。谷店粮库，异常富足。果品食物，应有尽有。买卖自由，方便自如。简而言之，这奢羯罗府，其富庶可与北俱卢洲匹敌；其繁华可与天街相拮抗。"

自恃极高、辩才无敌的弥兰陀王，认为印度现在不过是智慧的谷壳。他初次会见具有真知灼见的高僧那伽犀那，就是在这光辉灿烂的都市。

弥兰陀王向那伽犀那质疑如下：

"高僧啊，当我招呼那伽犀那的时候，这那伽犀那是什么人呢？"

高僧反问道："你认为那伽犀那是什么人呢？"

"高僧啊，我认为那伽犀那是存在于身体内部，化为风（呼吸）而出入的生命（灵魂）。"

本多读到此处时，从国王的回答，不由得想起毕达哥拉斯的宇宙呼吸说。即是说，希腊语的灵魂，本来的意思是气息。如果人的灵魂是气息，可以说人是由空气维持的。整个宇宙也是如此，由气息和空气维系着。这就是伊奥尼亚的自然哲学所主张的。

高僧又反问，吹法螺者、吹笛者以及吹角笛者的气息，一旦吐出不再返回，可是他们不死，这是为什么呢？国王无法回答。于是那伽犀那说了一句话，暗示希腊哲学与佛教的根本区别。

"并非灵魂存在于呼吸之中。出入的气息，只是身体的潜在力量（蕴）。"

本多此时立刻预感到下一页的如下问答：

"国王问道：

"'高僧，无论任何人，死后都复生吗？'

"'有的复生，有的不复生。'

"'那是些什么人呢？'

"'有罪孽者复生，无罪孽的清净者不复生。'

"'高僧您复生吗？'

"'如果我死时，心中贪恋着生而死则复生，否则不复生。'

"'善哉，高僧。'"

此后，弥兰陀王心中产生了旺盛的探讨欲，就轮回转生一个接一个执拗地质疑。关于佛教"无我"的论证及"既然无我，为何有轮回？"这种关于轮回主体的国王的追究，以希腊式对话的螺旋状穷理的方式，逼问那伽犀那。因为如果轮回是由于善因善果、恶因恶果的业继承而报应地发生的，那么必须有对行为负责的恒常的主体。但是既然高僧所属部派佛教的阿毗达摩教学断然否定《奥义书》时代承认的"我"，尚不知晓后世精妙的唯识论体系的高僧就仅回答道："没有作为实体的轮回的主体。"

但是，那伽犀那以一盏灯的比喻来解释轮回转生：那傍晚的火焰、深夜的火焰、黎明前的火焰，都不是完全相同的火焰，但又不是别的火焰，而是依存于同一盏灯，彻夜燃烧着。本多对如此的说明，感到一种无法形容的美。作为缘生的个人的存在，并非实体的存在，而只是像这火焰似的"事象的连续"。

而且，那伽犀那还教导说："所谓时间，即轮回的生存本身。"这与久远后世的意大利哲学家的解释几乎相同。

十六

然而弥兰陀王以佛教徒为谈话对象，也是理所当然的。国王是外国人，起初就处在印度教的圈外。虽然是统治者，但不是在印度的种姓制度之中生活的人，无论怎样去接近它，也只能被印度教排斥。

但是本多最初接触轮回转生这个词儿，是距今三十年前的事。那时在松枝清显家里听了月修寺住持关于佛法的谈话之后，亲自翻阅了 L. 德隆尚的法译《摩奴法典》。公元前二世纪到公元二世纪之间形成的这部法典，继承了始于公元前八世纪的梵我一体的《奥义书》时代确立的轮回思想。《奥义书》说道：

"诚然，善业者成善，恶业者成恶，依净业而为净，依恶业而为黑。故曰：人由欲成。欲生意向，意向生业，因业而有轮回。"

说起来，本多在贝拿勒斯的体验，或许是很早以前，在十九岁接触这部法典时就预先注定了。《摩奴法典》中，自天地创造直至轮回，宗教、道德、习惯、法律无所不包。而且由于聪明的英国人的深谋远虑，在英国统治印度期间，这部法典对居住在印度的印度教徒，也一直发挥着实定法的效力。

重读这一法典的本多，得以重新接触贝拿勒斯那种欢喜和虔诚的源泉。这是因为《摩奴法典》在其庄严的第一章里描绘道："排开黑暗混沌自现光辉的自存神，首先造水，置种子于水中，种子长成为太阳般光辉的黄金的卵。一年之后，全世界的始祖梵天破卵而生。这梵天所依存的水，正是贝拿勒斯的水。"

《摩奴法典》所宣示的轮回之法，把人的转生大致分为三类：支配一切众生肉体的三种性情之中，喜悦、恬静而充满光明磊落的感情的智性，转生为神；喜爱事业、优柔寡断、从事不正当职业而又耽于官能享乐的无智性，转生为人；放荡懒惰、无气力、残忍、无信仰、过着邪恶生活的游惰性，转生为畜生。

《摩奴法典》详细规定了转生为畜生之罪：杀害婆罗门者，入犬、猪、驴、骆驼、牛、山羊、绵羊、鹿、鸟之胎；偷盗婆罗门金钱的婆罗门，千次入蜘蛛、蛇、蜥蜴和水栖动物之胎；侵犯高僧卧床者，百次转生为草、灌木、蔓草和肉食兽；盗五谷者变鼠，盗蜜者变虻，盗牛乳者变鸟，盗调料者变犬，盗肉者变秃鹰，盗肥肉者变鹈，盗盐者变蟋蟀，盗绢者变鹧鸪，盗亚麻布者变蛙，盗棉布者变鹤，盗牛者变大蜥蜴，盗香料者变麝香鼠，盗蔬菜者变孔雀，盗火者变苍鹭，盗家具者变蜂，盗马者变虎，盗妇人者变熊，盗水者变郭公鸟，盗果实者变猿。

十七

就此，泰国的小乘佛教，维持《南传大藏经本生经》（这部经很好地保存了巴利语原典的面貌）朴素的教义，即便是佛陀，在其前世的菩萨行期间，无罪而轻易地转生为鼠或黄鹄，也不以为怪。

在泰国流行的南传佛教，直至明治时代，日本尚无所知。佛陀圆寂之后，大约百年乃至二百年，小乘佛教分裂成许多派别，称为小乘二十部。公元前三世纪阿育王治下的摩哂陀，把其中的"分别上座部"传到锡兰，至今仍流行于锡兰、缅甸、泰国、柬埔寨等地。

以巴利语写就的"分别上座部"的三藏之中，详尽的律藏规定，至今仍是泰国修行僧的戒律，详细约束其日常生活。所定之戒为比丘二百五十戒，比丘尼三百五十戒。

那里的轮回转生观是怎样的呢？它与唯识论有何区别，有何特色呢？且不说年幼的公主的信仰，曼谷街头随处可见的身披鹅黄色袈裟的僧人们，每个人心底潜藏的轮回思想是怎样的呢？本多渴望知道这些，于是便涉猎佛书。

结果得知，这些南传"上座部"的教义，源于同弥兰陀王交谈的那伽犀那高僧所属的阿毗达摩教学。关于《弥兰陀王问经》流传的途径，有的学者说，最初大概是在希腊的殖民地西北印度写作，流传到东边的马加达地区而改为巴利文，增补之后流传到锡兰，不久由锡兰传到缅甸、泰国等地。于是，成为暹罗版大藏经《弥兰陀王问经》。

因而，可以认为泰国人信奉的轮回观，大致与那伽犀那高僧所说的轮回观相同。这一派认为：

"引起轮回转生的'业'的主体是'思'，即意志。"

这种观念，也与《阿含经》的说法一致，接近佛教最原本的思想。如果站在动机论的立场，就像这一派所说的那样，人们的肉体和外界事物本无善恶，使之成为善或成为恶的全是心，是"思"，是意志。

本可到此为止，但阿毗达摩教学为说明无我，又从这整个物质界的无善恶开始解释。就是说，譬如那里有一辆车，构成车的诸因素，虽然不过是一般物质的诸因素，但由于乘坐的人轧了人而逃走，这车便成了罪的容器。心与意志是罪与业的原因，所以我们本来是无我的。然而"思"坐在里面，因贪、嗔、邪见、无贪、无嗔、正见的六业道而引起轮回转生。这样，尽管"思"是轮回转生的原因，却并非主体。主体终究是不得而知的。来世只是今世的延续，与今世连成一体的彻夜长明的灯火便是生。

想到泰国年幼公主的心绪，本多觉得更好理解了。

每到雨季，曼谷条条河流泛滥，道路与河流、河流与田地的界线顷刻消失，道路变成河流，河流变成道路。在那幼小的心灵里，梦想的洪水淹没现实，冲破来世与前世的堤坝而淹没今世。这种情形一定会经常发生。而且瞥见一片汪洋的田地中青青稻禾的叶梢，原来的河水与田里的水沐浴着相同的阳光，反映着相同的积雨云。

或许月光公主的心中，发生了自己也意识不到的来世与前世的洪水，放眼望去，在映出雨后明月的广阔水域里，遗留着一个个小岛似的现世的证迹，反而令她难以置信。堤坝已溃决，境界已冲破，而后前世就可以无拘无束地讲话了。

十八

本多觉得借助曼谷留下的美丽可爱的谜,反而能够轻松地回到年轻时曾那般使他烦恼的唯识论,回到那雄伟的大伽蓝似的大乘佛教体系去。

尽管如此,"唯识"仍是一座几乎令人头晕目眩般崇高的智慧的宗教殿堂,以最周全精密的理论,摆脱了否定"我"与"魂"的佛教围绕着轮回转生的"主体"的理论的困难。那无比复杂的哲学成就,恰似曼谷的晓寺一样,在那充满拂晓的凉风和微光的玄妙时间里,穿破一片淡蓝的晨空。

正是"唯识",终于解决了轮回与无我之间几个世纪都没有解决的矛盾。是什么轮回于生死之间或者往生于净土呢?究竟是什么呢?

……

说起来,最早使用"唯识"一词的是印度的无着。无着的生平,自从他的名字在六世纪初通过《金刚仙论》传到中国以后,已经半带传说性质。唯识说起源于大乘《阿毗达摩经》,如后所述，《阿毗达摩经》的一个偈，构成了唯识论最重要的核心。无著以其主要著作《摄大乘论》将它系统化了。附带说一下，"阿毗达摩"是经、律、论三藏之中，意味着"论"的梵语，因此，大乘《阿毗达摩经》等于大乘《论经》。

我们平常是以所谓"六感"的精神作用而生活的，即眼、耳、鼻、舌、身、意六识。唯识论在其前头创立了第七识——末那识，可以认为它包含着自我、个人的自我意识的一切。但唯识不止于此，在其更深处设想了所谓"阿赖耶识"的终极之识。如同其汉译"藏"那样，是包藏着存在于世界的一切种子的识。

生在活动。阿赖耶识在活动。此识是总报的果体，包藏着一切活动的结果——种子，所以总而言之，我们活着，不外乎是阿赖耶识在活动。

此识犹如瀑布一样，飞沫四溅地长流不息。瀑布常在眼前看得见，但每一瞬间的水都是不同的水。水是在持续不断地翻滚着、流动着、飞溅着。

集无著学说之大成，著有《唯识三十颂》的世亲有云："恒转如瀑布。"这正是二十岁的本多为清显而拜访月修寺时，不经意地从老住持那儿听到的一句话。

这又使他想起，在印度旅行中去阿旃陀，走出一间似乎刚才还有人在那儿待过的僧房时，落入瓦格拉河的一对瀑布突然映入眼帘。

这或许是最后的终极的瀑布，又与初次见到时的三轮山三光瀑布，以及很早以前见到老住持时的松枝宅第的瀑布，像镜子里的映象一般互相对应着。

那么，在阿赖耶识之中，种植着一切结果的种子。只要人活着，前述的七识就要活动。它活动的结果自不待言，不仅这种心法的活动，甚至它的对象——色法的种子，也同心法一起种植在这里。以熏染衣服的香气比喻这种种植而叫作"熏习"，故称之为"种子熏习"。

可是，关于阿赖耶识本身是否为无任何污染的中性之物，看法又不相同。如果它本身是中性的，引起轮回转生的力必然是外力即所谓业力。因为存在于外界的一切事物、一切诱惑，不，心内也存在的从第一识到第七识的所有感觉的迷蒙，都不是不以其业力而予以影响的。

然而唯识论认为这种业力以及业力带来的种子——业种子是间接原因（助缘），认为阿赖耶识本身既含有引起轮回转生的主体，又含有其动力。这会导致这样一种看法，即如无着所主张的那样，阿赖耶识本身当然并非一尘不染，而是水乳交融的和合识，一半污染的成为朝向迷界的动力，另一半洁净的成为朝向悟道的动力。而其内含的种子，将借助善恶业种子，以来世或苦或乐的果报而现行[1]。重视业力活动的具舍论与唯识论不同之处即在于此。阿赖耶识由阿赖耶识的种子现行而形成自然法则（同类因等流果），其种子以业种子为助缘而生成道德法则（异熟因异熟果），唯识在此展开其独特的世界构造。

于是，阿赖耶识是有情总报的果体，是存在的根本原因。

---

1 现行：据《佛学大辞典》解释，阿赖耶识有生一切之法之功能，谓之种子。自此种子生色心之法谓之现行。

例如，人的阿赖耶识现行，正是人的现实的存在。

阿赖耶识就这样使这个世界，我们居住的迷界显现。一切认识的根源包括一切认识对象，并且使之显现。这个世界是由肉体（五根）、自然界（器世界）和种子（可使一切物质、精神现行的潜在力量）构成。不管是"我执"所执着的实体——自我，抑或是我们认为死后不灭的灵魂，都是从产生一切诸法的阿赖耶识发生的，既然如此，那么一切归于阿赖耶识，一切归于识。

然而，如果我们由"唯识"这个词，认为它是一种唯心论，即认为这边是作为一个实体的主观，而在那里映现的世界完全是由它产生的，那只能说是我们混同了"我"与"阿赖耶识"。因为"我"这个常数可能是一个不变的实在，而阿赖耶识则是瞬息不停的"无我之流"。

无着的《摄大乘论》，关于阿赖耶识所熏染而显现迷界的种子，讲明有三种熏习。

第一，名言种子。

例如，蔷薇被认为是美丽的花。为区别蔷薇之名与其他的花名，弄清究竟是怎样美丽的花，我们来到蔷薇前面，认识它与其他的花有何不同。蔷薇先是作为一个名称出现，概念引起空想，被引起的空想接触到实体，其香、其色、其形储存于记忆里。或者一种不知其名的花的美沁人心脾，引起认识欲，及至得知其名为蔷薇，遂编入自己的概念世界里。我们如此学习意义、名称、语言、对象，又学习与其有关的知识。学习的不一定仅是美丽的名称，不仅是正确的意义，知觉与思考所得到的一切，储存于无始以来的记忆中，而产生出世界环境。

第二，我执种子。

八识之中的第七识末那识，对阿赖耶识发动自他差别的我执时，这我执主张绝对的个我，接着推动其他六识，而重复我执熏习。本多自然而然地认为所谓现代的自我的形成以及自我哲学的迷蒙，无不发生于此。

第三，有支种子。

所谓有即三有（三界），指欲有、色有、无色有的全体迷界；支即是因。造成一切迷苦世界的因的这个种子，就是所谓业种子。命运的不同，走运与倒霉的不公平，即由于这业力的功能。

于是，什么是轮回转生的主体，什么轮回于生死之间，已很明显。它正是滔滔不绝的"无我之流"——阿赖耶识。

十九

然而，关于唯识论，随着学习的深入，本多对阿赖耶识以怎样的形态显现世界，自然产生兴趣。因为唯识论主张，阿赖耶识引起的因果是"同时"，亦即一刹那，而且交替地发生。本多只能把因果想象为时间的继起，所以他觉得阿赖耶识与染污法的"同时更互因果"这种观念是最难理解的。而且显然这是唯识以及整个大乘与小乘的分歧所在，表明了对世界解释的根本不同。

在小乘佛教的世界里，像曼谷的雨季，河水、田里的水和原野，已分不清界限，无边无际地连续着。现在那里泛滥的雨季的洪水，过去有过，将来也同样会发生。庭院里红花朵朵的凤凰树，昨天立在那里，明天亦然。这些存在，即便在本多死后也会继续。如果这是确实的，那么同样，本多的前世也一定会顺利地向来世延续而反复地转生。如此据实地承认世界，犹如热带的土地吸收水分一般自然地承认它，就是南传上座部小乘的教诲。由于我们的生存是横跨过去、现在、未来的延续，所以过去、现在和未来有如一条悠悠的褐色的河，那红树根镶衬的河，存在于浓厚而沉郁的流逝之中。这种学说叫作"三世实有法体恒有说"。

与此相反，大乘，尤其唯识，把这个世界解释为片刻不停地奔涌的激流，解释为雪崩般的飞瀑。如果这个世界的面貌是瀑布，那么这个世界的根本原因，其认识的根据也是瀑布。它是每一瞬间都在又生又灭的世界。过去的存在、未来的存在均无任何确证，只有我们手能摸到、眼能见到的现在的一刹那是实有的。大乘特有的这种世界观，称为"现在实有过未无体说"。

然而，为什么是实有呢？

如果眼所见到或手所摸到，这里有一株水仙花，至少现在这一刹那，水仙花及其周围的世界是实有的。

这是被确认了的。

那么，在睡眠期间，即使人把它插在枕边的花瓶里，也能继续确证在整夜的每一刹那水仙花的存在吗？

于是，挖眼、割耳、削鼻、切舌、身首分离、灭意时，一株水仙花及其周围的世界存在吗？

然而，世界是必须存在的。

第七识——末那识，或许以我执肯定世界，或否定世界。如说，既然有自我，而且那自我在认识事物，即使失去五感，他周围的钢笔、花瓶、墨水壶、红玻璃水瓶（在那里，白色窗框的十字，被早晨的光线映为一条流畅的曲线）、六法全书、镇纸、桌子、壁板、画框及其他在延长线上仔细排列着的世界，也是存在的。或者说，既然有自我，而且那自我在认识事物，那么世界上的一切不过是作为现象的影子，只是认识的投影，所以世界是无，世界并不存在……这种我执的习气是妄自尊大地把世界当作一个美丽的足球来随意对待吧。

然而，世界是必须存在的。

为此，不能没有产生世界使之存在，使一株水仙花存在，并在每一瞬间不断保证其存在的识。这正是阿赖耶识，就是使无明的长夜存在，而且在这无明的长夜里独自醒着，在每一刹那持续保证存在与实有，宛如北斗星般最终的识。

为什么呢？因为世界必须存在。

在第七识以前，都说世界是无，或者五蕴皆灭，死亡来临，但只要有阿赖耶识，世界就存在。一切皆依阿赖耶识而存在，有阿赖耶识即有一切。但是，如果把阿赖耶识毁灭呢？

然而，世界是必须存在的。

因此，阿赖耶识不会毁灭。像瀑布一般，虽然每一瞬间的水是不同的水，但却在不断地奔涌着激荡着。

为使世界存在，于是，阿赖耶识永远奔流。

因为世界无论如何必须存在。

但是，为什么呢？

因为只有作为迷界的世界存在，才能给人带来达到悟的机缘。

世界必须存在，乃是终极的道德的要求。这就是阿赖耶识对于世界为什么必须存在这一问题的最终回答。

如果作为迷界的世界的实有，是一种终极的道德的要求，那么，产生一切诸法的阿赖耶识正是这种道德要求的源泉。应该说，这对阿赖耶识与世界，亦即阿赖耶识与染污法形成的迷界，是互为依据的。因为如果没有阿赖耶识，世界就不存在了，但如果世界不存在，阿赖耶识也就失去它作为主体进行轮回转生的场所，从而达到悟的路径也就永远被封闭了。

由于最高的道德的要求，阿赖耶识与世界互相依存，阿赖耶识也依赖于世界存在的必要性。

而且，如果只有现在的一刹那是实有，保证这一刹那实有的最终根据是阿赖耶识，那么在同一时间里使世界的一切显现出来的阿赖耶识，也就存在于时间轴和空间轴相交的一点上。

本多好不容易才理解到唯识论独特的"同时更互因果"的原理正是在这里产生的。

佛说之为佛说，须有释迦佛陀直接的教诲为典据，亦即必须有圣教量。唯识是在大乘《阿毗达摩经》里最难懂的一偈中找到这典据的。

> 诸法藏于识，
> 识于法亦然。
> 二者互为因，
> 又常互为果。

本多的理解，也正是如此。

依据阿赖耶识的因缘相续说，把世界作为现在的刹那间的断面来看，它应如下述。

就是说，像把黄瓜切成圆片似的，把世界现在的一刹那切成圆片，取其断面，做检验分析。

世界在瞬息间生生灭灭，在这断面上显出其生生灭灭的三种形态。一是"种子生现行"，一是"现行熏种子"，一是"种子生种子"。第一，"种子生现行"，是种子造出现在世界的姿态，它当然包含着过去的习气，拖着过去的尾巴。第二，"现行熏种子"，描绘现在眼前的世界受阿赖耶识种子的熏习而向着未来污染下去的姿态。当然，这里有未来的不安投下的影子。但是，并非一切种子均由于现行而被污染生成现行。在那里，自然会有虽被污染但种子只由种子承继的部分。这就是第三"种子生种子"。只有第三个因果，不可能在同一刹那进行，肯定是随着时间的继起，而在"异时"延续。

于是，世界以这三种形态，在现在的一刹那，显现出它的一切。

而且第一的"种子生现行"与第二的"现行熏种子"，在同一刹那新生，并且在同一刹那交互影响，在同一刹那灭亡。一瞬间的横断面，只有被种子承继，舍弃，移到下一瞬间的横断面。我们的世界构造，可以说像是串起阿赖耶识的种子，它穿透那数目无限的刹那间的横断面，穿透无限个切成圆片的黄瓜薄片，不停地匆匆穿过去就扔掉它，再穿过又扔掉它。

轮回转生是经过人的一生长期准备的，并非由于死才开始活动，它在每一瞬间更新世界，又在每一瞬间废弃它。

于是，种子一瞬间一瞬间地使这叫作"世界"的巨大的妄念之花开放，同时一面抛弃它，一面又延续下去。而种子生种子这种延续，如前所述，需要业种子的助缘。从哪里得到这种助缘呢？是依靠一瞬间的现行的熏。

唯识的本意不外乎是在我们现在的一刹那，这个世界上的一切都在那里出现。而且，一刹那的世界在下一刹那一旦灭亡，又将出现一个新的世界。现在在这里出现的世界，在下一瞬间一面变化着，一面依旧存续下去。于是，这个世界的一切都是阿赖耶识……

二十

思索至此，本多便以前所未有的眼光来观察周围的事物了。

碰巧这一天，本多为了一个拖了多年的诉讼问题，被请到涩谷松涛的某宅，在二楼的客厅等候。诉讼当事人到东京之后，没有适当的住处，就常住在一位已经搬到轻井泽去的同乡富豪的这座空宅子里。

再也没有像这个行政诉讼那样跨越时代、久拖未决的案子了。此案实际发端于明治三十二年制定法律时，而争执的起源远自明治维新后不久。诉讼的对方，也随着内阁的变迁，已由从前的农商务大臣变为农林大臣，律师也换了几代。现在本多依照"如果胜诉，原告所有山林的三分之一作为成功报酬"的历代合同而得到报偿。但是，本多预料，在自己的有生之年，这一诉讼大概解决不了。

因此，本多指望着委托人从乡间带来礼物——大米和鸡肉，应邀到这涩谷宅第，借口工作实则来消遣。

早该来到的委托人尚未来到，一定是火车旅行不顺利。

在炎热的六月下午,穿着"国民服",扎着裹腿的本多为透点风,推开英式高大的窗户,站在窗边。没有行伍经验的他,至今打不好裹腿,动辄在胫部堆成团,走起路来像是拖着个头陀袋,甚为累赘。妻子梨枝总是说:"被拥挤的电车挂上,那可危险啊。"

今天,那裹腿成团之处已渗出汗水。本多知道,他那身人造纤维的夏季国民服,光泽不雅,褶子难平。后背底襟已经坐出了褶子,也就那样皱皱巴巴地向上撅起,实在难看。但是,无论怎样矫正也是枉然。

窗外,在六月的阳光下,涩谷车站一带显得十分敞亮。近处的住宅街没有烧毁,但从高岗底部到车站之间,到处是高楼大厦烧掉后的新痕迹,这一带是一周前才遭到空袭的。昭和二十年五月二十四日和二十五日连续两个夜晚,总计五百架次B29轰炸机,把山手地区炸遍了。那硝烟味至今仍未散尽,在正午的阳光下,让人感到"阿鼻叫唤"、满目疮痍的惨相。

这里的气味近似火葬场,而且混杂着日常生活中例如厨房或炉火的气味,再加上强烈的机械化学制药厂的气味。本多对这废墟的气味早就习惯了。幸运的是本乡的本多家尚未受灾。

炸弹掉下来的金属声音像在头顶上的夜空里旋转钻头,紧接着就是爆炸声在四周轰响。燃烧弹喷火后,夜里准会从天空的一角传来不像是人声的凄厉尖叫。本多后来才认识到,这就是"阿鼻叫唤"。

眼前的废墟中,变红的瓦砾和倒塌的房盖依然如故。像烧黑的栅栏似的高低错落的木桩一个连着一个。从木桩上散落的木灰随着微风飘舞。

夺目的光芒随处可见，那不过是些破碎的玻璃窗、烧歪的玻璃曲面和坛坛罐罐反射出来的。但是它们极力收集六月的阳光，似乎这是最后的时机了。本多还是初次看到所谓瓦砾的光辉。

虽然被坍塌下来的墙土覆盖，但是各栋房屋的混凝土地基却依然分明。一栋栋房屋的地基或高或低，被午后的阳光清晰地照了出来。因此，整个火灾后的现场就像是一份报纸的纸型。但并不是报纸纸型那种阴郁的深灰色的凹凸，主色调像是素陶花盆那样的红褐色。

因为是商店街，缺少庭园树木。烧掉一半的街树仍伫立在那里。

许多烧毁的高楼，窗户上一块玻璃也没有，从对面窗户射进来的光线，能清晰地照到这边的窗户上。窗户外围被喷出的火焰熏得一片乌黑。

只有坡道和高低错落的小道的许多地方，像是故意留下似的，还有一些混凝土台阶，通往一无所有的地方。石阶下面和石阶上面，都是空空如也。在这块遍地瓦砾、无从辨别方向的原野里，只有石阶的方向是固定的。

万籁俱寂，但也有什么东西在微微地动着，松软地飘浮着。它给人一种错觉，好像黑色尸体被无数蛆虫咬着，在那里动弹。其实那是各处被风刮掉的灰烬飘浮着。有白色的灰，也有黑色的灰。飘浮的灰烬又附着在断垣残壁上歇息。有的像稻草灰，有的是书纸灰，旧书店的灰，被褥店的灰……这些，都混在一起飘浮着，在废墟上踉踉跄跄地四处飘摇。

此时，一部分柏油路面闪着黑黝黝的光。那是从破裂的水管里喷出来的，无人问津……

天空异样的辽阔，夏天的云是洁白的。

这正是此刻本多的五感所感受到的世界。战时，他仗着有充分的积蓄，只接受中意的工作，余暇专门用来研究轮回转生。此时，本多不由得想到似乎他这种研究正是为了显现这片废墟而事先筹划好了的。破坏者就是他自己。

这片烧焦的末日世界一望无际，但它本身既不是结局，也不是开始。它是一瞬间一瞬间地冷静地更新着的世界。阿赖耶识不为任何事物所动摇，它把这个赤褐色的废墟作为世界接受下来，而在下一个瞬间又必定突然舍弃，再接受一个同样的但衰微破败的景象与日俱增的世界。

本多毫无把它与从前的市街作比较而产生的感慨。他只是望着废墟的炫目的光线反射，确实感觉到如果现在看到一片碎玻璃，那么下一刹那这玻璃将消失，整个废墟也将消失，再迎来一个新的废墟。以悲惨的结局对抗悲惨的结局，以更巨大、更全面的一瞬间一瞬间的灭亡来对付无止境的衰败与灭亡……是的，心中牢牢记住每一刹那的确实的规律性的整体灭亡，又准备着不确实的未来的灭亡……本多从唯识学来的这种思考，是那么清爽，清爽得使他战栗，使他沉醉不已。

二十一

谈话过后,本多收下礼物,便前往涩谷车站,返回家去。有消息说,B29大举空袭了大阪,盛传眼下关西是空袭的主要目标。东京暂保太平。

于是,本多想,趁着天未黑出去溜达溜达。上了道玄坂,便是松枝侯爵家。

据本多所知,松枝家在大正中期,将其十四万坪土地中的十万坪卖给了箱根土地株式会社,但好不容易到手的这笔钱,由于后来十五银行倒闭而丧失了一半。而后,继承家业的养子很浪荡,把剩下的四万坪土地也接二连三地卖掉,现在的松枝家不过是个千坪左右的普通宅第。他虽曾坐车路过宅第门前,但如今已无来往,所以从未造访。上周空袭,不知这宅第是否烧掉了,本多不由起了好奇心。

道玄坂烧毁的高楼旁边的人行道已收拾好了,上坡并不费力。在防空壕上覆盖烧焦的木材和白铁皮,开始过壕舍生活的人随处可见。晚饭时间临近，炊烟袅袅。还看到了有人从露出地面的自来水管用锅接水的情景。晚霞漫天。

坡上的大街和南平台一带，过去均属松枝宅第十四万坪土地的范围之内。后来它被分成许多小块，而今又变成了漫无边际的废墟，披着满天的晚霞，恢复了往日的规模。

火灾中仅存一所宪兵分队的建筑物，戴着袖标的宪兵进进出出。这里应是松枝家的近邻。果然，在对面就见到了松枝家的石头门柱。

站在门前看，千坪之大也显得非常狭窄。那是由于盖了许多房子，把地皮都分割开了。宅第里的泉水和假山，像是从前大池塘和红叶山的简陋的模型。因为后面没有石墙，木板墙也烧塌了，所以与南平台毗邻的土地上的大片废墟尽收眼底。还记得，这里正是填平的那个大池塘的所在地。

池中有小岛，红叶山的瀑布也注入那里。本多曾与清显同划小船上岛，在那里结识了一身淡蓝装束的聪子。清显是充满生气的青年，本多也是超乎自己想象的朝气蓬勃的青年。在那里，曾有过什么事情发生了，又结束了，却没有留下一丝痕迹。

松枝家的领地，由于遭到空袭的毫不留情、一视同仁的破坏，又恢复了原样。土地的起伏虽跟过去不同，但在一片废墟上，本多几乎可以指出，那一带是池塘，这一带是侯爵住处，那里是正房，那里是西式建筑，那里是大门口的停车场。本多由于常来松枝宅第，所以记得准确而深刻。

但是，在翻卷着的火烧云下面，卷曲的白铁皮、碎瓦、劈裂的树木、熔化的玻璃、烧焦的壁板，或者像白骨一般孤立着的火炉烟筒，变成菱形的门，无数的碎片，染上了一样的铁锈色。那些东西凌乱地伏倒在地，但是显得极为洒脱，无拘无束。其形状，恰似刚从地里发芽的奇怪的荨麻。夕阳给它们一个个地加上了实在的影子，就更加深了这种印象。

天空一片通红，像是撒满了撕碎的云彩。云也被染得透红，散开后留下的一丝丝乱云，无不透射着金光。天空显得如此不祥，本多还是初次见到。

他忽然看到，前面广漠的废墟中遗留的一块庭园石上坐着一个人。发亮的藤紫色裙裤背面，在夕阳映照下呈现出葡萄色。乌黑发亮的头发很湿润。深深俯首的样子似乎很痛苦。像是在哭泣，但肩头并无抽噎的动作；又像是很难过，但后背没有表现苦闷的起伏。令人感到像是就那样枯死了似的低着头。如果说是沉思，那纹丝不动的时间也过长了。从头发的光泽来看，大概是一位中年妇女，可以揣测要么是宅第的主人，要么是与宅主关系密切的人。

本多觉得如果她是疾病发作，就应该去救助她。走近时，他看到那妇女放在石头旁边的一个黑手提包和手杖。

本多把手搭在她的肩上，小心翼翼地轻轻地摇了摇她。因为他觉得如果用力的话，恐怕她就会顷刻崩溃，化为灰烬。

那女人斜着仰起脸来。本多一见她的面孔便觉得可怕。从不自然的发鬓当即可以看出那黑发是假发。几乎盖严了眼窝和皱纹的满脸白粉，衬出宫廷式的上唇山形下唇晕色的口红的鲜艳。在那无言的衰老深处，显出了蓼科的容貌。

"是蓼科女士吗？"本多不禁说出了她的名字。

"您是谁呀？"蓼科说，"请稍候。"

她说着，急忙从怀里掏出眼镜，打开眼镜腿然后戴在耳朵上。这种动作的骗术，使他脑海里闪现出蓼科的老一套。她是在戴花镜来看清对方这种表面文章之下，心里很快地暗暗判明对方是谁。

但是，这种企图并未成功。在戴眼镜的老太太面前，站着的是个不认识的人。蓼科的脸上开始显出不安和某些极其古老的贵族式的表情（她长期巧妙地模仿而来的温和而冷淡的表情），随后拘谨地说："请原谅，我记性很不好，您是谁，我一点也……"

"我是本多，三十几年前和松枝清显君在学习院同班，是朋友，我常到这宅子来玩。"

"啊，您是那位本多先生吗？很想念啊。没认出来，真抱歉。本多……是，是，的确是本多。年轻时的模样一点儿没变啊。该多么……"

说着，蓼科赶紧把袖子按在眼镜下面。蓼科从前的眼泪往往是可疑的，但是现在，她眼睛下面的白粉，眼看着被泪水浸湿，就像白色的墙壁被雨水淋湿一样。泪水从那污浊的眼睛里几乎是机械地滚滚溢出。这样与悲喜无缘的、翻倒了太平水桶般的泪水，较之过去的眼泪可信多了。

尽管如此，蓼科可是老得太厉害了！令人感到在那厚厚的白粉遮盖下，老斑已蔓延全身。而细微的超人的理智，像死者身上走着的怀表一般，仍在勤恳地工作。

"看来您很健康，今年高寿？"本多问道。

"今年虚岁九十五了。托您的福,耳朵有点背,但没有别的毛病,腰腿也硬实,就这样拄着拐杖,自己一个人哪里都能去。我住在侄子家,他们不愿意让我一个人外出,可我是死在哪儿都无所谓的人喽,所以总想趁着还能随意走动的时候出来走走。空袭也没什么可怕的。炸弹也罢,燃烧弹也罢,要是碰上了,也就痛痛快快地死去,不给谁添麻烦。说起来,您也许觉得可笑,我现在看见倒在道旁的尸体,倒是很羡慕呢。前几天听说涩谷一带被烧了,无论如何也想看看松枝先生的宅第,于是瞒着侄子夫妇出来了。哎呀,要是侯爵夫妇在世,看见这般光景,会怎么想呢?没遭受这份痛苦而死去,反倒是福气呢。"

"幸而我家还没被烧。家母也有同感,觉得在日本挺进时死去,反倒是幸福。"

"唉,令堂也作古了……我一点也不知道……"

蓼科没有忘记过去那种不带任何感情的谦恭的问候。

"绫仓后来怎样?"

问过之后,本多感到问了一个不该问的问题。果然,老妇人明显地露出踌躇的样子。不过,当蓼科的感情越是表现得"明显",其实那感情越是同展览品一样,往往距离真实的东西越远。

"噢,小姐削发之后,离开了绫仓家,以后只是参加过老爷的葬礼。夫人还在世,老爷去世后,处理了东京的宅子,投奔京都鹿谷的亲戚家。于是小姐……"

"能见到聪子吗?"本多问道,不由觉得心跳。

"能,后来见过两三次。去拜访的时候,待我非常亲切。对我这样的人，也挽留住在寺里，十分诚恳……"

蓼科这回摘下模糊的眼镜，急忙从衣袖口袋里掏出粗糙的手纸，长时间地捂在眼睛上。把手纸拿下来的时候，眼睛周围出现了一道白粉剥落的黑圈。

"聪子身体还好吧？"本多又问。

"当然很健康。怎么说呢。出落得愈发清秀美丽了，那种拂去尘世污浊的美貌，上了岁数反倒更容光焕发了。您怎么也得去看看她。想必您也很想念她吧。"

本多突然想起从镰仓回来的途中，只与聪子同车深夜兜风的情景。

她是有夫之妇。但是当时，聪子简直是个放荡不羁、不成体统的女人。

往事如昨，本多清晰地回想起那令人战栗的一瞬间：已经预感到结局的到来，表明着实有所准备的聪子的侧脸，在掠过车窗的黎明前的草木繁茂的背景前，忽然显现出她闭上眼睛时那长长的睫毛……就是这令人战栗的一瞬间。

回过神来，蓼科假装谦恭的表情不见了，她向这边窥视着。拧过的纺绸似的皱纹环绕着山形口红，两端微微抽动，令人觉得像是在微笑。突然，她那双像稀疏残雪中的一对古井似的眼睛里，一丝媚态飞闪过瞳孔。

"本多先生，您对小姐也有意思。我过去就知道。"

较之事过多年而似有缘故地谈起的不快，蓼科妖冶的余烬更为可怕。本多意欲转换话题，于是想起方才委托人送给他的礼物，打算从中拿出两个鸡蛋和少许鸡肉送给她。

果然，拿到鸡蛋的蓼科表现出天真的欢喜和谢意。

"啊，鸡蛋。现在这年头，鸡蛋是多么稀罕！多年不见了，鸡蛋，啊！"

而后，老太婆不厌其烦地、絮絮叨叨地表示感谢，本多发觉她几乎得不到可以充饥的东西。更令他吃惊的是，她把放到手提包里的鸡蛋又拿出来，举向晚霞褪色、暮霭沉沉的天空中说："对不起，与其带回家去，不如就在这里……"

老太婆这样说着，仍然依依不舍地拿一个鸡蛋朝渐暗的淡蓝晚空照着。在那颤抖的衰老手指间，鸡蛋细腻凉爽的表面闪着光泽。

然后，蓼科把鸡蛋放在手掌里爱抚了好一会儿。四周一片寂静，仅能微微听到老太婆干燥的手掌摩挲鸡蛋的声音。

本多没有帮她寻找磕破鸡蛋的地方，觉得那似乎是帮助做一件不吉利的事，所以不愿伸手。不料蓼科却很灵巧，在自己坐着的石头边上，把鸡蛋磕破。她怕鸡蛋流到地上，小心翼翼地把它送到嘴边，慢慢昂起头来，将嘴向晚空张开，让它一股脑流入满口的白色假牙之间。鸡蛋黄流到嘴里去的一瞬间，可以看见泛着光泽的圆形蛋黄，蓼科的喉咙里发出了极健康的声响。

"啊，吃到了好久没得到的滋养，像是复活了，觉得像是从前的容貌又复活了。别看我这个模样，在姑娘时代，还被称为当地闻名的美女呢，或许您不相信吧。"

蓼科的口气突然变得直爽了。

物体的色彩，在即将被暮色笼罩之前，反而有一个看得清楚细致的时刻。现在正是如此。废墟上烧焦的木材的颜色，裂开的庭园树木那新鲜裂痕的颜色,以及积有雨水的翘曲的白铁皮等等,都令人不快地一一映入眼帘。西方的天边,只在耸立着的两三座烧毁的黑森森的楼房之间,残留着朱红色的一条线。那朱红色的片断,透过烧毁的楼房的窗户,看来像是无人的废屋中点着一盏红灯。

"不知道怎么感谢您才好。从前您就是一位和蔼的少爷,现在还是这么温和。没什么答谢的,至少……"

蓼科说着,把手伸进手提包里摸索着。本多正想阻止,蓼科已拿出一本日本线装书,放在本多手里。

"至少,把我平日珍惜、随身携带的这本经书赠给您。说是它能祛病除灾,是一位和尚送给我的一本宝贵的经书。今天想不到遇见本多先生,谈了许多往事。我没什么可牵挂的了,所以把它送给您。有空袭的日子您也可能出门,现在又热病流行,只要随身带着这本经书,一定能免除灾难。这是我的一点心意,请收下。"

本多接过书,先看了看封面书名。《大金色孔雀明王经》。在暮色中,他勉强读出了这几个字。

二十二

从这一天起，本多难以抑制想见聪子的心情。从蓼科口中得知聪子仍很美丽，更助长了这种念头。因为他最怕看到像焚烧过的遗迹那样的"美丽的废墟"。

但是，战局日趋严峻，如果没有相当的军方的门路，很难弄到火车票，随心所欲的出外旅行是难以想象的。

光阴荏苒，本多就读起蓼科送给他的《孔雀明王经》来。本多迄今从未接触过密教的经典。

书的开头，用细小难辨的铅字，印着解说和仪式规则。

说起来，孔雀明王是"胎藏界曼荼罗苏悉地院"南端的第六位，具"诸佛能生"之德，故又称"孔雀佛母"。

本多查对了现已搜集到的佛书，这位女神显然起源于印度教的"精力信仰"。由于"精力信仰"是倾向于湿婆之妻迦梨或杜尔迦的，而本多曾在加尔各答参谒过的迦梨女神庙里那带有血腥味的迦梨女神像，正是孔雀明王的原型。

了解了这些，本多立即对这本偶然得到的经典产生了兴趣。

印度教的古代诸神，改头换面之后，与密教的密仪使用的"咒文"（陀罗尼）和"真言"一起，渐次向佛教世界大量涌入。

本来，《孔雀明王经》是佛陀念的防蛇毒或即使被蛇咬也能立即治愈的咒文。

孔雀经云：

"比丘吉祥，出家未久，为僧洗浴破薪时，异木下有一黑蛇，蜇比丘右足趾，闷绝躄地，目翻吐沫。阿难诣佛所问曰：'有可治之乎？'佛告阿难：'汝持如来大孔雀王咒经，拥吉祥比丘，结戒结咒，则毒不能害，刀杖众患不能加，悉除。"

这部经典不仅能治蛇毒，且能祛除一切热病、一切外伤、一切痛苦。不但诵读有效，而且只要心中浮现孔雀明王，即可除去恐怖、仇敌及一切灾难。它是这样一部难得的经典，所以在平安朝时代，由东寺长者与仁和寺宫主持孔雀明王经法的秘密仪式，集中祈祷消除从天变地妖到疫病分娩的一切灾祸。

孔雀明王与其原型迦梨女神耷拉着舌头、挂一串人头的血淋淋的形象不同，其画像恰似一只神化了的孔雀，美丽而华贵。

模仿孔雀啼声"诃诃诃诃诃诃诃诃诃诃诃诃"的陀罗尼，意味着"孔雀成就"的真言"摩谕吉罗帝莎诃"，及其仪轨中被夸张为"佛母大孔雀明王印"的特殊印相——双手反绑，合并二大拇指和小指，全是孔雀之庄严的直叙和摹写。这印相即是孔雀的形状，小指是尾，大指是头，其余指头仿照翅膀；吟咏真言而扇其六指的姿势，即是表现孔雀的舞姿。

骑乘金色孔雀的明王，背后摇曳着的，正是那印度的苍穹。为使人们心中怀着绚丽多姿的幻想，这热带的天空，雄伟的云彩，午后的倦怠，傍晚的微风，是不可或缺的。

金色孔雀向着正面，以结实的双腿站在地上。张开翅膀，背载明王，以绚丽地展开的尾屏代替圆光，护着明王身后。明王结跏趺坐在铺于孔雀背上的白莲花上。明王的四条胳膊，右面第一只手执"开敷莲花"，第二只手持具缘果；左面第一只手贴胸拿着吉祥果，第二只手拿着三五根孔雀尾羽。

明王现慈悲相，向着正面的脸和肌肤十分白皙。头戴金冠，颈饰璎珞，耳垂珠环，腕绕玉镯，这些灿烂夺目的装身具，使那只缠着薄纱的裸露的肌肤异常庄严。但是那半睁的眼睛，低垂的眼睑，像是午睡刚醒，现出懒洋洋的神情。大慈大悲，拯救众生，或许就会产生恰似本多在印度明亮的原野里发现的无为的假寐似的感情。

与这十分洁白的佛像相比，相当于光圈的孔雀屏，则五彩缤纷，灿烂夺目。在鸟类的色彩中，它最近似晚霞，就像把混沌的世界有条不紊地排列成密教的曼陀罗一样，它把毫无秩序的晚霞的丰富的色彩、不羁的形态、纷乱的光线，整理成井然有序的几何学的图样。但是，金、绿、深蓝、紫、茶色等暗淡的光彩，显示着几乎看不见落日的晚霞的最后一个时刻。

它的尾屏上只缺少火红色。如果世上真有火红色的孔雀，而火红色的孔雀明王骑乘在那纵情地展开尾屏的孔雀背上，世人会认为她正是迦梨女神。

本多想，在与蓼科相遇的那片废墟上空的晚霞里，一定是出现了这种孔雀。

第二部

二十三

"您这片扁柏树林栽得真好看。可从前这一带连一棵树都没有，一片不毛之地。"

本多的新邻居说。

久松庆子是一位仪表堂堂的妇女。

虽说将近五十岁了，可她那张据说做过整形美容的脸，仍显得年轻，光艳迷人。她甚至可以对吉田茂首相或麦克阿瑟元帅粗言粗语，的确是个很特别的日本人。她早就离了婚，新近的情人是在富士山脚下兵营里供职的美国占领军的年轻军官。她还得照料一下闲置已久的御殿场二冈的别墅，为常常到这里来幽会，她便以"慢慢给积压的信件写回信"为由来到这里。于是，她便成了本多别墅的邻居。

昭和二十七年春，本多已五十八岁。有生以来第一次拥有别墅，明天要从东京请来客人，庆祝别墅落成。今天提前来此住下，做些准备。此时，他请邻居庆子事先单独检查一下这栋房子和面积五千坪的庭院。

"什么时候竣工呢？我就像盖自己的房子似的期待着那一天。"庆子穿着后跟很窄的鞋子，像一只水鸟似的在着霜的枯黄草坪上一步一步地跷起脚边走边说，"这块草坪是去年种的吧。长得真好！先建庭院，然后慢慢盖房子，要不是非常喜欢的话，还搞不成呢。"

"因为没有住处，就在御殿场住下。天天到这儿修院子。"

本多这样回答。为了抵御刺骨的严寒，他穿着巴黎执政官穿的那种对襟毛衣，只是有点绽了线，再配上一条丝绸围巾。

在游手好闲地过了一生的庆子那样的女人面前，本多自己一辈子劳动、学习，到了五十岁左右又一下子学懒惰了，他觉察到庆子似乎看透了这种可怜相。

本多作为别墅的主人能有今天，多亏了明治三十二年四月十八日以天皇名义颁布的《国有土地森林原野归还法》这当今无人知晓的陈旧法律。

明治六年七月，颁布地租改订的诏书时，政府官员们巡视了各地的村庄，企图查清土地所有者。害怕征收地租的土地所有者，即使是自己的土地也佯作不知，加以否认。于是许多私有土地和共同使用的土地都成了所属不明的土地，被国家接管了。

后来很长一段时期，人们对此怨声载道，明治三十二年颁布了法律，其第二条规定，对申请归还土地者，要求承担证明曾经拥有土地事实的责任，并提交文件或其他六项凭据中的至少一件。而第六条明文规定，此项诉讼归行政法院管辖。

有不少关于这方面的诉讼，是明治三十年代经手的，只经过行政法院一审判决，未经上诉，又没有审判事务的监督机构，所以什么事情都一拖再拖。

在由于一时的谎言而被没收了部落所有的山林的村落共同体中，"大字"[1]成为诉讼权者，成了行政诉讼的原告。即使"大字"合并成"町"，"大字"本身作为"财产区"，仍继续成为权利主体。

福岛县三春地方某村，自明治三十三年起诉以来，地方上置若罔闻，原告也拖拖拉拉。被告一方几经更迭，由农商务大臣换成了农林大臣，诉讼代理人的律师也相继去世。昭和十五周年"大字"代表上东京，走访了颇有名气的本多律师，委托给他这桩几乎无望的诉讼案。

日本战败打破了这种长达半个世纪之久的胶着状态。

根据昭和二十二年颁布的新宪法，取消了特别法院和行政法院，争执中的行政诉讼案件的审理，已委托东京高等法院作为民事案件处理。因此，本多轻易地胜诉，但这种胜利只能说是偶遇的当事人的侥幸而已。

本多根据明治以来连续继承下来的合同，领取了胜诉的报酬，即得到了重新归还那个"大字"所有的山林的三分之一。直接要山林，抑或是按照时价领取卖得的钱款，任凭他自己选择。本多选择了后者，于是获得了三亿六千万元。

这件事从根本上改变了本多的生活。本多在战时就渐渐地厌倦律师生活了。他原封不动地保留了闻名遐迩的本多律师事务所的名声，把实际工作委托给晚辈，自己只是偶尔到事务所

---

[1] 大字：日本"町""村"内较大的行政区划。

露露面而已。交际变化了,心态也变了。这样将近四亿元巨款,一下子落进腰包,这件事以及使其成为可能的新时代,本多都无法认真对待。他还想自己以后也别太认真了。

本多思忖,与其拆掉、改建家乡的旧房子,倒不如把它们毁掉,然而他已经对在东京建点新建筑这一长久的幻想感到厌倦。早晚这里一定又会被下次战火烧成荒野。

妻子梨枝的想法是,与其夫妻俩住在如此陈旧的大公馆里,莫如卖掉土地,住进公寓;而本多的想法则是,在人迹罕至的地方建别墅,他的借口是,这有利于疾病缠身的梨枝的保养。

夫妻俩经人介绍,到箱根仙石原去看了一下土地,但听说那儿十分潮湿,便很害怕。由司机做向导,他们穿过箱根,来到御殿场二冈,在四十年前开拓的别墅地带转了转。这里倒是有昔日显贵的别墅,但因为避忌战后富士演习地区周围的美国占领军及伺候他们的妓女,如今都门窗紧闭。别墅地带西边原来是国有土地,由于农地改革的结果,农民们免费领到荒地,人们称之为意外的收获。

箱根二重火山山麓的旧喷火壁一带,虽然不是富士山麓那样的火山灰地,但是土地贫瘠,只适合栽植扁柏树林,农民们大伤脑筋,无法处理。芒和艾蒿覆盖的斜坡,平缓地向溪流倾斜。刚好从正对面可眺望富士山的这块土地,被本多相中了。

本多打听了一下,地价非常便宜,便不顾主张重新考虑的梨枝的意见,马上付给了五千坪的定金。

梨枝说,她很讨厌这块荒地所带来的一种难以形容的阴暗冷峭的感觉。梨枝所担心的是一种忧愁。她直觉晚年生活无须如此。可是因为本多梦想的是一种快乐，所以这块土地所带来的忧愁反倒是不可或缺的。

本多说："哪里，平整土地，铺草坪，盖上房，这幢别墅，就甭提它有多亮堂了！"

盖房子要挑选当地的木匠，植树、营造园林也需要雇用当地人，虽然进度慢，但可省钱。本多依然保有鄙视挥霍金钱的家风。

尽管如此，带领别人漫游自己广阔的建筑用地，这种乐趣一定是自少年时代经常造访松枝公馆以后，在本多的内心中滋生的欲望。春寒料峭，微风中伴着箱根的残雪，也是自己庭院里的春寒。一片草坪上只留下两个淡淡的人影，十分寂寥，那正是自己土地的寂寥。他觉得自己第一次切身体味到私有制奢华的实质。而且他一点也不是被狂信所蒙蔽，而是彻头彻尾的出自理性和时代的恩惠而获得的。

庆子那张过于漂亮的侧脸上既没有谄媚，也丝毫没有警戒防范的心理。庆子有这样一种力量，可以使自己身旁的男子（即使是像本多那样的五十八岁的男子！）不知不觉地回到少年时代。

这是一种怎样的力量呢？是一种女人的魅力：它强迫一个五十八岁的男人似少年般，对于女人既躁动不安，又怀有敬意，却又极力修饰自己，用清高的伪善和虚荣心把自己束缚起来，看似沉静快活明朗。

就本多而言，年龄已根本不予考虑。直到四十多岁仍对年龄差别十分敏感的本多，如今对年龄问题简直有一种无所谓的无赖般的想法。他偶尔会从五十八岁的躯体里面发现仍明显地残存着赤子般的心绪，这他并不感到惊奇。因为所谓年老，归根结底，反正是一种破产的宣告。

他在健康方面比一般人怯懦，在感情方面则恣意放纵。如果说理性是抑制的机能的话，那么紧急的必要便消失了。而经验只不过是碟子上吃剩的渣滓中的残骨罢了。

庆子站在草坪中央，眺望着东方的箱根山和西北方的富士山，具有一种堪称睥睨的威严。她一身西装，昂首挺胸，浑身上下颇有司令官的风度。她那位年轻军官想必对她唯命是从吧。

与点点残雪的箱根山那清晰的轮廓相比，富士山一半被白云笼罩，显得虚无缥缈。本多觉察到由于眼睛的错觉，富士山显得时高时低。

"今天第一次听到黄莺叫。"

本多远眺稀疏的扁柏树林说。这些树木是从附近买来移植的，枝叶都很羸弱。

庆子说："三月中旬黄莺飞来。五月能见到杜鹃。不是听到，能看见的呀！看见杜鹃边叫边飞的样子，不是在这里恐怕办不到吧？"

本多催促道："请进屋，给您烧杯茶吧！"

"我带了饼干。"

庆子指的是刚才放到房门口的包裹。银座尾张町拐角的服部钟表店，战后改成了美军随军商店。总是随便入内的庆子，一般都到那里选购小礼品。战前老名牌英国饼干在那里很便宜就可买到，中间夹着薄薄的硬杏子酱的饼干的口感，把她少女时代品茶的时刻与现在径直联系起来。

"有枚戒指想请您给鉴定一下。"

本多边走边说。

二十四

含苞欲放的瑞香花围绕着平台。平台的一角是鸟楼，与正楼同样，也是用红瓦铺的房顶。小琼雀成群地聚集在那里，发出针扎般的鸣叫，一见到本多和庆子靠近便飞走了。

正门内，中央有一扇镶着彩色玻璃的门，左右有两扇荷兰式住宅那种柑橘色彩玻璃的格子窗，朦朦胧胧可以窥见室内。本多喜欢站在这里，观赏自己布置在室内各个角落的陈设沉浸在夕阳令人伤感的余晖中的情景。粗大的栋梁是买来农家的房架原封不动地安上去的。有北德风格的朴素古董枝形吊灯，有画着大津画互走两岔的露框板门，有步兵铠甲和弓箭等，沐浴在病态的黄色光线中，犹如荷兰派画家扬·特立克以日本素材绘制的一幅忧郁的静物画。

本多请庆子进来，让她坐在壁炉旁边的椅子上，就去点炉子，但却点不着。这个炉子是从东京请来的专家给修的，所以还没搞到烟气倒流满屋弥漫的程度。本多一点着柴火，便不由得想起自己一生中还从未有过掌握如此朴实的知识和技能的机会呢。他毕竟是从未接触过"物"的。

这是今年以来的奇妙发现。本多平生全然不晓得闲暇为何物，但这件事证明，他既不是像工人们那样通过劳动而感受自然，如感受大海的波涛，树木的硬度，岩石的重量以及对船具、拖网、猎枪等工具的亲身感觉；另一方面也不像贵族那样通过闲暇来享受贵族生活，他几乎与这些都是无缘的。清显只是把他的闲暇用于感情上，而不是用于自然，但如果他长大成人，也只能变成懒汉而已。

庆子堂而皇之弯下腰来。"我来帮忙吧。"好半晌，在她那两片硬唇之间，夹着一丁点儿舌尖，看着本多笨手笨脚的样子，终于说道。她的腰部在本多仰望的目光里似乎显得无限宽大。她穿着掐腰西装，紧身裙腰部的青瓷色像李朝的大壶般浓艳。

在庆子点火这工夫，闲极无聊的本多便去取刚才说的那只戒指。回来的时候，已呈现出野蛮的朱红色的火焰滑向劈柴，升腾起来，弥漫的烟雾中，劈柴在一点点燃烧着，从湿柴中渗出的树胶被煮沸了。炉内的砖壁光影摇曳。庆子心平气和地拍着手，心满意足地凝望着自己的成果。

"怎么样？"

"了不起！"本多冲着火光拿出戒指交给庆子，说道，"这就是刚才说的戒指，怎么样？是买来送人的。"

庆子修过的红色指甲离开壁炉，伸向从窗户洒进来的光亮。她仔细端详着戒指。

"男人戴的嘛！"

庆子嘟囔道。

这是在四方形绿宝石周围装饰着精雕细刻的一对纯金护门神亚斯加那魁伟的半兽脸的戒指。庆子怕是忌讳自己指甲的鲜红色映在绿宝石上,换个样子把它夹在指间欣赏,又把它戴在食指上欣赏。虽说是男人戴的,但原来就是按照那纤细的浅黑色手指定做的,庆子戴上也大不了多少。

"真是块漂亮的绿宝石哇!不过,大概是由于里面的裂纹长期风化了的缘故吧,宝石底儿有点发暗,发脆。但它还是块好宝石。雕刻也很新颖别致,作为古玩也很值钱呀!"

"你猜是在哪儿买的?"

"是国外?"

"不,是在战火毁过的东京,在洞院殿下的商店买的。"

"啊,那时候,殿下呀,不管怎么困难也非办个古玩店不可。我也去过那个店两三次,还以为有新奇的便宜货呢,原来净是些从前在亲戚家见过的……不过,那个店也倒闭了吧?因为关键人物洞院先生总也不在店里,所以原先是皇族管家出身的掌柜把商店表面上经营得不错,将售货款都私吞了。战后皇族做买卖,干得好的一个也没有。不管征收多少财产税,如果能够小心谨慎地守摊,老老实实地为人处事就是最上算的。可是总是有人出来挑唆。尤其是洞院先生一直是军人吧,也真够可怜的,武士开店嘛,干赔不赚。"

接着,本多向庆子谈了戒指的来历。

本多听说,昭和二十二年,失去了皇籍的洞院宫从交纳不起财产税的旧华族那儿廉价收购了美术品,开办了一家面向外国人的古玩店。本多知道,即使与洞院宫见过面,人家也不会记得他。只是出于好奇心，没报姓名，去逛了逛这个古玩店。就在商店的玻璃柜里，他发现了难以忘却的三十四年前在学习院宿舍，暹罗王子昭·彼丢失的那枚戒指。那是月光公主的遗物。

那时丢失的戒指其实是被盗走的，至此才搞清楚。店里人不必说自不会讲出戒指的来历，但可以设想反正是从旧华族那儿弄来的，因穷困而卖掉它的人，可能是与本多同期的同学。本多出于旧时的江湖义气买下这只戒指。他想自己总得设法亲手让它物归原主。

"那么，为了挽回学校的名誉，您又要去泰国还戒指了？"庆子嘲弄道。

"曾经想去一趟，可已经没这个必要了。月光公主来日本留学了。"

"死人来留学？"

"不，是第二代的月光公主。明天的晚会将邀请她来，席间想把戒指给第二代月光公主戴上。她十八岁了，是一位黑头发、水灵灵大眼睛的漂亮小姐，大概她出国前一直在拼命学习，日语也很棒。"

本多说。

二十五

第二天早晨，本多独自一人在别墅醒来。为小心防寒便系上围巾，穿上对襟毛衣，外面又加上很厚的冬大衣。到院子里，穿过草坪，来到西端的凉亭。因为在这里观赏富士山的黎明比什么都快活。

富士山染上了红色的朝霞。被辉映成蔷薇辉石颜色的山巅，在睡醒过来的本多眼里，犹如梦幻一般。那是端庄的寺院屋顶，日本的晓寺的风景。

本多有时不明白，自己所追求的是孤独呢，还是轻浮的享乐？为了成为真挚的快乐的追求者，他本质上还缺点什么。

到了今年，他的内心深处才萌生了变形的欲望。不怎么改变自己的观点，谛视着别人的转世的本多，对于自己不可能转世并不怎么忧虑，但到了晚年，回首自己平平淡淡的一生，反而对注定不可能的事产生了可能的幻梦。

自己或许能干出自己预想不到的事情来！迄今为止，所有的行为都是预期的，理性好比是走夜道的人的手电，总是把光亮洒向自己面前。计划着，预先判断着，使自己避免发生意外。最令人恐惧的（包括转世的奇迹）就是所有的谜都化作法则了。

对于自己更应感到惊愕。这几乎已成为生活的需要。如果蔑视和蹂躏理性的特权存在的话，那么便存在只得到他本身认可的理性的自负。于是，必须再度把这个坚固的世界卷入不定型，变成某种他最生疏的东西！

本多知道，达此目的的肉体条件已悉数丧失。头发变得稀疏，鬓角添了白发，肚子也像是悔之莫及似的腆了起来。昔日年轻时看着很丑的初老特征，全都在自己身上表现了出来。当然本多年轻时也没像清显那样，认为自己很美，但也不认为自己特别丑。至少没必要将自己本身放在美的负数上，去组成所有的数学式。在把丑陋作为当然前提的今天，世界却依然美丽，这是怎么回事！这难道不是比死还要坏的死，最坏的死吗？

六点二十分，曙色已尽的富士山，以其三分之二被雪覆盖的这种敏锐的美刺破蓝天，看上去十分清晰。雪面微妙、敏感的起伏，显得很紧凑，令人联想到一点脂肪也没有的长得细致端正的肌肉。除去富士山麓的原野，在山顶和宝永山一带，只有微带黑红色的细小的斑点。万里无云，如果投石子就会发出清脆的回声，简直是硬邦邦的蓝天。

这座富士山影响着一切气象，支配着所有感情。这就是覆盖山顶的清澄洁白的问题所在。

感情平静下来，又萌生了饥饿感。本多吃着从东京买来的面包和自己做的半熟的鸡蛋，喝着咖啡，一面聆听小鸟婉转啼鸣，一面愉快地用早餐。上午十一点，妻子将带着月光公主来做准备。

本多用毕早餐，又来到院子里。

将近八点，从富士山顶的对面，缓缓地飘来雪烟似的稀薄的小片云彩。云好像是从对面悄悄地窥视着这边，以像是伸展四肢似的稀薄的形状向前飞舞，又迅即被硬质的蓝天吞没。现在看来，这云似乎毫无气力，但却不可掉以轻心。往往到了正午，这些云彩不知什么时候又聚集起来，反复发动奇袭，大有要覆盖整个富士山之势。

直到十点左右，本多还坐在凉亭中，茫然不知所措，对平生爱不释手的书籍也疏远了。他梦见了生命与情感未经过滤的元素。他无所事事，定睛凝视着。山顶左面云朵若隐若现，一会儿滞留在宝永山上，其尾部像兽头瓦似的翘起。

本多曾嘱咐妻子恪守时间。十一点，妻子乘出租车准时来到，但她身旁却不见月光公主。她从车上搬下许多东西，闷闷不乐，面带浮肿。本多突然对她说：

"哎呀，就你一个人吗？"

妻子暂不作答，掀起了她那对沉重似房檐般的眼睑，说道：

"等会儿再慢慢告诉你。可费了心了，先帮我拿拿东西。"

梨枝一直等到约定的时间，可月光公主始终没来。事先再三用电话商定的，但到底没来。往唯一的联络场所留学生会馆打了电话，说是昨天晚上没回来，应邀到一个刚从泰国来的留学生寄宿的日本人家里吃晚饭去了。

梨枝感到为难，本想把与本多约定的十一点钟往后推一下，但即使想通知晚些到，别墅却尚未安装电话。于是赶紧跑到留学生会馆，用英语细心地写下路线，画上地图，托付给管理员。如果赶巧的话，月光公主是会在傍晚的宴会开始的时刻到这里来的。

"那样的话，托付给鬼头槙子该有多好。"

"绝不能给客人添麻烦。槙子要查明一个素不相识的外国小姐的住处，把她领到这里来，可麻烦透了。而且大名人还没那么热情呢。人家或许认为，到这儿来只不过对我们施恩。"

于是本多默然不语，其判断也停止了。

摘下挂了很久的画框，墙壁上必定留下那么大的白地，非常新鲜，无垢。但那是一种与周围极不谐调、极其强烈、极力主张着什么的白色。现在本多已从职业上的正义引退下来，把所有的正义都出让给妻子了。"我正确，我正确，谁又能非难我呢？"那块洁白的墙壁常常这样说。

说起来，本多从墙上摘下沉默寡言的柔顺的梨枝的画像，一是由于本多发了一笔横财，一是由于梨枝已觉察到了自己年龄的丑陋。随着丈夫变富，梨枝便害怕他。越是怕就越耍威风，对谁都表示出不自觉的敌意，肾脏的老病也成了她炫耀的资本，而且在自己心中比以前更殷切地希望得到别人的爱。想要被爱的欲望愈发使梨枝变丑了。

梨枝来到别墅，刚把带来的食品搬进厨房，就水声哗哗地洗了本多早餐用过的碟子。其实无人命令她，她却指望疲劳加重老病的病情，以便制造一来就让她干活的借口，一再损害身体，期盼着本多能制止她。如果不去制止，以后就更不好办了，所以本多说了些安慰的话。

"等一会儿再干吧,休息一下,时间还很充裕……月光公主也真给别人添麻烦。她虽然那么主动地说要帮助别人,可是临末了,还得我来帮忙。"

"请你帮助,善后清理反而更麻烦。"

梨枝一面擦了擦湿手,一面回到居室。

正午的阳光洒到窗框上,在微暗的室内,梨枝浮肿眼睑下面的瞳孔像一对窟窿,犹如深井口上的小洞。不能生育的悔恨,不但过了几十年也治不好,反而与日俱增,使得她的肉体像车篷似的膨胀起来。"我正确,但我是个失败的女人。"梨枝对已经辞世的婆母那种始终如一的柔情,正是出于自责的心情。要是有孩子,要是有许多孩子的话,用温柔甜蜜的肉体的聚合,就能把丈夫包围起来,融化掉,可是……在拒绝繁殖的世界里,衰退开始了,犹如秋日的下午,被海水冲上岸边的鱼腐烂了一样。梨枝在发了财的丈夫面前战栗了。

本多过去对经常期望着不可能的事情的妻子的烦恼温和地置之不理。现在他自己心里也产生了一种对于不可能的渴望,他已忍受不了对于在微妙的一点上妻子与自己成为同犯的厌恶。然而这一新鲜的厌恶更加重了梨枝的存在的分量。

"昨天晚上月光公主住在哪儿?为什么要住下呢?留学生会馆有女舍监,监管得很严,但为什么?又跟谁?"

本多一直陷入对这件事的沉思。这也是一种很平常的不安,类似于早晨没有刮好胡子,或晚上睡觉时头与枕头不大习惯时的不安。这是与人情毫无共同之处,有点疏远,但适应生活的紧急需要的不安。他觉得自己的精神世界里有异物投进来了。那是用泰国密林中的黑檀木雕刻的小黑佛像似的异物。

妻子唠叨怎样迎接客人，住宿客人怎样安排房间，十分周详。可这一切都不是本多所关心的。

梨枝渐渐地觉察到丈夫心不在焉。昔日关在书房里的丈夫（因为在那里法律确实把他束缚住了），梨枝从未对他感到不安，可是如今在丈夫的心中，精神恍惚意味着看不见的火焰在燃烧，沉默意味着某种企图。

梨枝把目光转到丈夫眼光朝向的方向，在那里探寻着什么。但在本多隔窗而望的视野里，只是飞来了两三只小鸟的枯草遍地的庭院而已。

因为想趁有太阳的时候观赏景色，所以请客人下午四点到。下午一点，庆子来了说是要帮忙。这意外的帮手令本多和梨枝喜不自禁。

梨枝感到奇怪的是，在本多所有的新朋友当中，她只对庆子敞开心扉。她凭直觉对庆子没有敌意。那是什么呢？庆子那亲切的拥抱、迷人的胸部和大大的臀部，沉稳的谈吐，一直到身上香水的芬芳，都似乎给了梨枝生就的恭谨以某种保证，就像是在面包房的奖状上漂漂亮亮地盖上政府的朱红印鉴似的。

本多一边从远处听着厨房里妇女之间的谈话，一边以轻松的心情，在炉旁打开了梨枝从东京带来的期刊。

日美和平条约生效后，保留十六处美国空军基地的《行政协定附表全貌》登在头版头条，旁边是参议员史密斯表明美国方

面"捍卫日本的义务,不许共产势力侵入"的决心的谈话。第二版惴惴不安地大事报道"美国景气动向":

"民需生产下降,西欧不景气逆流之下的新形势。"

然而本多的心常被月光公主不在这件事所牵扯。关于此事,他幻想可能发生了种种情况,这些无拘无束的幻想令他不安。从最不吉利的幻想,到最猥琐的幻想,现实呈现出白玛瑙似的多层的断面。只要追溯记忆,就觉得未曾见过如此这般的现实。

本多把报纸叠起来,惊愕于它竟发出很大的响声。朝向壁炉的那页又干又热。他模模糊糊地想,报纸热,这简直是不可能的事。这种感觉与他松弛的肉体深处的倦怠感奇妙地结合在一起了。于是蔓延到新柴火的火焰霎时间令本多不由得想起贝拿勒斯火葬的火焰。

"餐前酒来点雪利白葡萄酒、掺水的威士忌和地伯尼好吗?鸡尾酒太麻烦就算了吧。"系着大围裙的庆子过来说。

"一切拜托您了。"

"那位泰国公主怎么样?如果不能喝酒,就准备点清凉饮料。"

"噢,那位姑娘大概不来了。"本多平静地说。

"是吗?"

庆子也平静地回答,然后便走开了。这十全十美的礼节反而令本多觉得庆子的洞察力很可怕。虽然他也觉得,像庆子那样的女性由于其典雅的漠不关心,有时会被人评价过高的。

最先到的是鬼头槙子。她是坐着其弟子椿原夫人配有司机的汽车，和椿原夫人一起经过箱根来的。

槙子作为诗人的大名是有口皆碑的。本多虽然并无评估诗坛声望的标准，但是当他从一个出乎意料的人口中听到槙子的名字，方晓得她是多么受人敬重。昔日的财阀椿原夫人尽管与五十上下的槙子年纪相仿，可是对待槙子就像敬神、供神似的。

椿原夫人在当海军少尉的儿子战死七年之后，如今仍在服丧。本多并不了解她的过去，但她现在无非是枚泡在悲哀醋液中的悲哀的果实。

槙子现在仍然很美，尽管皮肤衰老了，但她那白皮肤反倒带着残雪般的鲜明，多起来的白发也没染色，可给她的诗歌增添了"真实"的印象。她自由地行动，使人觉得神秘。对关键人物不忘送礼和请客。对可能说坏话的人事先要手腕。她的心灵虽早已枯干，可是却维持着半生的悲哀和孤独的幻影。

在她的旁边，椿原夫人的悲哀便显得太新鲜了。这是多么残忍的对比！虽然精炼而成为假面的艺术的悲哀不断地产生所谓名诗，但是弟子那永远无法治愈的新鲜的悲哀，就仅限于诗歌的素材，从未产生过打动人心的诗。椿原夫人作为诗人虽小有名气，但若没有槙子做后盾，这点名气顷刻就会消失的。

而且说起槙子，总是从自己身边所产生的新鲜悲哀中汲取自己诗的灵感，抽出变得无所归属的悲哀的元素，并加上自己的名字。于是悲哀的未经加工的宝石与宝石雕刻匠携手前进，经年累月，奉献给世上各种各样足以掩饰颈项多重衰老的项链珍品。

来得过早令槇子感到为难。她回头望着身旁的椿原夫人说道："都怪司机开得太快了。"

"可不是，路上车子也特别少。"

"先看看您的院子吧。我这次拜访也是抱着这个希望来的，随便看看，再作点诗，请不必费心了。"槇子对本多说。

本多却非要当向导不可。带着准备在凉亭喝的全套雪利白葡萄酒和下酒菜出来了。下午天气大大转暖。面西像漏斗状向下通往一个峡谷的庭院那边，以高高耸立的富士山做背景。在富士山上笼罩着春天特有的棉花云，只露出了洁白的峰顶。

"入夏前，我想在这个有饵箱的平台前面建一个游泳池。"

本多沿途解释道。可因为女士们的反应很冷淡，所以本多觉得自己简直像个给客人带路的旅店老板。

再没有比接待艺术家之类的人物更令本多棘手的了。原来与槇子恢复交往，是从昭和二十三年勋的十五周年祭日时的重逢开始的。因为并非通过什么诗做媒介，从前律师与证人之间的事务性的交际（当然，与同犯的感情很接近），完全是由于对勋的追念之情，只不过变成了个人关系，尽管彼此都不公开说出这一点。这样一来，诗人槇子带着弟子煞有介事地向早春的富士山发起挑战时，本多正为去留而犹豫，便谈了不合时宜的有关游泳池等话题。

然而本多知道，即使不说是她们轻视自己，至少也是把自己看作可以放心的人。对她们来说，反正本多是竞争圈外的人。"本多先生嘛，是我的朋友。不，他不作诗。不过，他是个通情达理的人，民事、刑事都很通，我可以替您求他帮忙。"

槙子如果遇见对案子感到棘手的人，将用这样的话语来谈论他吧，本多做着如此平淡的预测。

然而在难以启齿的思想深处，本多怕槙子，槙子大概也怕本多。这或许往往是为了维护自己的名誉，槙子与本多重温旧交的最大理由吧。至少因为本多了解槙子的本质，到了紧要关头，她是什么离奇的谎言都能编造出来的女人。

除此之外，本多对她们来说是很讨人喜欢的、不会惹麻烦的人物，在梨枝面前，须臾不离社交辞令的两个人，只是在本多面前该是多么自由自在地交谈啊！这两个绝不能说年轻，但从前很漂亮的女人那始终如一的悲切的谈话，肉感与过去融为一体，情景与记忆相交织，使大自然变形……她们就像法警逐个在家具上贴上封条似的，对于映入眼里的美的事物，不立刻逐个贴上抒情的封条绝不作罢，好像这是守护自身不被那美侵犯的唯一方法。对于她们这种习惯，本多很乐意冷眼旁观。这好像陆地上的两只水鸟，被灵感所驱使，笨拙地走了一圈，最终又滑入水中，这一下反而获得出乎意料的优雅与轻快，一会儿划水，一会儿潜水。本多喜欢观赏它们游弋、运动的形态。诗歌写好时，她们不避讳别人眼目，让别人看看精神上的水浴的情状，就像本多曾在挽巴茵见过的年幼公主和年老侍女的水浴一样。

"月光公主果真能来吗？她昨晚去哪儿住了？"

就像是突然的插入语似的，这种不安在本多的心里插进一个粗糙的木片。

"多美的庭院啊！东边以箱根为背景，西面以富士山为背景，在这儿不作一首诗，优哉游哉，太可惜了。一再催促我们，要我们在东京的肮脏天空下作诗，而您却在这里阅读法律书籍。这是多么不公平的世道啊！"

"法律书已经扔了。"

本多一面劝她们喝雪利酒，一面说。两个人端起酒杯时，衣袖的动作、手指的动作，都非常美。确切地说，从轻轻地捏起衣袖的动作到用戴着戒指的手指拿起杯把的熟练动作，椿原夫人都一一忠实地模仿槙子。

"如果让晓雄看看这庭院，他该多高兴啊！那孩子喜欢富士山，入海军前总是把富士山的照片挂在书房里欣赏。这真是孩子的清爽的稚趣啊！是那么单纯！"

椿原夫人说着已故儿子的名字。一到嘴边，夫人立即哽咽不已。仿佛她心里有一个敏感的机构，一提到她儿子的名字，这个机构便迅速作出反应，与夫人的意志无关，使她露出一定的表情来。犹如人们总是以毕恭毕敬的表情提到皇帝的名字似的，她那转瞬即逝的啜泣的征兆，就像是"晓雄"这名字的签字。

槙子打开笔记本，垫着膝盖，记下了即吟的一首诗。

"您已经作好了一首！"

椿原夫人颇有几分嫉妒地看着槙子低下来的脖颈，本多也看着。于是曾吸引过年轻的勋的那一片又白又香的肌肤，残月般地在本多的眼底摇曳。

"是今西君啊，准是他。"

椿原夫人望着穿过草坪朝这边走来的人影喊道。远远地就能辨认出他那白净的前额和高高的个子，从那踉踉跄跄的步履，以及拖在草坪上那长长的身影都能看出是他。

"真讨厌！肯定马上又说些下流话。真扫兴！"

椿原夫人说。

今西康是德国文学研究家，四十岁左右，战时曾介绍青春德意志派，战后写过各种文章，梦想着性的千年王国。虽然说是要写一本这样的书，但终于没写。大概是由于他已过多地把书的详细内容向别人披露了，因而丧失了写作的情趣了吧。他不明白，那个充满了怪诞和忧愁的"千年王国"，与今西证券所的二公子、过着富裕的独身生活的他自己有什么关系。

虽说是一副苍白的神经质的长相，但擅长交际，能言善辩，无论是财界人士还是左翼作家，都对他感兴趣。他觉得自己过了半辈子，才发现战后权威遭到破坏、既成道德遭到破坏的知识的贫乏与荒蛮，才发现与自己相称的荒蛮。他也懂得了性的妄想的政治意义，并把它当成了自家技艺。昔日的他，只不过是个诺布里斯式的梦想家而已。

他那贵族的举止风度，故意说脏话，大献殷勤，颇能取悦女性。说他"变态"的人，似乎可以证明他自己是封建遗老。另一方面，今西未曾忘记用那"千年王国"的未来图使认真的进步主义者们失望。

他绝不高声讲话。因为如果高声，就会有把事物从微妙的官能领域里剥离，使其化为思想的危险。

在等待其他客人期间，四个人在凉亭里沐浴着下午的阳光消闲。紧靠凉亭的山崖下面的溪流声，时常在四个人的耳畔回响，搅扰了思考。本多不由得想起"永恒转变如瀑布"这句话。

今西给自己的王国起了个"石榴国"的名字。是从石榴裂开露出鲜红的果实而起的名字。他说他在梦里，在现实当中，都经常与"石榴国"往来，所以大家就向他打听"石榴国"的消息。

"最近，'石榴国'里发生了什么事情？"

"人口仍旧调节得很好。

"因为近亲通奸很多，所以同一个人既是伯母，又是母亲，又是妹妹，又是堂妹，这种乱伦的例子并不鲜见，可能是由于这个缘故吧，不像凡人的漂亮儿童和丑陋的残疾人出生各半。

"漂亮儿童不论男女，从小就隔离在'被爱者之园'里。那里的设备之好，嘿，简直是人间天国，经常用人造太阳照射适度的紫外线，人们都裸体生活，参加游泳等体育竞赛，鲜花盛开，饲养各种小动物和鸟类。居住在那样的地方，摄取营养丰富的食物，而且每周一次身体检查，怎能不越来越美呢？但是在那里绝对禁止读书。因为读书是对肉体美的最大损害，所以禁止读书便成了当然的措施。

"可是多年来，每周一次把他们赶出园外，开始成为园外的丑陋者的性玩弄对象。这样持续了两三年之后，便遭杀戮。把美人在年轻时杀掉，岂不正是人类之爱吗？

"在杀戮方法上，我国艺术家的独创性发挥得淋漓尽致。之所以如此，是因为全国到处都有性杀人剧场，在那里肉体美的少女和肉体美的青年扮演各种角色，被玩弄至死。这是再现年轻貌美时惨遭杀戮的神话中、历史上的所有人物，当然纯属创作的也不少。他们通常穿着非常漂亮的肉感的衣裳，在极精彩的照明、绝佳的舞台装置、十分悠扬悦耳的音乐中壮丽地被杀戮，在尚未完全死去的当儿，被众多的观众耍弄一番，尸体则被吃掉。

"坟墓？墓地向'被爱者之园'的外侧扩展。这也是一处美丽的所在，丑陋的残疾人们月夜在这块墓地散步，沉浸在浪漫的情绪当中。这也是因为这里没有墓碑，而是竖立着每个人生前的塑像，再没有像墓地那样满是美丽肉体的场所了。

"为什么一定要杀戮呢？

"因为对活着的人容易厌烦。

"因为'石榴国'的人非常聪明，他们深知，今生今世只有被记忆者和记忆者两种角色。

"说到这里，就不能不谈谈'石榴国'的宗教。本来这种习惯的产生，源自于这个国家的宗教观念。

"在'石榴国'里，不相信复活。因为神在其最高的瞬间一定会在眼前显现，而一次性是神的本质，复活之后不可能比以前变得更美，既然如此，那么复活就没有意义了。洗褪色的衬衫要比刚穿的衬衫还白，这是难以想象的。'石榴国'的神是只限于一次性使用的东西。

"因此，这个国家的宗教虽然是多神教，但可以说是带有时间性的多神教。无数的神赌肉体的整个存在，各自永远代表最高的一瞬间之后便消失了。您已经明白了吧，'被爱者之园'就是制造神的工厂。

"为了把这个世界的历史化为美的连续，神的牺牲必须永远继续下去，这就是这个国家的神学。您不认为这是合理的神学吗？并且因为这个国家的人全无伪善，所以美与性的魅力是同义词，他们透彻地懂得，要接近神即美，只有性欲。

"拥有神，就是用性欲占有它，而所谓性的占有，就是达到性高潮时的占有。但性高潮是不能持久的，因而所谓占有只能是使这种非持续性与对象的存在的非持续性结合起来。其可靠的手段，只能是杀掉处于性高潮时的对象，所以这个国家的人，把性的占有归结为杀人和吃人肉，这的确已成为众所周知的明明白白的常识。

"这种性的占有的奇谈怪论甚至支配着该国的经济结构，真是妙极了。因为'杀戮所爱者'即是占有的原则。所以在完成占有的同时又意味着占有的失去，持续地占有是对于爱的违背，所以财产私有制被爱的观念所否定，就是理所当然的喽。体力劳动只能允许用来制造出美丽的肉体，因而丑陋的爱者被免除劳动，然其所以如此，是因为该国的生产完全自动化、机械化，不需要人力。艺术呢？艺术只是杀人剧场里千变万化的戏剧艺术和美丽死者的雕像。从宗教的观点出发，官能的现实主义是其基调，抽象主义断然遭到斥责，而且汲取'生活'成为艺术被严禁。

"接近美要靠性欲，然而能永远把那一瞬间流传下去的是记忆……至此，'石榴国'的基本构造大体上明白了吧？由于'石榴国'真正的基本理念是记忆，因而可以说，记忆就是该国的国策。

"性高潮是肉体的水晶物，在记忆中愈发净化，在美神死后，唤醒了最高的性欲。'石榴国'的人们正是为了达到这种境界而生存的。与这种天上的宝石相比,人类肉体的存在,爱者与被爱者,杀戮者与被杀戮者,都可以说只不过是达到这种境界的媒介罢了。这就是该国的观念。

"所谓记忆,是我们的精神的唯一素材,即使在性占有的性高潮时神显现了,在那以后,经过神成为'被记忆者'、爱者成为'记忆者'的费时的手续,神才真的得到证实,美才能达到,性欲才能被净化为脱离了占有的爱。由于这个缘故,所谓神与人的存在,在空间上并未隔绝,在时间上却错开了。时间上的多神教的本质就在这里。你明白吗?

"说起杀人,虽然暴虐,但杀人完全是为了这种记忆的纯粹化,是为了把记忆蒸馏成最浓密的要素而必需的手续。而且那些丑陋的残疾居民们真了不起,非常了不起!这些人都是自我放弃的达观的人,枉然地过着自己的一生。这些人,即爱者,即杀人者,即记忆者,忠实地执行自己的任务。关于他们自己,什么记忆也没留下,因为他们只是为了崇拜被爱者的美丽的死的记忆而活下去。因为光是这种记忆的劳作,就成了这些人的人生职业,所以'石榴国'又是侧柏国,美丽的遗物之国,黑纱之国,世界上最和睦、宁静之国,回忆之国。

"每当我到了这个国家,啊,不知为什么,我就不想回日本了。在那个国家里充满着人性最甘美最温柔的东西。我认为那才是真正的人道主义的和平国家。因为第一,那里没有吃牛肉和猪肉的野蛮习惯。"

"我想打听一下,吃人是吃什么地方呢?"槙子好奇地问。

"那难道不是不问自明吗?"今西用温和的语气低声说。

原来当过审判官的本多泰然自若地听着此番交谈，真是滑稽已极，本多心中暗自高兴。本多过去连做梦都没想到过这种人。如果让仑布罗梭看见，那么他会说应当赶紧把他同社会隔离开来。

本多一面对今西的性趣味很瞧不起，一面又沉浸在别的梦想之中。如果它不是今西的幻想的话，也许我们都是神的"性的千年王国"的居民。神让本多作为记忆者活下去，而把清显和勋当作被记忆者杀掉，这也许是神的剧场里的一出恶作剧。然而今西却说复活不存在。轮回往往是与复活相对立的思想，保证了每个生命的最终的一次性，不正是轮回的特色吗？今西的说法是，尤其是人类的存在与神之间，存在着时间的差异，人只是在记忆中与神相遇，这种说法包含着一种因素，使本多通观自己的一生及旅行经历，诱导他进入一种漫无边际的思考。

即便如此，他是一个怎样的男人呢？

他为把自己心中漆黑的东西故意暴露在光天化日之下而感到高兴。而且，以泰然自若的表情讲这些，就像谈论别人的事似的，并以此为最大的时髦。

长期在司法界的本多，在内心深处对政治犯潜藏着一种抒情式的敬意。诚然，真正的政治犯极少见，除了勋以外，他还未曾碰见过。

另一方面，他还对悔悟的罪犯隐藏着一种厌恶与轻蔑相交织的感情。

今西属于哪一种呢？

今西也许绝不悔悟，但他也十分欠缺政治犯的高贵素质。他企图以时髦来掩饰坦白者的卑贱，他的这种虚荣心，又试图将坦白的优点和时髦的优点这两者均占为己有。透明的人体标本的丑态……尽管如此，但仍多少被今西所吸引，并像现在这样邀他到别墅来，乃是出于对今西的"勇气"的一种羡慕，对此本多自己却根本不愿承认。何况他自己隐藏着这一点。其实并不是为了不愿陷入"坦白者的卑贱"的自负与克己，或许是由于畏惧今西那X光般的眼睛……本多将自己的这点私下命名为"客观性的疾病"。那是绝不参加的认识者所陷入的最终的充满愉快的战栗的地狱……

"这个家伙有着鱼一般的眼睛。"

本多偷窥着在女人面前扬扬自得高谈阔论的今西的侧脸，心里这样想。

客人聚齐时，太阳已将富士山左侧的云染成了白晃晃的暮色。

当四人从凉亭回家时，庆子的美军中尉情人已在厨房里帮忙。随后，年迈体衰的新河元男爵夫妇莅临，外交官樱井、建设会社社长村田、大记者川口、流行歌手京谷晓子和日本舞蹈家藤间郁子等从前本多家里无法想象的客人都聚拢而来。许多客人都向梨枝表示敬意，但梨枝却面无喜色。本多心里也闷闷不乐，因为月光公主没来。

二十六

新河元男爵被请到壁炉旁边的座椅上，冷淡地注视着其他客人。

新河已经七十三岁，每逢外出前总要唠唠叨叨，但他却无法忘掉被邀请时的喜悦，即使已经到了这把年纪，仍一如既往地喜欢出席宴会。因为放逐期间尤感寂寞，所以不管哪里邀请，他都爽快地接受，这种习惯直至放逐解除后仍保持着。

然而，新河与他饶舌的夫人现在不管在哪儿都被视为最无聊的客人。新河讽刺的毒锋已经衰退，言简意赅的表达也变得既冗长又缺乏表现力，即使想记人名，也老是记不住。"他……叫什么呢？喂……经常在漫画里出现的政治家……瞧……小个子，胖胖的……叫什么来着……极普通的名字……"

这时对方仔细地观察着新河与叫作忘却那看不见的野兽战斗的情形。这只性情非常温驯而又执拗的野兽，时隐时现，纠缠着新河，并用它身上的长毛扫掠新河的前额。

新河终于死心了，又接着说：

"总而言之，那位政治家的妻子是个杰出人物。"

然而，这连重要的人名都忘记了的故事，已经索然无味了。每当新河想要把自己亲身品尝过的滋味传给别人而十分懊恼时，他内心便萌发出一种终生未曾体验过的向人乞求的感情。仿佛只拿着俏皮话让人体察其中的苦衷似的，而且手续又十分烦琐，不知不觉地竟让年事已高的新河变成一副卑躬屈膝的模样。

这样，他必须亲手撕碎那长期保持着的高傲，在一再陷入这般悲惨命运的情况下，过去犹如雪茄漠然熏着鼻尖般的轻蔑，如今已成为新河最大的生存价值。同时，他日益担心别人识破自己内心隐藏的这种轻蔑，因为他怕别人不再邀请他。

席间，他偶尔拽住妻子的衣袖，对她耳语。

"这是些多么土气的令人讨厌的家伙！他们不懂得把最下流的事巧妙地换成最文雅的措辞的秘诀。日本人的丑陋到了这种地步也真够了不起的！不过，咱们的这种想法，可绝不能让人家察觉啊！"

壁炉里的火焰晃得新河的眼睛朦朦胧胧的，他猛然想起了四十年前松枝侯爵宅邸的游园会，他骄傲地忆起当时自己也是怀着轻蔑的心情参加的。

但是，只有一点不同。从前他所轻蔑的对象并不能伤害他，然而如今只要那些人存在，便可毫不留情地伤害他。

新河夫人生气勃勃。

到了这把年纪，她愈发觉得讲起自己时有着妙不可言的兴致，这种企图招揽听众的心情，与打破阶级界限的精神十分和谐，因为她从一开始便未把听众的素质视为问题。

她向流行歌手讲了像对皇族才用的恭维话，以便让流行歌手听自己讲话。她用最高级的言辞夸赞鬼头槇子的诗，然后让槇子聆听自己说。有一位英国人赞美她说："夫人是诗人啊！"当时她仰视着轻井泽那晚夏的云，说："这云像西斯莱画的。"

然而当这位夫人来到壁炉旁她丈夫那儿时，凭着一种不可思议的直觉，她又拾起了四十年前松枝宅第游园会的话题。

"想起那时的奢侈宴会，除了把艺伎请到家里之外，别无好主意，真是个野蛮的时代。那种野蛮的风气已经荡然无存了。光从夫妻偕同社交已成自然这一点，也可以看出日本是大大进步了。您看，今天宴会上的女士们都不甘寂寞。从前那次游园会上的谈话真是无聊已极，但现在大家却都在说着俏皮话。"

不过，四十年前也好，现在也好，只讲自己的新河夫人，是否会抽出一丁点儿时间倾听别人的谈话还是个疑问。

新河夫人又匆匆离开那儿，经过壁镜前面，凝视一下暗淡的壁镜。她绝不怕镜子，因为所有的镜子，都不过是夫人丢弃皱纹的废纸篓。

陆军会计中尉杰克工作干得很好，大家都欣喜地注视着这位性格温和，具有献身精神的"占领军"。以威严态度对待他的庆子的教养之巧妙，更是无与伦比。

杰克时常从背后恶作剧似的伸手摸庆子的乳房，庆子以含着苦味的平静的微笑默许了，杰克便将戴戒指的毛茸茸的手指暂留在庆子胸上。

"别任性。拿他没办法！"

她环视大家，用枯燥的教训语调说道。

穿着军服裤的杰克屁股特大，大家便将它与庆子的大屁股相比，看哪个大。

椿原夫人与今西一直在谈话。悲伤的痴呆表情依旧，她为初次遇见如此蔑视自己所珍惜的悲伤情怀的人而感到惊奇。

"不论您怎样悲伤，儿子也不能再活了。而且您似乎是为了不让杂物进入您气球似的内心，所以总是用悲伤把气球充得鼓鼓的才放心，是不是？如果再说得失礼些，您大概已经认定再也没有谁能够充实您那心灵的气球了吧，而总是光用能有效地补充的自制的悲伤气体让它膨胀。这样一来，您就不必担心被其他感情困扰了。"

"您说得太狠、太残酷了！"

椿原夫人从掩饰着呜咽的手帕中间抬头望今西。今西却觉得她的眼睛就像是一个希望被强奸的女孩的眼睛。

村田建设会社的社长称新河为财界的大前辈，表示了过分的敬意，但被这么一个土木建筑者称为前辈，实在不合新河的心意。村田在公司的工地上到处高悬自己的大名，无非是要沽名钓誉。但谁也不像他那样缺乏土木建筑业老板的风采。在他那苍白而扁平的脸上，尚留有战前革新官僚履历的遗痕。俯仰由人的理想家，一旦开始独立生活并有所成功时，一个凡夫俗子的明亮自由的海洋，突然展现在他的眼前。他娶了日本舞蹈家藤间郁子为妾，郁子穿着一身华丽的和服，手上戴着五克拉的钻石戒指，笑的时候也要把脊背挺直。

"您的房子好极了！可是，先生，如果让我们公司建造的话，会便宜许多的，真可惜！"

村田对本多这样说了三次。

外交官樱井和大记者川口，围着京谷晓子，谈论着国际问题。樱井那鱼一样的肌肤与川口因酗酒而衰老的肌肤，形成了职业的冷血与职业的热血之间的鲜明对照。男人高谈阔论大问题，一半是给女人听的。然而那位流行歌手却感觉迟钝，没有感觉出他俩微妙的虚荣心在竞争。

她一面不住嘴地吃着三明治，一面比较着两个男人凌乱的白发与梳理过分的黑发。她先是将嘴做成发"O"字音的形状，而后将三明治果断地送入金鱼般的嘴里，她以始终暗淡的目光，继续着这一可爱的动作。

"你的嗜好真怪！"鬼头槙子特意走到今西那儿说道。

"要向你的弟子求爱，全得经过你的许可吗？我觉得就像是在向我母亲求爱似的，感到一种神圣的战栗！话虽如此，我绝对不会向你求爱的。你对我怎样想呢？你脸上已经清清楚楚地写明了。我对你来说，不过是最令人讨厌的性的类型吧。"

"你很聪明嘛！"槙子放心了，声音格外响亮。然后，沉默了片刻，又说："即使你把她弄到手，你也无法扮演她儿子的角色。她死去的儿子才神圣而美丽，她只是侍奉神的巫女。"

"这个嘛，我觉得一点儿也靠不住。活着的人或持续或代表着纯粹的感情，那简直是对神的亵渎。"

"所以，她不是在侍奉死者纯粹的感情吗？"

"反正是为了生存需要而做的吧。若是那样,光是如此,就大可怀疑了。"

槙子因过于厌恶而眯着眼睛,笑道:

"这个宴会上没有一个男人。"

说着,她马上被本多叫去。椿原夫人将身子斜靠在固定于墙边的长椅一角,啜泣着。窗外的夜寒冷已极,玻璃窗上淌着水蒸气凝成的水珠。

本多想请槙子照料椿原夫人。若不是由于追忆的作用,而是少量的酒的作用的话,那么椿原夫人或许是个醉后爱哭的人。

梨枝面色苍白,走到本多跟前,对他耳语:

"有一种奇怪的声音。刚才,就在院子那边……也许是我耳朵有毛病。"

"看过院子了吗?"

"没有,我怕。"

本多走近一扇窗前,用指尖拭着玻璃窗上的水珠。在枯草坪那边,扁柏林上月光疹人。一只野狗拖曳着身影徘徊着。它一站下,好像夹起尾巴似的,挺着白色的胸毛,在月光下闪亮,从远处发出"汪汪"的叫声。

"就是它吧?"

本多问妻子。妻子孩童般的不安一经揭穿,并未立即服输,只是莞尔一笑。

她侧耳倾听,听见离扁柏林更远处,呼应着犬吠声,有两三只狗在叫,有的远些,有的近些。

风又刮了起来。

二十七

夜深人静，本多在二楼的书房凭窗眺望，夜空中挂着一轮小而凄凉的月。月光公主终未莅临，月亮便代替她来访。

宴会结束时，已近午夜十二点。只剩下留宿的客人，小规模团聚之后，分别回房安歇。二楼有两间客房，接着便是本多的书房，再接着是夫妇卧室。梨枝与客人道别后，疲乏已使她的浮肿的手指发麻，她回到卧室，没让丈夫进去。独自留在书房里的本多，却正想起刚才妻子向他炫耀的散发着暗淡光泽的浮肿的手背。

从内部恶性浮肿，引起发胀的白皮肤失去棱角，反常地变成天真无邪的孩童般的她那膨胀的手背，总在本多眼里纠缠。他向妻子提议搞个别墅落成典礼，却遭到拒绝。如未遭拒绝，又将怎样呢？大概会有某种凄怆的事在令人作呕的亲切与安慰的皮下脂肪层中发生吧。

本多环视只着眼于形式的窗明几净的西式书房。过去他潜心工作的书房并非如此。那时书房里充溢着一种无法收拾的凌乱和鸟巢的气味。现在呢？在一张具有民间艺术风格的榉木桌上，整整齐齐地摆着摩洛哥皮革制的全套英式文具，笔盘上有几支他自己认真削过的铅笔，上面有好像士官候补生的领章似的鲜明耀眼的镀金英文字母，还有父亲遗下的鳄鱼形青铜镇纸及空心的竹制信匣。

他几次离开座椅，去擦拭拉开了窗幔的玻璃窗。由于室内很暖和，致使映于玻璃上的月亮变得模模糊糊、歪歪扭扭。他知道，若不将这月亮弄亮，他内心深处的空虚及厌恶将越来越强，这驳杂而阴暗的心理的增强，势将直接转化为性欲。他发觉在这漫长生涯的尽头只留下这般风景，不由得涌上一股枯燥、惊愕……远处又传来犬吠声，脆弱的扁柏林风声飒飒。

邻室的妻子已入睡多时。本多关了书房的灯，走近沿着客房墙壁而立的书架，偷偷地从中挑出几本外文书，摞在地板上。当他被自己称之为客观性的疾病所俘虏的一刹那，就有一种强制力，使他把所有曾是自己营垒的人都视为自己的敌人。

为什么呢？这只不过是他多年来从法庭上及律师席上客观地观察人间百态的一部分罢了。然而为什么那样观察即为守法，而这样观察就是违法了呢？那样观察就成为人们尊崇的目标，这样观察即遭人轻蔑或非难呢？……如果它是罪过，则因为它是快乐的，所以有罪。但就其审判官的经验而言，本多是了解去掉私心后那清澈愉快的心境的。若这种愉快由于没有感情的激动因而是崇高的，那么罪孽的本质就在于感情的激动吗？人类最具私人性的东西，这通向快乐的感情的激动，才是违法的最大要素吗？……不管怎么说，这些都是杜撰的理论。当本多从书房的书架上抽出外文书时，他心里感到一种超越年龄的少年般的激动，并且不能不感到自己已经孤立无援，对于社会来说，自己是一个虚弱的无防御的存在。原先把他架在半空中的那些枷锁完全摘除了，而后将开始如沙漏里的沙般无止境地坠落。这时，法律与社会已成为他的敌人……而且如果本多稍有勇气，假如这里不是他家的书房，而是嫩草丛生的公园的一角，或是在黑暗笼罩的退路上，一个人家的点点灯光落在这小道上，此时此刻，他将成为最可耻的罪犯。人们会大声讥笑道："审判官成了律师，律师成了犯人！或者说，这儿有个毕生酷爱法律的家伙哩！"

在他拿掉书后的墙上有一个小洞。那满是尘埃的灰暗空间，刚好可以把脸放进去。尘埃的气味突然在本多心中唤起了幼年的回忆。少年时代那秘密的快乐，在黑暗中散发出微弱的红色火花。他想起在藏青色薄棉睡衣的天鹅绒领子的触觉中夹杂着厕所的臭味。第一次在字典上查到"猥亵"一词以及一切忧郁的腥膻的东西。清显曾如此被一种崇高的激动所驱使，而此刻本多的心也在激荡，这是把清显那崇高的激动当成了卑微的儿戏。即便如此，这仍是把十九岁的清显与五十八岁的本多在暗夜中联系在一起的唯一通道。闭上双眼，便出现如下幻象：在书架的黑暗处，四散的红色的肉的微粒子如蚊群般飞来飞去。

隔壁客房住着槙子和椿原夫人，再过去一间，住着今西。但方才这两个房间的确有交流的动静，有悄悄的开门声和尽量压抑的拍打水面似的几近申斥的私语声。这声音断断续续，恰似一张象牙牌正沿着通往深夜的倾斜坡道翻滚而下。

这些本多已觉察到了。但他所见到的却比这些还多。

在隔壁的客房里，与窥视孔相平行，并排摆着两张床。紧靠窥视孔下边的那张床很难窥到，但远处那张床却可窥其全貌。只是床头灯亮着，床铺却黯然无光。

令本多十分惊讶的是，正在窥视的自己这对眼睛，在相同高度上正对着在薄暮中睁着的双眼。那是槙子的眼睛。

槙子穿着白色睡衣，坐在远处的床上。睡衣的脖领端端正正地系着。在床头灯的照耀下，银丝影影绰绰，已卸妆的脸上泛着一如往昔的冷冰冰的白色。在她的圆肩膀上显现出发福的年纪，当她匀称地呼吸时，让人感到她胸部的肌肉紧紧绷绷的。打比方说，夜的精髓正被白色物体覆盖着。本多觉得自己似乎在眺望月夜的富士山。山麓一带已被带有蓝色线条的毛毯的平缓的皱褶所埋没，槙子膝盖的一半插进毛毯里，一只手懒洋洋地放在毛毯上。

起初似乎识破了本多的窥视的槙子的眼睛，其实一点儿都没有朝向窥视孔。她把视线放低，定睛注视着墙边的床。

然而如果只看她的眼睛，便会觉得槙子正在酝酿作诗。偶然凝望眼前的河川，那是精神发现了某种生气勃勃的混沌状态，并企图使之凝结，而把箭搭上弓时猎人的眼睛。只看到这些于人是崇高的观念原本无妨。

槙子正在俯视的既不是河，又不是鱼。那是薄暮中在床上蠕动着的人影。本多抬头，头顶着书架顶端的天花板，从小窥视孔斜身向下看。他看到了仅一墙之隔的床上正发生的事。一双女人的大腿与一双苍白而瘦削的男人大腿缠在一起。就在眼前，窥见了这两个毫无生机可言的衰老的肉体，如水栖动物般缓慢运动的接合点。在黑暗中发出润湿的微光，相互贪求，明显的招数伴随着认真的颤动，两簇濡湿的草丛接合了，既而又分离。女人白皙的腹部由于光线照射面积的不同，仿佛夹着一张白纸似的，这些都恭恭敬敬地映入本多的眼帘。

然而今西将那双可怜的知识分子的大腿，以无耻已极的放肆叉开在那里。与他的言论一样，一切都不过是他那瘦骨嶙峋的臀部如寂寞的涟漪般颤动所描绘出的转瞬即逝的幻影而已。这种诚实的缺乏，令本多恼怒。

与此成为对照的是，应当说椿原夫人的声声呻吟都十分真挚。把眼睛转过去，便看见椿原夫人把手伸进今西的头发里，那手指就像是死命挣扎着的将要溺死者的手指……夫人终于唤出儿子的名字，但用的却是拘谨的微弱声音。

"晓雄……晓雄……原谅我！"

剩下的话语夹杂着哽咽声，可今西却无动于衷。

本多突然注意到事情的严肃性和可恶性，不禁咬住了嘴唇，现在事情已真相大白。是否系槙子的命令姑且不论，但在槙子面前（也许只在槙子眼前），夫人如此明目张胆的行为，今晚已不是初次了。不，这或许正是槙子与夫人师徒之间的献身及侮辱的本质所在。

本多又一次端详槙子。槙子散着熠熠闪亮的银丝，泰然自若地俯视着。本多发觉槙子与自己只是性别不同，但完全属于同一类型的人。

二十八

翌日，依然万里无云，本多夫妇便邀请在家留宿的三位客人和邻居庆子分乘两辆车，到富士吉田的富士浅间神社去游玩。除了庆子之外，其他人都想参拜神社后回东京，所以将别墅锁好才出发。锁门时，本多突然担心他不在家时月光公主会不会来，但又觉得不大可能。

今天早晨，本多刚读过今西赠与的《本朝文粹》。当然那是因为本多很想读都良香的《富士山记》，而托今西带来的书。

"富士山位于骏河国。尖峰如削，临空耸立。"

这般记述索然无味。但是，"贞观十七年十一月五日，官民照例致祭。时当中午，天朗气清。仰观山峰，白衣美女二人双双起舞于其上，离峰尺余，国人共赏。故老传云如上。"

过去本多曾经读过这段文字，且依稀记得，但后来却未得到重读的机会。

可引起种种视力错觉的富士山，在晴天出现那种幻象不足为奇。山脚下和风习习，山顶上却突然刮起暴风，晴空下常常雪烟飞扬。在当地人看来，雪烟偶或令人想起两个美女的姿态，也是可能的。

富士山虽然冷静、恰切，但它正是以其确实的洁白和寒冷，包容着所有的幻想。在寒冷的尽头将出现眩晕，犹如理智的终极将出现眩晕一样。富士山的形态是端正的，并且是十分暧昧的情感般的一个不可思议的极点，又是一个不可思议的境界。在此境界有两名白衣美女翩翩起舞，也并非不可能。

而且，浅间神社供奉的神，是名曰"木花开耶公主"的女神，这一点常常诱惑着本多的心。

两辆车里，夫人、槙子和今西搭乘椿原夫人的车，本多夫妇和庆子则乘坐本多因欲回东京而雇来的出租车。这是自然而然的安排，但不知为什么总想与槙子同乘一辆车的本多，心里不免怀有一丝遗憾。他想与她并肩坐在车里，再一次仔细观察她那如箭在弦上的紧张神情。

然而通向富士吉田的汽车旅行并不轻松。必须走越过笼坂山顶，北上山中湖畔的旧镰仓国道，这段国道多半是没有铺路面的险峻山路，它与山梨县的县界和笼坂山脊相通。

听凭并肩而坐的庆子和梨枝唠女人家常，本多却像小孩子似的专心观赏窗外的景致。有庆子在场，便能有效地防止梨枝抱怨本多。梨枝已变成一个拔开瓶盖即泡沫四溢的啤酒瓶了。她从今天早晨起就反对乘车回东京，并称她从小就不习惯如此漫长而无聊的奢侈旅行。

此时的梨枝在与庆子交谈，变得温柔甚至可爱。

"肾脏病根本不必介意。"庆子毫无顾忌地说。

"是吗？经你这么一说，我反倒精神起来了，真怪！像我丈夫那样虚情假意地故作体贴或担心的样子，才真让我生气。"

大概这是微妙的诀窍吧，但庆子绝没有为本多辩护。

"本多光懂道理罢了，真没法子呀！"

越过县界，山北一片残雪。因结冰而致凹陷的雪层，浅浅地刻上了一层痉挛似的蛇纹图案。这很像是浮肿消退后梨枝手背的皮肤。此时对本多来说，梨枝已变成易于忍受的人了。两个女人故意当场高声地数落本多的不是（即使其中一人是自己妻子也罢），这反倒给本多带来一丝淡淡的快感。

接近笼坂山顶，满目皆是厚厚的残雪。薄纱般的冻雪覆盖着山中湖畔林木稀疏的地面。松树已经枯黄，只有湖水的颜色是艳丽的。回顾富士山的白色肌肤，此地一切白色的源泉，都好像油光闪亮。

到达浅间神社时，已是下午三点半。本多扫视了一下从那边那辆黑色劳斯莱斯汽车下来的三个人，仿佛见到了从黑棺材中起死回生的人一般，心里厌恶极了。从今天早上起，他们即在别人面前把昨夜的痕迹擦拭得一干二净，但偶尔当他们三人在一定的时间内被封闭在狭小的空间里时，就像怎么穿刺也排不尽的腹水一般，记忆又复沉淀，使他愈发感到卑鄙。他们下了车，被道旁积雪令人目眩的反光晃得狠狈地直眨眼睛。尽管如此，槙子仍凛然挺胸，而本多却憎恶今西那苍白的、没有弹性的肌肤。这个男人将他昨天午间得意扬扬地谈论的悲剧性的肉体的梦想之美，以与自身肉体的极不相称亵渎了，而且还将它掩饰了。

反正本多是看到了。看的人与在不知不觉之中被看的人，已在截然相反的世界的交界处相互依靠。

槙子抬头望见石匾额上刻有"富士山"的巨大石牌坊，又拿出作诗的笔记本，抽出了她带紫绳的细杆铅笔。

他们六人互相搀扶着走在泥泞的道路上。从枝叶间洒下的阳光使残雪的一部分显得十分庄严。茶色的杉树落叶飘零在堆得老高的残雪之上，老杉树的树梢则笼罩着雾也似的光，还有的树梢上好像拖曳着绿色的云彩。在参拜的大道尽头，可见到被残雪包围着的朱红色牌坊。

这种神灵般的征兆，令本多回忆起了饭沼勋。于是他又看了看槙子。槙子亦感染到神的力量，转而似乎忘掉了她深夜里的那一对眼睛。爱上这双风情万种的眼睛的勋，也许动辄会被这双眼睛诛杀的。

庆子从容不迫，不管做什么事都笼而统之。

"啊，漂亮，漂亮极了！真有日本风味呀！"

对于这种断定式的说法，槙子带点焦躁的样子望着庆子。梨枝则以谦恭由人的胜利的感情退而凝视这一情景。

椿原夫人在参拜的道路上步履蹒跚，犹如悲哀的仙鹤，翅膀被潮水浸湿而滴着水行走似的，毫不经意地推开今西扶持的手，索性把手交给本多。她已谈不上什么作诗了。

这种悲伤由于伪装而太纯真了。看着她低着头的侧脸，本多的心被打动了。本多的视线猛然碰见了正注视着夫人侧脸的槙子的目光。槙子同平常一样，从这位映在雪光中的悲伤女人的脸上，发现了一首诗——一首诗便作成了。

当他们来到与富士登山道相交叉的神桥时，椿原夫人语无伦次地对本多说：

"对不起，一想到这是富士山的神社，就觉得晓雄正在那儿笑着迎接我似的……因为这孩子特别喜爱富士山。"

夫人悲戚的表情里含着一种格外的空虚，仿佛狂风席卷过无人的凉亭，使人觉得悲伤在任意地吹拂这位空虚的夫人，而且是异样的宁静。犹如灵魂附体之后出现的荒废，在披散的头发下面，那张没有油脂的脸颊，宛如日本纸般容易浸透。从那张脸上似乎看见了悲伤自由而平静地出入的情形，就像呼吸一样。

梨枝见此情形，病都忘了，显得很健康。此时本多怀疑妻子的所有疾病都是假装的，连浮肿也是假的。

一行人终于来到高约六十尺的朱红色大牌坊，穿过牌坊，在朱红色楼门前，便遇上被厚厚堆积的脏雪包围着的神乐殿。神乐殿房檐三面挂着稻草绳，从高高的杉树梢上，洒下一束明亮的阳光，刚好照到竖立在地板上的白木制八朔台上的祭神驱邪幡。在四围的雪的映照下，神乐殿里的方格天花板也熠熠闪亮，照到祭神驱邪幡上的光线格外耀眼，高贵的祭神幡在微风中摇曳。

转瞬间，本多觉得洁白的祭神驱邪幡仿佛活着。

椿原夫人像堰堤决了口似的号啕大哭。不过对此谁也不感到惊讶。

夫人还没等见到祭神幡，就像受恐怖驱使般跑到由狮子和龙的浮雕护卫着的拜殿前面，一边叩拜一边号啕大哭。

本多已不怀疑，战后至今，夫人的悲伤一直未愈。因为本多亲眼看见了将此悲伤化作经常发生的恍如昨日的新鲜事的秘诀。

二十九

翌日，庆子从御殿场二冈往本乡的本多家打电话，不巧本多不在家。梨枝因参加昨天的宴会十分疲惫地躺在床上，但听说是庆子来的电话，便起来接。

电话内容是月光公主今天才只身一人来到了御殿场。

"我正在遛狗的时候，看见一位小姐在贵府门前徘徊。总觉得她不像是日本人，便与她搭话，她回答：'我是泰国人。'一打听，她说是本多先生邀请来的，但那天不方便没能来，今天来是因为本以为大家还在这儿。她如此满不在乎的话语让我吃惊，但是让她一个人独来独回，也有些过意不去，所以请她到我家来喝茶，然后送她到车站，刚刚分手。回东京后，她会向本多先生致歉的。但她不爱打电话，一用日语打电话，就头疼。真是个可爱的小姐，黑头发，大眼睛。"

庆子只聊了这些，又对那天的宴会表示感谢，并说，今晚照例那位美军军官要带同僚来家里打扑克，她要做些准备，下回有空儿再聊，说着电话就断了。

本多回到家里，梨枝便把电话内容如实地告诉他。本多却以迷离的神情听着。昨天夜里他梦见了月光公主这件事，当然未向妻子坦白。

本多这种年龄的长处，就是可以无限期地等待。但因他有些应酬和工作，不能成天待在家里等待月光公主的突然来访。本来把那只戒指托付给妻子即可，但他却想自己把戒指直接交给她，便放在西服的暗兜里带走了。

大约十天之后，梨枝告诉本多，当他不在家时，月光公主曾来做了一次不得要领的拜访。当时，梨枝正要去参加老同学的丧礼，穿着丧服正欲离家时，看见了刚进门的月光公主。

"她一个人吗？"本多问道。

"是的，好像是一个人。"

"那太过意不去了。下次我应该跟她联系一下，请她来吃顿便饭。"

"她会来吗？"梨枝含笑问道。

本多想，若用电话联系，一定会成为对方的精神负担，莫如随便择定一个日期，送她一张新桥舞剧场的入场券，能否赴约则由她自己决定。适逢那里演木偶戏《出开帐》，本多拟请她观赏白天的演出，回来时，请她到最近才归还日本人的帝国饭店进晚餐。

白天的戏目是《加贺见山》和《堀川猿迥》，然而本多对月光公主不守时的癖好已不足为怪了，所以独自欣赏起"长局"这段。在《堀川》开演前的很长一段幕间休息时，他来到院子里。天气十分晴朗，许多观众都出来呼吸户外的空气。

本多现在才惊奇的是，来此看戏的观众衣着比过去整齐多了。这真是几年前所无法比拟的。也许是由于艺伎多的缘故，但女人们已经忘却了战后的废墟，衣服华丽而奢侈，尤其战后人们不分老少都喜欢花哨，因而他不禁觉得观众的衣着往往比大正时代帝国剧院观众的服装还要色彩丰富。

此时的本多，只要他愿意，便能在众多的艺伎中挑出一个最年轻漂亮的，成为其保护者，尽情享受艺伎闹着要买这买那的乐趣。那春天云彩般朦朦胧胧的媚态，那日本偶人般穿着十分合适的男式白袜的纤足，都将为自己受用。但后果立时可见。乐极生悲，死神将至。

这座剧场的风趣在于庭院临河，夏日可迎河风纳凉。但河流淤积，河面上缓缓飘着驳船和垃圾。本多此刻仍记忆犹新的是，当时漂浮在河面上的空袭中罹难的尸骸越多，工厂冒的烟就越少，河水异样清澄，映在河里的末日天空格外碧蓝。与此相比较，这污浊的河面才正是繁荣的象征。

两位身穿茶色短外套的艺伎，正凭栏陶醉于河风之中。一位穿的是印有樱花花瓣的鲛小纹和服，腰间系着绘有墨色樱花图案的名古屋腰带，身材娇小，可面颊丰腴。另一位则一切皆喜好华丽，从略高的鼻梁至薄薄的唇间满是冷笑。她俩总是喋喋不休，互示夸张的惊愕神情，指间夹着进口的细细的金嘴香烟，却丝毫不因惊愕而摇晃，兀自平静地喷云吐雾。

一会儿，本多发现女人们恍恍惚惚地正望着对岸。那里是旧帝国海军医院，至今仍留有提督的立像，现在是美军医院，住满了朝鲜战争的伤兵。春日映照着医院前庭半开的樱花，可以看见樱花树下年轻的美国兵坐在病号轮椅上，被人推着走过，也可以看到拄着拐杖走路的伤员以及手腕上吊着白色三角巾的散步的人们。既没有人隔河快活地向这些身穿漂亮和服的女人们打招呼，也没有摆过美国大兵那种滑稽相。宛如眼中映现出冥府的景色一样，在午后阳光的照耀下，格外明亮的对岸，一群故意装作漠不关心的跟跟跄跄的年轻伤兵人影憧憧，显得非常寂静。

这两名艺伎显然很喜欢这种对比。她们让自己的身体沉浸于香粉、丝绸以及春天般娇奢慵懒的气息中，并为他人的伤痛或缺失手足而祝福，直到昨天他们还是胜利者……这种温柔的恶意，精妙的心术不正，正是她们的秉性。

旁观的本多倒觉得一水之隔的两岸的对比，有一种灿烂的东西。河那边有着过去七年间统治日本的占领军士兵们的尘埃、血、痛苦、被伤害的矜持、无法挽回的不幸、泪水、疼痛、被搞得支离破碎的男人的性；河这边却有战败国的女人们，恰恰从昔日的胜利者们所流的血中获利，用这汗水和伤口上的苍蝇作为肥料，且展开蝴蝶似的黑色翅膀，炫耀过分打扮的女人的奢侈的性。河风也无法沟通这两者。美国男人们为使这些无望获得的无意义的光润争奇斗艳，只为这番冷酷无情的炫耀荣华富贵，眼睁睁地看着流血，作如是想时，心中的懊悔是可以想象的。

"简直是在扯谎！"

一个女人的声音传到本多耳畔。

"实在是，那家伙真是惨不忍睹。无怪乎洋人块头大，那样一来，反倒可怜巴巴的。不过我们也够倒霉的，说来也是半斤八两。"

"自食恶果嘛！"

女人们冷酷地交谈着，并且兴致勃勃地眺望对岸，当她们的兴趣达到顶点旋即松弛下来的一刹那，几乎同时争着打开粉盒，侧身照镜子往脸上涂脂抹粉。浓香的脂粉被河风吹散，远远地吹到女人和服的下摆和本多西服的袖口。本多瞥见微微蒙上一层脂粉的小镜面，朝着脚边的花草丛，反映着微弱的光，宛如蛟蜻蛉飞舞似的。

远处传来开幕的铃声。演出只剩下《堀川》一幕了。正当本多心想月光公主不会来了吧，而向剧场走去时，他觉得自己几乎是以肉感享受着月光公主分明的不在。他由庭院上了两三个台阶，来到剧场的走廊。在走廊石柱的背后，月光公主像是躲避室外光线似的伫立在那里。

被室外光线搞得缭乱的眼睛，望见她的黑发杏眼，像在黑暗中发出一束亮光。发油散发出浓浓的香味。月光公主微露着美丽洁白的牙齿笑了。

三十

当晚他们用晚餐的帝国饭店已经年久失修。占领军摆出一副对照明艺术很通晓的样子，但在庭院的石灯笼上却满不在乎地涂着白色油漆。大食堂仿哥特式建筑的天花板也较从前阴暗，只有并排摆着的餐桌桌布的白色格外炫目。

本多点了菜，又立即从暗兜里取出戒指小盒放到月光公主面前。月光公主打开盒盖，不禁啧啧赞叹。

"无论如何，这只戒指都应该还给你。"

本多尽量使用简单的语法，向她讲述这只戒指的由来。月光公主听着本多讲述，脸上不时泛起微笑，而这与本多讲话的文脉不大谐调，因此月光公主是否真的能听明白，本多立时感到很不安。

月光公主突出于桌面上的胸部与她孩子气的脸很不相称。她的容貌像船头塑像般堂堂正正，而在她学生式的长袖罩衫下面，不用看便知隐藏着阿旃陀洞窟寺院壁画上的女神们的肉体。

看似轻盈而带着暗黑色果实的重量感的肌肉，令人觉得闷热的黑发，略微扁平的鼻子到上唇之间的线条模糊而神秘……她与听本多的讲述时一样，似乎含含糊糊地充耳不闻自己的肉体经常对自己说的话语。又大又黑的眼睛，过于聪慧，不知为什么反倒看似盲人。不可思议的形态。月光公主得以在本多面前保持着散发出馥郁芬芳的肉体，乃是由于经常影响日本远方的密林的晕气所致。人们称之为血统的东西，有如一种深邃无形的声音，人走到哪里它就追到哪里。它时而变作热烈的私语声，时而变作沙哑的喊叫声，它是所有美丽的肉体形态的原因，又是这种形态产生诱惑的源泉。

当月光公主的手指戴上深绿色的翡翠戒指时，本多觉得仿佛捕捉到了悠远的深邃声音与这位少女的肉体初次融合的瞬间。

"谢谢！"

月光公主脸上泛出有点损及其品格的谄媚般的微笑。本多知道，那是她感觉对方会了解其任性的感情时的表情，可是如果趁着她这谄媚紧追下去，它就如迅即退去的浪潮般逃掉了。

"你还是小孩子的时候，自认为是我所熟悉的一个日本青年的转世，真正的故乡是日本，而且希望早些回日本，这可难为了大家。现在你来到日本，手指上还戴着这只戒指，这对你来说，也算了了一桩心愿。"

"哼，我不明白。"月光公主无动于衷地回答，"小时候的事情，我一点儿都不记得。真的什么都记不得了！大家都嘲笑我有点疯，也说些跟你说的一样的事来取笑我。可我全都记不得了。说起日本的事，战争一爆发，我就去瑞士，在那儿一直待到战争结束，但却一直十分珍惜不知是谁送给我的日本偶人，只记得这件事。"

本多刚要说那是我送的，却欲言又止。

"我来日本，只是因为家父告诉我日本的学校好，所以才来留学的……也许是那样吧。近来我是这样想的。我认为，小时候的我，就像一面镜子，能把别人心里装的全都照出来，并把它说出来。你在想些什么，于是全都映现在我心里。你认为呢？"

月光公主有个毛病，常把疑问词"呢"字，像英语疑问句末尾那样，尾音声调高。所以当她发出"呢"时，本多不由得想起在泰国寺院的朱红色中国瓦屋顶两端，那翘向蓝天的尖锐金蛇鱼尾形装饰。

本多忽然留意到围坐在附近餐桌边上的一家人，他们以颇具实业家风度的家长为中心，夫人及成年的儿子们一起用餐，虽然他们服饰华丽，但不知为什么总觉得他们脸上有一种卑贱之感。本多估计他们也许是发了朝鲜战争财的暴发户，但他们家儿子的脸特别像午睡醒来的狗，十分松弛。眼睛里、嘴唇上，莫不透着粗野。一家人竟全都发出骇人听闻的动静喝汤。

他们家的儿子们互相用肘捅来捅去，偶尔将视线投向本多那张桌子。他们的眼神流露出有个老头儿带着女学生模样的小妾来这儿用餐。他们的眼睛似乎只会表露这种事。本多不得不将在二冈深夜所见到的今西那难以形容的不相称的情形，与自己本身作一比较。

当时本多觉得这个世上存在着比道德还严厉的规章。不相称的东西绝不能引起人的梦幻，只会引起人的厌恶，因此已遭到惩罚。不了解人本主义的时代的人，对于一切丑恶的事物，应比现今残酷得多。

饭后，月光公主去化妆室，本多一人留在前厅，他的心情顿时十分快活。因为自那一瞬间起，他才能无所顾忌地享受月光公主不在的乐趣。

他突然心生疑窦，在二冈新居落成前夕，月光公主到底在哪儿过夜，此事尚未搞清。

即便如此，月光公主回来得很迟。本多忆起在挽巴茵，年幼的公主被女官们簇拥着去小便的情形。接着，想起了在那红树气根盘根错节的褐色河流中沐浴的公主的裸体姿态。不管本多怎样凝眸窥视，也未发现公主左侧腹上本应有的三颗黑痣。

本多所希冀的实在单纯，若称之为爱，肯定反倒不自然。他只想仔仔细细亲眼看看公主现在一丝不挂的裸体，那小而平的乳房现在如何情窦初开，看看那像小鸟从巢里探头向外张望似的粉红色乳头不服气地翘着，褐色的腋窝影影绰绰，在胳膊内侧露出一块敏感的沙洲般的部分。他想在拂晓的光线中查看一下公主已经完成一切成熟的准备。拿现在的公主跟幼小的公主的肉体比较一下，真令他胆战心惊。在洁净柔软的腹部中央，有小巧的形如环礁的肚脐。由浓密的毛取代了护门神亚斯加守护着它，从前只是死死地沉默，如今却变成了经常带着湿润的微笑。每只美丽的脚趾都张着，大腿泛着光，已长成的两腿修长苗条，一心一意地支撑着生命舞蹈的规律与梦想。本多欲拿这些与年幼公主的情况一一对照。这才是理解"时间"，理解"时间"制造什么，又使什么成熟了。如此细心对照的结果，如果仍未找到她左侧腹上的痣的话，本多最终一定会爱上她的。

因为妨碍恋情的是转生，阻挡热情的是轮回……

返回前厅的月光公主突然将本多从梦幻中唤醒，本多脱口而出的一句话虽出于无奈，听来却似强烈的妒意。

"啊，我忘了问你。在二冈宴会的前一天晚上，听说你事先没告诉留学生会馆便在外面住宿，听说是在一个日本人家里，是吗？"

"是，是在日本人家里。"月光公主毫不畏怯地坐在本多旁边的安乐椅上，躬着腰仔细瞧自己那双并在一起的美丽的脚，说道，"一位泰国朋友住在那儿。那家人也一再留我，我便在那儿住下了。"

"有许多年轻人，他家很有趣吧？"

"也不见得。他们家有两个儿子，一个女儿，我和一位泰国朋友，大家在一起玩手势游戏。那家的男主人跟东南亚有大笔生意，所以对东南亚人很亲切。"

"那位泰国朋友是男学生吗？"

"不，是女学生。怎么啦？"

月光公主又将尾音提得天高。

然后，本多忠告月光公主，缺少日本朋友是件憾事，既然来此地留学，如果不与当地人广泛地交往，便失去了意义。只与我相处恐怕有点拘谨，所以下次再领一些年轻人来。不知不觉中，本多投下一饵，并约定下周的今天七点钟，还在这个饭店前厅见。因为他一想起梨枝，总觉得把月光公主请到家里有些顾忌。

三十一

回家下车时,鬓角能感觉出下着一场毛毛雨。

学仆出来迎接本多,说太太累了,早早就寝。又说,有位客人非要等候本多,已等了一个多小时,无奈把他让到接待一般客人的小客厅里。学仆问,可知道饭沼这个名字。本多一听便知,又是钱的事。

自勋十五周年忌日以来,已有四年未与饭沼见面了。那以后,他在战后的穷困是可想而知的,但那次只在神社举行的祭典虽极为简朴,可印象颇佳。

本多之所以马上想到是钱的问题,乃是因为近来阔别已久叙旧而来的人都是为了要钱。没落的律师会来,失业的检察官会来,落魄的法庭记者会来……大家都风闻本多侥幸发了财,认为既然是侥幸发的横财,自己也该有份。本多只把钱给谦虚的人。

本多一进客厅,饭沼便从座椅上站起来鞠了个躬,从他那寒碜的西服后背到华发下面的脖颈都看得一清二楚。装穷比贫穷本身还真切。本多让他就座，并唤学仆拿威士忌来。

他瞪着眼睛撒谎，说由于从府上路过，所以无论如何都想见见您。喝了头一杯酒，他便假装醉了。再给他斟酒时，他左手托着威士忌小酒杯的底部，用两手捧着，本多觉得很讨厌。老鼠吃饵食时，就是这样拿着的。饭沼却抓住机会胡吹一通。

"哎呀！时下流行的一句话是开倒车。政府明年以前会着手修改《宪法》的。现在到处都偷偷嘀咕恢复征兵的问题，是因为同意这一做法的国民基础已很稳固。可是令人急不可耐的是这个基础不能公开，因而处于低迷状态。另一方面，极端分子十分猖獗！前几天神户发生了一起反对征兵的游行，搞得相当激烈，名为'反对征兵青年大会'，里面朝鲜人却很多，岂非怪事？不光用小石头、辣椒面，甚至用燃烧瓶、竹枪跟警察队伍混战一场。听说起码有三百名学生、儿童和朝鲜人闯入兵库署，要求释放被捕的人。"

本多心不在焉地听着，寻思反正是来要钱。但饭沼应该晓得，无论新政派怎样用社会主义政策严加管理，无论极端分子如何制造骚乱，私有财产制度的基础仍是岿然不动的……窗外雨幕重重，越下越大。令本多牵挂不已的是，那天回去时虽用车把月光公主送到留学生会馆，但春雨也会把她那间冷冷清清的房间淋湿的，这对在热带长大的月光公主的身体会造成什么影响呢？月光公主就寝时是怎样睡的呢？是喘气似的仰脸睡呢，还是面带微笑蹲坐而眠？抑或是如涅槃佛殿里的金色卧佛一般横躺着，以肱作枕，露出光灿灿的脚掌而睡的呢？

"京都的总评'粉碎镇压法誓师大会'的示威游行也暴力化

203

了。看样子，今年的五一节也不会放过的。会闹到什么程度，实难预料。各地的大学里，又是赤色学生占领学校了，又是跟警察冲突了。先生，这些是在日美和平条约和安保条约签订之后不久发生的，所以实在是个讽刺！"

本多想，你反正是要钱。

"吉田首相正在考虑宣布共产党非法，我举双手赞成。日本又起风暴了。如果一味听之任之，和平条约一签订，马上就会发生赤色革命。到那时，美军在日本几乎不留一兵一卒了，究竟怎么镇压大罢工呢？一想到日本的将来，就老是睡不着觉。都这把年纪了，可还是秉性难改啊。"

本多一心想着他要的是钱。可是酒过数巡，谈话也没进入正题。

饭沼简略地谈到两年前与妻子离婚的事，谁知话题又突然跳到过去，本多抛弃审判官之职，主动为勋做义务辩护，他一再表示十分感激，终生难忘。现在饭沼谈起勋的往事，本多是无法忍受的，所以他刚要提到勋，本多就赶紧把他顶了回去。

饭沼突然脱去上衣。房间里并未热到如此程度。本多揣摩大概是因为他醉了。饭沼又取下领带，解开衬衫扣子，又解开内衣扣，袒露出因醉酒而泛红的胸膛。本多看见其胸毛几近发白，在灯光下一根根像针似的，光影缭乱。

"其实，今晚我是想请您看看这个才来的。没有比它更现丑的了。所以，按道理如果能隐瞒一辈子，那就宁愿这样。不过，我很早就想只请本多先生看一看，让您笑一笑。又想，只有本多先生能了解我，包括我的失败在内，您会彻底了解'饭沼其人就是这么个家伙'……跟那壮烈牺牲的儿子相比，真是羞愧之至，这样不光彩地苟活，实在是……"

饭沼流着泪，语无伦次。

"这就是我在刚战败时，企图用短刀刺胸自杀的伤痕。错就错在我怕万一切腹失败……就差一点儿，偏离了心脏，血倒是流了不少。"

饭沼抚弄着蓝紫色的疤痕，向本多炫耀着。其实，本多也看见了，那里有着无法复原的归结。发红的粗糙皮肤凝聚在一块儿，堵住了刺得不利落的伤口，硬把他引到一个晦涩的归宿。

饭沼那顽固的胸膛一如往昔，然而，却覆盖着一层白色的胸毛，姿态高傲。本多这才发现他原来并不是为钱而来，但却丝毫也没有为自己的这种想法而感到羞愧。饭沼现在和从前都无甚变化。只是他这种人产生这样一种心态也是不足为奇的，即他想把被逼迫、被玷污、被污辱的东西结晶、凝结成一种稀有的玉髓，反过来将它转化为崇高，把它展示给最可信赖的证人。无论是认真也罢，戏言也罢，胸部落下的蓝紫色的疤痕，毕竟是在饭沼的一生中留下的唯一宝石。而本多呢，作为对其昔日高洁行为的报酬，只不过是光荣地被他选为证人，虽然平添了一些麻烦。

饭沼见本多要给他钱，像是突然酒醒了似的，连忙道歉，说待得太久了，并对本多的款待致谢。本多挽留他，要他不要着急回去，还包好五万元，塞进一再推辞的饭沼的衣兜里。

"那么，承蒙盛情，我就收下了。请允许我把它当作重建靖献塾的经费。"

饭沼郑重其事地道了谢。

本多冒雨把他送到大门口。饭沼的背影消失在石榴树叶的阴影遮盖的小门里。送行的本多望着他的背影，不禁觉得他就像是黑夜里散布在日本周围的无数岛屿之一，一个几近发疯的、荒芜的、饥饿的孤岛，一个只靠雨水生存的孤岛。

三十二

献给月光公主戒指之后，本多不但没有泰然自若，反而愈加忐忑不安。

本多让一个难题给难住了，即如何使自己隐匿起来，淋漓尽致地观察月光公主。如果能像生物学家那样仔仔细细地观察月光公主在未觉察本多在场的情况下，生气勃勃地活动，恣意地躺卧，将内心的任何秘密都暴露出来，极其自然地生活，若能观察到这如实的姿态，该有多好！此时，若加上本多这个因素，则顷刻之间万物都会土崩瓦解的。

除了一个完整的水晶结晶，一个可爱的主观的自由游弋之外，再也不能容纳任何东西的玻璃盆，才是月光公主理所当然的栖身之所。

对于清显和勋，为了使他们的人生凝成水晶般的结晶，本多曾略尽自己的绵薄之力，这点自负本多是有的。在他俩的人生历程中，本多伸出的是救援之手，同时也是无用而无效之手。重要的是，本多是一无所知地、非常自然地、愚笨已极地

（自以为是在扮演一个理智的角色）、自始至终地扮演了这个角色。可是，在"知道了"之后呢！当那灼热的印度严厉地使他认识了这个问题之后，他对"生"还能有何援助，有何干涉，有何参与呢？

而且，月光公主是个女人，是个浑身上下充满了诱惑和魅力的肉体。她诱惑本多，不断地将本多诱向"生"。这是为了什么呢？虽不知是为了什么，但大概其一是企图借助外力以这个"生"所散发的魅力破坏"生"的本身，其二是试图让本多彻底地认识到，参与是不可能的。

当然，在本多看来，将月光公主保存在水晶里，是自己快乐的本质，但是他不能与自己生就的追求真理的欲望隔绝。能否设法把这互相矛盾的欲望调和一下，战胜月光公主这个从"生"之河流的泥土中开出的一枝黑莲花呢？

在这一点上，最好在月光公主身上能明白无误地显现出她是清显和勋转世的证迹。果真如此，热情就会减退。但另一方面，倘若月光公主起初就是一个与本多所见到的一系列转世毫不相干的少女，那么本多肯定不会被诱惑到如此地步。即便如此，那么，严厉嘲弄热情的力量之源以及非现世的魅力之源都在同一个轮回之中。觉醒之源是轮回，妄念之源也是轮回。

想到这些，本多实在愿意自己是一个临近人生的终结，拥有了财产而非常自满自足的年迈的男人。本多很熟悉这种人。这一伙人对赚钱、飞黄腾达，对争权夺势非常精明，对竞争的劲敌的心理，比任何人都能深刻地作出判断，而对于女人，即使和几百个女人同过床，也对她们全然无知。这帮家伙满足于靠着金钱和权力，在自己周围遍布女人们和帮闲们的屏风。女人们坐成一排，都像月亮似的只将一面展示给他看……本多思忖，那不是自由，而是牢笼。那是亲自坐到一个只用自己亲眼见到的东西结束并封闭这个世界的牢笼里。

另有一些较为贤明的人。他们有钱有势，对人情世故无所不晓，能从表面的细微征候推知内部的一切，是用辣醋的苦味来品味人生的卓越心理学家。他们凝缩世界与人生，把它们整理得秩序井然，就像一位精巧而好事的庭院主人随时随心所欲地让人更换小巧美观的庭院中的草木石块一样。他用欺骗构成一块庭石，将谄媚弄成一株百日红，将真情化作木贼草，把迎合制成水盆，把忠实化作小瀑布，把众多的背叛造成奇岩峭石，终日观赏这充满寓意的庭院，沉浸在他已剥夺了世界与人生的抵抗的喜悦之中。我把认识者的痛苦和优越感牢牢地掌握在手中，像掌握一只顶好的茶碗里的淡茶的绿泡一样。

本多与那些人不是同类。然而他并不满足，充满着不安，却并非无知。他已窥见了可知与不可知的界限，仅就这点而言已不是无知。而且，不安正是我们能够从青春窃得的无价之宝。本多已参与过清显和勋的人生，亲眼看见了伸出援助之手也是枉然的那种命运。那简直像受骗一样。从命运的角度来看，所谓生存，简直就是上当受骗。而且，人的存在是什么？本多在印度已深深体会到，所谓人的存在就是不如意。尽管如此，生的绝对被动的形态，寻常无法见到的生的纯存在论的形态，本多过于迷恋这种东西，而且认为非此就不是生，深陷在这种过分的认识里。他根本缺乏诱惑者的资格。因为所谓诱惑和欺骗，从命运的角度看，是徒劳的，诱惑的意志本身也是枉然的。当他认识到，除了只是纯粹被命运本身所欺骗的生的形态以外，便没有生时，我们的介入还怎么可能呢？甚至我们怎么可能看到它那种存在的纯粹的形态呢？目前，我们只好在它不存在的情况下，凭着想象力去跟它来往。在宇宙中自我满足的月光公主，其本身即是一个宇宙的月光公主，必须与本多彻底隔绝开来。她往往是一种光学的存在，是肉体的彩虹，脸红、颈橙、胸黄、腹绿、腿青、胫蓝、趾紫，且脸的上部有看不见的红外线的心，脚底下则有看不见的紫外线的记忆的足迹……而且彩虹的终端融入死的天空。她是道向死的天空的彩虹。假若不可知原本是情欲的首要条件，那么情欲的极点则只应存在于永远不可知，亦即存在于"死"。

当得到意外之财时，本多也如常人一样，想用它来使自己快乐，然而，那时，对于他已经获得的最本质的快乐而言，已经不需要金钱了。参与、支援、保护、拥有、垄断，都需要金钱，金钱也是有用的，可是本多的快乐避讳了所有这一切。

本多知道，只有在无须金钱的快乐中，才潜藏着令人毛骨悚然的欢乐。伸手不见五指的黑夜里，手摸树干上湿润的苔藓的感觉，跪在地上嗅到落叶的气味，那是去年五月某一公园之夜的情景。嫩叶馥郁芳香，对对情侣在草地上厮混。树林外围的公路上，盏盏车灯悲壮地往来穿梭。针叶林宛如神殿的排柱，风驰电掣的悲剧性的光芒，把排柱的影子逐一扫荡殆尽，掠过草地时令人战栗。其中转瞬即逝的是，撩起的白色内衣那几近残酷的神圣的美。只有一次光芒从正面掠过微睁开眼睛的女人的面颊。为什么能看见她睁着眼睛呢？既然看见了一滴反光落到她的瞳孔上，可见那女人一定是半睁着眼睛的。因为那是一口气剥掉了黑暗的凄怆的一瞬间，所以看见了本来无法看到的东西。

与那对情侣一同战栗，心脏一同跳动，一同不安，如此同一化的结果，并且只限于看人家而绝不会被人家所看到。干这种静悄悄的勾当的人，像蟋蟀似的隐蔽在四处的树荫和草丛里。本多也是这些无名氏之一。

在黑暗中浮现出青年男女互相亲昵的赤裸而白皙的下半身，在极其黑暗处舞动手臂的优美姿态，男人的臀部白得像乒乓球似的，而且那每一声喘息，几乎都带着法律上的可靠性。

是的，车灯出乎意料地照出女人脸庞的一刹那，在剥下黑暗的一瞬间，畏缩的不是干那件事的人，畏缩的倒是窥视者。夜里，在公园外的遥远处，从犹如柴火余烬似的霓虹灯闪烁的那一带，远远地传来巡逻车汽笛抒情的响声。此时，由于恐怖和不安，窥视者隐蔽的树荫沙沙作响，遭窥视的女人们沉溺于情欲之中，纹丝不动，遭窥视的男人们则似狼一般凛然，机敏地挺起上半身。

有一次，本多偶尔听一位老律师讲他从警察那儿听到的一则小小的丑闻，作为午餐时的闲话资料。这条尚未公开的丑闻，牵涉到司法界一位无人不知的有名的老人。这位德高望重的人士竟作为惯犯被警察逮捕了。他65岁。年轻的警察向他要名片，尖酸刻薄地向羞耻得浑身颤抖的老人询问情况，让他仔仔细细地表演窥视时的姿态，而且执拗地对他训诫。年轻警察越是知道老人的身份，就越是乘兴嘲弄他。警察将老人在社会上的声誉与这种犯罪之间存在的可怕裂隙大事夸张，他明知道在此深渊上架桥是非人力所能办到的，却以架桥的不可能轻而易举地敲了老人的竹杠。老人在遭到这个孙子辈的青年训诫时，卑躬屈膝，低着头，多次擦着额上的汗。就这样，老人被基层行政机关耍弄够了之后，宽大释放了。两年后，他死于癌症。

要是本多，又该怎样呢？

本多理应知道轻易跨越那绝望的深渊的架桥秘诀。那正是印度的秘法。

老法官怎么未能用法律语言来解释那种令人热泪盈眶的快乐，那种人间最谦虚的快乐呢？但是，对本多来说，在午餐时，他也是佯作对这个笑话置若罔闻，而心里却反复揣测着律师故意向自己讲这番话的意图。在每个重要情节上，当别人不怀好意地讪笑时，他便起劲地随声附和。将这种世人们视为肮脏草鞋般的快乐的惨相与任何快乐的核心都蕴藏着的严肃之间进行残酷的对比，搞得头昏眼花。午后这一个小时，弄得他毛骨悚然，疲惫不堪。此后，他便跟这个幸亏终未被任何人所知的习惯，跟那战栗，干脆一刀两断。

他已在自身之中公然玷污了理性，就不可能不顾危险。因为真正冒险的是理性，其勇气也只来自于理性。

如果金钱不能保证安全，也不能买到真正的战栗，那么，对于生，对于真正的生，本多的年龄究竟能做些什么呢？而且，他对于那种事的饥渴日久愈强，而未见减退。

为达此目的，本多不得已而需要某种媒介。即使月光公主万一与本多同床，也有一种绝不能给本多看的东西。既然它正是本多梦寐以求的唯一东西，为了得到它，就需要一种间接的人为手段了。

本多被这些思虑折磨得彻夜难眠，他有时抽出放在书架一隅积满尘埃的《大金色孔雀明王经》翻翻，或口头吟诵意味着孔雀成就的"摩谕吉罗帝莎诃"这段真言。

那只是个难解的游戏。如果认为是托了这本经书的福，他才太太平平地活到战后，那么他这样维持下来的人生，就愈发像是虚构的。

三十三

庆子对本多关于《孔雀明王经》的一番谈话颇感兴趣。

"说是被蛇咬时有效吗?那请你务必教给我吧,因为御殿场我家院子里,常有蛇出没。"

"《陀罗尼》开头那段我还记住了一点儿。就是'怛尔也他壹底蜜底底里蜜底底里弭里蜜底'。"

"像歌一样呀。"庆子笑道。

对于如此轻率的反应,本多感到带有孩子气的不满,就中止了谈话。

庆子把她外甥,庆应大学的一个学生领来了。他身穿进口西装,戴着昂贵的进口手表,眉细唇薄。本多眼看着这种现代的浮华青年,不知不觉地便联想起昔日的"剑道部精神"来,他自己都感到惊讶。

然而庆子是从容不迫的。她慢慢悠悠地下着吩咐。托她办一件事,就得一切由她摆布。

由于前天在东京会馆进午餐时,本多对回到东京的庆子说,希望给月光公主介绍一位合适的男朋友，而且尽量是能干的青年。庆子从这句话里便明白了一切。

"明白了，那位姑娘是处女，所以各方面对您都不太方便。下回我把那位好得没话说的外甥给您领来吧。要是这孩子，就不会有任何后患的。往后您就舒服自在地做那位姑娘温柔又百般体贴的安慰者，寻欢作乐好了……这可是个绝妙的计划呀。"

然而当庆子口中说绝妙时，那美妙往往消失殆尽。她对于快乐，根本缺乏卖春时强颜做戏的情绪，有时反而过于认真了。

接着，庆子介绍了名叫志村克己的外甥讲究穿戴的情况，说是托他父亲的一位美国朋友的门路，将自己的衣服尺寸送到纽约，每季定做一套布鲁克斯兄弟西服。光从这些话，也可晓得这个青年的风貌了。

在本多谈《孔雀明王经》时，克己百无聊赖地四处张望。帝国饭店的前厅犹如墓地的入口，露出的凝灰岩低低地隔开了前厅内一楼和二楼的界限。在前厅一角的商店里，美国杂志和袖珍本的封面花里胡哨的，恰似散乱地放在墓地里的凋零的供花。

在不认真倾听别人讲话这一点上，舅母和外甥颇为相似，但外甥的态度只是不礼貌，而舅母却好像她这种做法本身就是一种礼貌。庆子即使对于感人肺腑的忏悔，大概也会置若罔闻的。

本多说："难办的是，也不知道月光公主到底来不来。"

"别墅交付使用以来，您得了恐惧症吧。咱们就这样舒舒服服地等着吧！不来就不来，那就三个人去用餐，不也蛮惬意嘛。克己也不是不能等人的性子。"

"啊……不……是啊。"

克己用吐字非常清晰的声音作了一个含含糊糊的回答。

庆子似乎忽然想起了什么，从手提包中取出固体香水，朝戴翡翠耳环的耳朵上抹。

仿佛这是个信号似的，前厅里的灯光一下子全熄了。

"哼，停电了。"

克己说。本多想，停电的时候说停电，到底有何意义呢？真有只为自己的懒惰辩解才开口的人。

庆子果然缄口不语，黑暗中听到她把固体香水又收起来，手提包上的金属卡子发出清脆的声响。这声音又划破一种黑暗。在这个黑暗当中，庆子大大地膨胀了，随着香水香气的飘散，她那结实丰腴的臀部，这个女人的整个肉体，正悄悄地无边际地膨胀着。

但沉默片刻之后，遇难者们如同拨开黑暗似的，又开始进行假装十分快活的谈话。

"占领期间，占领军优先使用匮乏的电力，所以经常停电，我们也想开了，但不知今后这种状况是不是还要继续下去。"

"在一个停电的晚上，我正经过代代木一带，看见只有代代木高台住宅区灯火辉煌。在一片黑暗中浮现的一大片灯光，宛如从另一个世界来临的人们的街市，虽然美丽却令人望而生畏。"

虽说是黑，但隔着前院池塘的街道上，有车辆往来穿梭，汽车前灯不时照射到正门的转门上。当有人出去之后，玻璃转门仍在缓缓地旋转，把汽车灯光摇晃得似光线透射到黑魆魆的水底的条纹一般。本多回想起公园之夜的情景，不觉一阵轻微的战栗。

"在黑暗中，才真正自由，可以舒服自在地呼吸了。"

庆子说道。本多刚要回答说，即使是白天，有人也能舒服自在地呼吸。此刻，庆子的影子变大了，在墙上移动，是侍者拿来蜡烛了，在所有的烟灰碟上点亮了一大排蜡烛，前厅简直成了墓地。

出租车停在正门前。身穿金丝雀颜色的少女晚装的月光公主走了进来。本多对这个奇迹感到愕然。比约定时间只迟了十五分钟。

月光公主在烛光下显得很美。头发在黑暗中看不清，瞳孔里几多火光摇曳。笑时牙齿的光泽也比在电灯光下好看。穿金丝雀颜色西服的胸部喘着气，影子放大地摇曳。

"还记得我吗？我是久松呀！在御殿场见面以后……"庆子说。

月光公主没有致意，只是娇憨地回答："是。"

庆子介绍了克己，克己让了座。本多马上看出，月光公主的美貌给了克己强烈的印象。

月光公主并不是硬要给本多看，而是毫不在意地显示了她那戴着绿宝石戒指的手指。在烛光下，绿色被映照得犹如飞来的甲虫的前翅。戒指上镶嵌的亚斯加护门神的黄金色的魁伟的面目，怒容满面。本多心领神会，月光公主戴着这只戒指来，流露出她是多么柔情。

庆子立时留意到了，随手便把戒指摘了下来。

"呀，真稀罕的戒指呀！是贵国的戒指吗？"

虽然她不会忘记自己在御殿场曾预先检查过这只戒指，可她的礼节却极其自然，就像当真忘了似的。

本多凝视着一抹烛光，心中暗自猜测，看月光公主是否会说那只戒指是从本多那儿得到的。

"是的，泰国的。"

月光公主只回答了这么一句，本多便释然了。为自己表现出毫不在意的美德所陶醉。

庆子似乎已经忘掉了刚才见到的戒指，从座椅上站起来指手画脚。

"到玛努拉去吧。考虑到在外用餐，再到夜总会去怪麻烦的，莫如一开始就到夜总会去怎么样？那儿的菜肴很可口。"

克己带来了以美国人名义买的彭特牌汽车，大家坐上去，用不上两分钟即可到达玛努拉。

月光公主坐在司机助手的位置，本多和庆子坐在后座。庆子上下车时的举止风度十分出色。只要回溯一下记忆，便可知道庆子有先上车的习惯，她不是拎着裙子蹭着向里走，而是先看准自己应坐的座位，十分麻利地一下子就把她那花瓶般的屁股坐了下去。

从后面凝视坐在助手席位上的月光公主，她耷拉在椅背上的乌黑秀发分外美丽，令人想起断垣残壁上垂悬着的一簇黑色常春藤，白天，蜥蜴在其背阴处栖息着……

玛努拉小姐在日本广播协会前面大厦的地下室里，开设了一个小巧风趣的夜总会。这位浅黑皮肤的混血舞蹈家，一见到从楼梯上首先下来的庆子和克己，便对这些熟客表示了朋友般的欢迎。

"哎呀，您来了。哟，克己也来了，来得挺早啊。今晚上就请把我这儿包下吧。"

因为时候太早，夜总会的舞厅里空无一人，只有音乐犹如呼啸的北风，使带玻璃球的光亮的薄片飘舞起来，像是深夜街道上散乱的白纸屑。

"好极了！可以由我们包下了。"

庆子向黑暗的空间伸开戴着璀璨戒指的双手，说。在这拥抱式的喊叫声的那一边，管乐器锃亮锃亮的，悲哀地鸣叫。

"好了，请坐。"

玛努拉小姐要替男服务员去订菜时，庆子硬要她坐下。克己起身让了座。这时庆子才把月光公主和本多向玛努拉小姐介绍。关于本多，她介绍说：

"这位是我的新朋友。我现在也有日本味了。"

"那好嘛，您美国味太浓了，去掉点儿才好呢。"

玛努拉小姐煞有介事地做出来回嗅庆子的姿态，庆子则故意做出发痒的样子。月光公主对这个恶作剧发自内心地笑了起来，险些把桌上玻璃杯里的水弄洒。本多以稍稍困惑的目光与克己对视了一下，回想起来，这还是初次与克己交换眼色。

庆子像突然想起来似的，恢复了威严，问些无聊的事。

"刚才停电，很不方便吧？"

"一点也没有什么不方便呀，因为我这儿点蜡烛。"

玛努拉小姐骄傲地回答。在暗淡的灯光下，她的嘴边露出一排皓齿，向本多投以亲昵的微笑。

乐队队员们临走时向庆子表示敬意。庆子伸出白皙的手来作答。一切都以庆子为轴心转着。

接着四人在这里就餐。本多不喜欢在暗处用餐，但也无可奈何。从酒瓶口溢出的血色液体，本应是胭脂红色，可是却成了暗黑色。

客人多了起来。刹那间本多像是失去了知觉似的，想象着自己好像一个青年一样置身于这种游戏场所。正像世人们所谈的，最好早一天发生革命。

这张桌的三个人一齐站了起来，发生什么事情了吧？本多不禁愕然，原来是庆子和月光公主站起拉着手要去化妆室，克己只是起身表示妇女退席时的礼节。克己重又坐下之后，只剩下两个男人了。五十八岁和二十一岁的男人置身于音乐和舞蹈之中，无话可说，彼此都默默地东张西望。

"真有魅力啊！"克己忽然用稍微沙哑的声音说。

"相中了吗？"

"我一直向往那种皮肤浅黑、小个儿，而且具有肉体美的不擅讲日语的女性。怎么说好呢，我的兴趣稍微有点儿特殊。"

"是吗？"

虽然每句话都令人厌恶，但本多却露出和颜悦色的微笑，随声附和。

"你对肉体这东西是怎么想的呢？"这次本多先问。

"嗯，我还没想过，是肉体主义吗？"青年一边轻率地作答，一边十分麻利地用打火机给本多点烟。

"比如，你手里拿着一串葡萄，要使劲儿太大，葡萄就会破。但握到刚好不破的程度，葡萄皮的张力就显示出一种奇异的反应,来抗拒你的手指。这时的感觉就是我所说的肉体,你明白吗?"

"稍微有点儿明白。"这个青年学生竭力装作大人的样子,在某种自信上又添上点回忆,似乎不无缘由地回答。

"明白了就好,只要明白这一点就行。"本多说着便停止了谈话。

一会儿,克己初次请月光公主跳舞,连着跳了三支曲子,回来时用佯作不知的表情对本多说:

"我想起了刚才本多先生关于葡萄的一席谈话。"

"那是怎么回事?"

庆子问道。所有这些谈话都踪影皆无地融入了喧闹的音乐中。

月光公主跳着舞。本多不会跳舞,只是看也看不够。跳舞的月光公主摆脱了在异国他乡生活的羁绊,幸福地流露出她本来的东西。与身体比较,显得稍细的颈部旋转自如(脖颈和脚踝都纤细轻捷),在飘动的裙子下面,漂亮的大腿用脚尖挺立,宛如远方岛屿上两棵高高的椰树,肌肉的倦怠与活力不断交替,摇摆与跳动瞬息变化。跳舞的过程中笑逐颜开,克己跳吉特巴舞用指尖调动她旋转之际,身体迅即向后转去,却依然可见她那笑盈盈的嘴角和洁白的牙齿像月牙儿一般闪着光泽。

三十四

社会上充满了不安的预兆。

五一劳动节那天,在皇宫前面发生了骚乱。警察向群众开枪,事态扩大了。游行队伍六七个人结伙围住美国人的轿车,将它推翻点了火。白色摩托车上的警察遭到袭击,警察弃车逃跑,摩托车被烧毁。掉进护城河里的美国水兵,刚抬起头就被石头打了下去,所以无法游到对岸,有十几分钟浮上来又沉下去。广场到处烈焰冲天。这时,荷枪实弹的美军一字排开,守卫着日比谷美军总部、明治生命保险公司大厦等处。

这场骚乱非同小可。谁都不认为会就此善罢甘休。人们感觉正在酝酿着一场场更大规模的暴动。

"五一"那天,本多没去丸之内大厦事务所,他想,虽非亲眼所见,但通过听广播看报纸所了解到的事件详细经过,便可知道这绝不是个简单事件。他漠不关心地度过了战争岁月,而今对世上发生的事件再不能视若无睹了。他对财产古典式的三分法感到不安,关于今后的方针,他必须同担任财务顾问的朋友很好地磋商。

翌日，他在家里坐立不安，便出去散步。本乡三町目一带，初夏的太阳照耀着古老的房舍，没有任何明显的变化。他没有走进经销法律书籍的专业书店，而是走进一家在门口陈列着各类杂志的书店。他长年的习惯便是一散步就去书店。

书脊上的一行行文字安慰着他的心。一切都化为观念收藏在这里。人类的情欲，政治动乱，一切都化为铅字，安静地排列着。在这里，从编织入门到国际政治无所不有。

为什么本多一到书店心就安静下来了呢？只能说这是因为他从小就有这种怪癖。清显和勋都没有这种怪癖。这是一种怎样的怪癖呢？不经常总括世界心就不安，对尚未记录下来的现实执拗地不肯承认，这样一种顽固的心理，虽然不是马拉美[1]，但是既然什么事情早晚都会表现出来，世界终究会成为一本美丽的书，那么在事情完结后赶来也不算迟。

是的，昨天的事情已经结束。这里没有燃烧瓶的火焰，也没有怒吼，没有暴力，连往日流血的反应都没有。安详的市民带着孩子选购时下畅销书，一个身穿嫩绿色毛衣的胖女人拎着提兜，以傲慢的口气打听当月的妇女杂志出版没有。由于书店老板的雅兴，店铺里面，有一个插着菖蒲花的花瓶，放在一个彩纸匾额的下面，匾额上是文人用拙劣的笔法挥毫题词："读书乃精神食粮。"

本多在狭小的书店里与顾客推推搡搡，转了一圈，没有中意的书，便来到陈列通俗杂志的书架前。那里有一位学生模样

---

1 马拉美：十九世纪法国象征派诗人。

的青年，穿着运动衫，专心致志地站着阅读杂志。那专注的神态非同寻常，老是盯着一页，远远地颇为引人注目。本多来到青年的右侧，漫不经心地看了看青年正在看的那页杂志。

映入眼帘的是一页印刷质量很差的青磁色克罗版画页，模模糊糊，上面印着被绳子捆绑着侧身跪坐的裸体女人照片。刚才那位青年左手拿着杂志，目不转睛地盯着的就是这一页。

可是来到青年身旁，本多发觉他的姿势特别死板，脖颈的角度、他的侧脸、他的眼睛，有点像埃及的浮雕立像，样子不大自然。接着，本多清晰地看到，青年把手插进右侧裤兜里，手在里面剧烈而机械地动着。

本多马上走出书店，难得的散步竟弄得闷闷不乐。

那家伙怎么在别人面前干那种事呢？是没钱买那本杂志吗？如果是那样的话，我可以不声不响地付钱给他买。是的，为什么当时我就没有这样做呢？真的，我毫不犹豫地替他拿钱买书就好了！

走过两根电线杆这工夫，本多的想法变了。

"不，不是那么回事吧。如果真的需要那本杂志，把钢笔当了，也准能买到那点东西的。"

怎么也不能把书买回去。本多由此异想天开，总觉得那个青年并非与己无关。本多不愿意这样思索着问题回家，被妻子迎接，所以归途绕了弯儿，没从卫理公会教堂的拐角拐过去。

他没有把杂志带回家里，大概既不是因为家里会说三道四，也不是因为没有放的地方。本多随意断定，那位青年一个人生活在家庭公寓里。他知道，当青年回到公寓房间时，等候的孤独竟像家畜一样向他猛扑过来，他肯定害怕打开那幅被捆绑的裸女照，跟孤独分享快乐。在那里，大概会给这位青年准备好一种类似监狱中那样的绝对自由。青年准是害怕在那荒废破败的自由的四方形小空间中，在那充满着精液臭味的黑暗的窝里，看见那绳子勒进乳房的扭动身子的裸女那青磁色的脸庞，和她向后仰着的一对鸽子翅膀形的鼻孔。在那完美的自由之中，面对捆绑着的女人，如同杀人一样……正因为如此，他选择了将自己暴露在他人面前的做法。指望把自己也造就成被别人的眼睛捆绑起来的男人，在危险与屈辱当中，与那被捆绑的女人面对面相会。如此选择讨厌的条件，表现着潜藏在所有性爱里如丝绸般纤细微妙的心灵。

这是一种极其特殊、极为甘美的卑贱的魅惑。如果那是艺术照片中的漂亮模特儿，青年一定不会如此欲火中烧。在这座大都市里，似昼夜劲吹的暴风般的性欲，是黑暗的巨大的过剩。街上是燃烧瓶火焰的奔流，地下是情感的大阴沟……当本多看到从他父亲那一代就矗立在那儿的威风凛凛的石门柱时，自己与父亲的老年相距何其远啊！他推开小门走进门内，看见白色的大洋玉兰花在枝头盛开，顿时感到散步的疲劳，不禁想到，如果自己能作作俳句度日就好了。

三十五

由于本多曾对克己说过,想取回托庆子代买的雪茄,顺便三人在一起聊聊,于是克己开车前往丸之内大厦来接他。这是一个烈日炎炎的初夏下午。

在美军随军商店里,虽然没有地道的哈瓦那雪茄,但可买到美国佛罗里达半岛产的雪茄。他们打算把汽车开到位于松屋百货商店旧址的美军随军商店前面,等候买雪茄出来的庆子。

当然本多进不了松屋美军随军商店。他让克己把车子停在店前面,从车内盯着商店出口。挂着白窗幔的美军随军商店的窗前,许多画肖像画的人来回转悠,缠着出来的美国兵。像是从朝鲜归来的一群年轻美国兵,并不怎么拒绝让他们画像。其中,还有一名穿着蓝斜纹牛仔裤来购物的美国少女,坐在窗户铜栏杆上,让画匠给她画像。

从车中眺望这些有趣景象权且消磨时间。在众目睽睽之下,毫不难为情,一本正经地充当模特的美国士兵们,好像是在尽一种职业上的义务似的,简直分不清谁是顾客。看热闹的人围拢上来，有的看够了之后离开，马上又有人凑了上来。而美国士兵那雕像般的蔷薇色头颅，却高高地兀立于人群之中。

"太慢了！"

本多朝着克己的肩膀说了一声，便走出车外，他想在向阳地里舒展一下身子。

他混进人堆里，看那充当模特的美国少女。少女并不漂亮。脚在蓝色牛仔裤下晃动着，穿着男式短袖格子衬衫。从大厦边上射来的阳光，斜照在她满是雀斑的半个脸颊上。她嚼着口香糖，嘴一动，脸颊上的光线也随着歪斜。她既不高傲，又不冷淡。即使被人们瞩目，表情仍泰然自若，深陷的眼窝里的褐色眼珠，几乎一动不动地凝视着某个角度。

本多想，兴许这个把他的目光视若空气的少女，正是自己所追求的少女，他突然感到一种像发梢上火"刺啦刺啦"往上烧的兴致。这时，旁边有个男人跟他打招呼。这个人是端详了本多半晌之后才打招呼的。

"好像在哪儿见过面？"

一看，那是个矮子，活像只老鼠，穿着破旧的西服。太阳穴往上头发剪得很齐整，贼眉鼠眼的目光中兼有阿谀和恫吓的成分。本多见状，立刻惴惴不安。

"对不起，请问您是哪一位？"本多冷静而严肃地说。

那个人跷起脚来对本多耳语："喂，咱们不是夜里在公园的树荫下，经常偷看的伙伴吗？"

本多不由得脸色变得苍白。他用冷淡的语气反复说：

"到底是怎么回事？你认错人了吧？"

矮个子听到这话,脸上突然现出冷嘲热讽的表情。本多知道这种犹如地层轻微龟裂似的嘲笑,有时能发挥出威力,足以使任何巨大的建筑物顷刻间土崩瓦解。然而,眼下没有一点儿证据。而且更可喜的是本多已经没有那么珍惜的名誉了。他之所以清楚地觉察出这种缺乏,也应该说是归功于这种嘲笑。

本多以肩膀推开那个人走了。他往美军随军商店门口走去。正巧这时,庆子出来了。

庆子穿着一身紫色套装,挺胸走在前头,后头跟着一个美国兵,两手抱着一个大纸口袋,几乎把脸都挡住了。本多以为是她的情人杰克,但却不是。

在人行道中央,庆子向美国兵介绍本多,又指着美国兵对本多解释道:

"这位我并不认识,是一位热心人,替我把东西放进车内。"

那个矮个子看到本多跟美国兵谈话,便溜之大吉了。

庆子胸前戴着一枚大勋章般金灿灿的胸针,在五月的阳光下朝汽车走去。克己和她开玩笑,在前面毕恭毕敬地打开车门,向她鞠躬。美国兵把纸袋一个一个地交给克己,克己摇摇晃晃地好容易才接了过去。

这个场面很值得看。美军随军商店前的群众,丢开肖像画不管,木然地朝这边观望。

汽车一开动,庆子便向热情的美国兵挥手告别,美国兵也向她回礼,群众中也有两三位男士在招手。

"你很吃得开呀!"

本多刚才发生的精神动摇总算在极短的时间内结束了,着实有自我夸耀的必要,他有点忘乎所以地以轻薄的语气说。

"噢,"庆子心满意足地说,"人世间总有好人,一点儿不假。"说完,她赶紧掏出有中国刺绣的手帕,西洋式地大声擤了鼻涕。擤完的鼻子依旧耸立着。

"因为她每天晚上裸体就寝。"克己一面开车一面说。

"哎呀,多失礼!就像你见过似的……好了,上哪儿去呢?"

他怕在银座一带走又遇见那矮子,便说:"那座新建筑物,就在日比谷拐角,叫什么……"本多把名字忘记了,十分着急。

"是日活饭店吧?"克己说。

一会儿,他们从人群里出来,望着污染成茶绿色的河面,过了数寄屋桥。

庆子非常热情,又很有知识,但缺少一点儿温柔,这一点显而易见。让她谈文学、美术、音乐,纵令谈哲学,都能像谈香水、项链一样,洋溢着女人的奢华安乐的气味去谈论。艺术也罢,哲学也罢,绝不会谈得平白直露。她知识渊博,虽然有的懂得多些,有的知之甚少,但某些问题相当透彻。

联想到明治大正时期的上流夫人,不是装成拘谨古板的贞女,就是不成体统的荡妇,庆子却不偏不倚,取其中庸,实在令人惊叹。不过,娶她为妻的男人的苦衷也就可想而知了。虽然庆子算不上刻薄,但常常让人感到她对某些微妙的事情绝不姑息。

是铠甲吗?为了什么?以庆子的身世,丝毫感觉不出她有必要披上一身铠甲，更与世无争。一来到庆子面前，总感到世人都是她的仆人，她凭着某种纯洁可以颇有权威地压迫别人。

庆子本身如果是个分不清恩惠与爱情的人，那么，享受过她恩惠的人，大概就可以相信自己是被她所爱的。

现在也同样，在这个橄榄球场般的新大厅的二楼上，白葡萄酒摆在跟前，庆子开始指手画脚时，本多觉得有一种太过分的心情，犹如听别人教他把月光公主这只鸡如何按法国风味烹调一样。

"打那以后你和她见过两次了吧，感觉怎样？前景如何？"

庆子先盘问克己。问过之后，从纸袋里掏出过去忘掉的装雪茄的很厚的大木盒，悄悄放在本多的膝上。

"感觉怎样？时机快成熟了吧？"

本多想象着久违的雪茄香味，用指尖抚摸着烟盒。烟盒外表是绿色，绿地上有一条桃红色的丝带，丝带上装饰着一串金币，印着金字，熠熠生辉。这个图案正好令人想起欧洲某一小国的纸币。本多对克己的每一句话都感到非常厌恶，而且把这种厌恶当作某种预兆来欣赏，他自己也很惊讶。

"接吻了吧？"

"嗯，一次。"

"怎么样？"

"你问怎么样吗？我送她到留学生会馆，在门柱背后只稍微吻了一下。"

"所以才问你怎么样嘛。"

"总觉得她像有点惊慌失措的样子，准是因为初吻吧。"

"你不是挺有本事的吗?"

"那位姑娘很特别,人家毕竟是公主嘛。"

庆子转过身来对本多说:

"最好还是把她带到御殿场去,扯谎说有个晚会。约定在外留宿,晚上尽量搞得晚点儿。上次已经证明过她是可以在外面住宿的,而且这里面也有让她弥补她上次失约的意思,所以她不会拒绝的。再说,如果是和克己两个人出远门,她会怀戒心的,所以你非一起去不可。当然由克己开车。也可以扯谎说我在那边等着呢。我倒无所谓……到了那边贵府上,一位客人也没有,她会觉得奇怪的。但不管她怎么觉得奇怪,一个外国公主单独是逃不回去的。接下来就看克己的能耐了。当晚本多先生把她交给克己,就悠然自得地恭候他们成就好事吧。"

三十六

半夜十二点在御殿场二冈的客厅里，本多熄了炉火，撑伞走到平台上。

平台前，游泳池已建成型，混凝土的粗糙表面经受着雨淋。离竣工尚远，池里的梯子也未安上。雨水渗入混凝土里，在平台灯光的映照下，凝聚成湿布膏药般的颜色。工程进展不顺利，仅只游泳池的修建就非得从东京调人来不可。

即使夜里，游泳池底排水不畅的状况也清晰可见，本多心想，回东京以后一定要提醒这一点。雨水滴滴答答地落在池底，形成水坑，水星四溅。淅淅沥沥的水声，仿佛凄凉地捕捉着平台远处的灯影。从庭院西侧的溪谷里升起了夜雾，白茫茫地笼罩着半片草坪。一个异常寒冷的夜晚。

这座尚未竣工的游泳池，犹如一座投入多少人骨也填不满的巨大的墓穴。不是现在看着像，而是原本就如此。本多觉得如果往池底连续投下人骨，尸骨就会溅起水花，而后又归平静。被火烘干的骨头，瞬间吸足了水分，亮铮铮地膨胀起来。依照从前的情况，本多这把年纪，满可以为自己建造寿陵了，然而他竟建起游泳池来。在这满满的清清的水中，漂浮起衰老而松弛的肉体，这是一种何其残酷的尝试。本多养成了这样一种习惯，专门为了充满恶意的玩笑而花钱。在这清清的池水中，映入了箱根的群山和夏天的云彩，这些该会使他的老年何其生辉啊！如果月光公主得知本多挖此游泳池，原来是为了在夏天到来后靠近看她的裸体的话，她该是一种怎样的表情呢？

本多撑伞回来关门时，仰望二楼的灯光，只有四扇窗子里亮着。书房已经熄灯，所以四扇窗子的灯光是挨着书房的两间客房里的。月光公主住在书房的隔壁，克己则在她对面的房间……

顺伞流下的雨滴好像渗透到了裤子里面的膝关节。置身于夜晚的寒气中，周身的关节都悄然开出痛苦的小红花。本多把这肉眼看不见的痛苦的花朵，想象成一朵小小的曼珠沙华花，即梵语所说的"天上之花"。年轻时老老实实地隐藏在肌肉之中，温文尔雅地完成自己任务的骨头，却渐渐地大声强调自己的存在，歌唱着，发着牢骚，总是在窥伺着出头露面的机会，欲冲破那衰老的肌肉，摆脱黑暗的束缚，犹如沐浴着阳光的嫩叶、石块、树木一样，经常与它们的物象以同等资格痛快地暴露在阳光下。大概骨头知道，这个日子已为时不远了……

本多看着二楼的灯光，一想到月光公主宽衣解带的情景，立刻浑身一阵燥热。是骨头本身带有热度？抑或是关节的红花散发出花粉热？本多匆匆关上门，关了客厅的灯，蹑手蹑脚地上了二楼。为了保证进入书房时不出动静，他打开了跟前的寝室的门，走了进去。在黑暗中摸索着走近往常那座书架，从书架上挑出一册册厚厚的外文书籍时，手都直打哆嗦。他的眼睛终于贴到那座书架里头的窥视孔上了。

在朦胧的光圈中，本多望见月光公主哼着歌儿走了进来。这真是万分渴盼的一瞬间啊！此刻的心情，犹如夏日黄昏里在檐下静待那葫芦花开一样。这一刹那又像是一把扇子渐渐打开，眼看扇面的画全部打开的那一瞬间。本多此刻看到的是他在这个世界上最想看的人，即在没有任何人看着时的月光公主。由于他这一看，"没有任何人看着时"这个条件就不存在了。但是绝对不被人看到与没有觉察到被人看到，这是似是而非的两码事……

月光公主被带到这儿之后，方晓得宴会原来是假的，可她若无其事，泰然处之，真出人意料。

本多自从来到别墅之后，虽说对方是一个异国少女，但也不知怎样蒙蔽人家，因而感到十分怯懦。克己此刻为了装好人，把解释这件事全托付给本多了。然而无须解释。本多生好了火炉，请月光公主喝饮料时，月光公主露出了十分幸福的微笑，什么也没有打听。也许她以为是自己听错了日语吧。在异国受到人家招待，由于某些差错，遇到一些不协调的情况也是常事。本来月光公主来日本与本多重逢时，就带来了一封日本大使给本多的介绍信。日本大使从别人口中听到本多与泰国宫廷有缘，故要求他尽量使用日语与月光公主交谈，以使月光公主的日语水平有所长进。

本多望着月光公主恬静自若的神情，不由得涌起一股怜悯之情。她在这陌生的国度，卷入与优美相去甚远的肉欲的阴谋之中。此刻，她缩着身子，逐渐靠近炉火，炉火烤着她半边的褐色脸颊，头发几乎要烤焦了。她脸上总挂着微笑，露出美丽、洁白、光润、整齐的牙齿，那样子，实在让人觉着可怜。

"令尊在日本时，一到冬天就冷得要命，怪可怜的。他总是渴盼着夏天的到来，你也是吧？"

"是的，我也怕冷。"

"这冷也是暂时的，再过两个月，日本的夏天跟曼谷的夏天没什么两样……看你冷得那样子，便想起令尊大人，并想起了我自己的青年时代。"

本多说着，走向壁炉，把雪茄烟灰弹到里面，从上面偷看一眼月光公主的大腿，这时，张开的双腿犹如合欢树叶一般敏捷地闭合了。

大家挪开椅子，坐在壁炉前边的地毯上，此时可以看见月光公主的种种姿态。她有时正襟危坐，保持着文雅的气质，有时紧闭着美丽的双腿宽坐着，宛如西方女性那样流露出矜持但又懒散的样子。有时她离经叛道的动作又突然使本多惊讶不已。她第一次来到炉火边时就是如此。她有点冷，耸着肩膀，伸着下颏，孤寂地紧缩着脖子，一边高高举起纤细的手腕晃动着，一边絮絮叨叨地说着话，那样子有一种中国风味的轻薄感。而且当她越来越靠近火，面对着火坐下时，就犹如热带下午的集市上，好容易躲在绿荫深处卖水果的妇女，面对着灼热的骄阳一样。此刻，她竖起双膝，弓起腰肢，丰满的乳房与绷紧的大腿紧贴着，猫着腰，她以压扁了的乳房与大腿的接点为重心，身体在重心周围轻轻摇晃，表现出一副下流的姿态。此刻，唯有臀部、大腿、脊背等不甚高贵的部位的肌肉紧绷着。本多闻到了犹如密林中的朽叶堆发出的那种强烈的野性的味道。

克己呢，他手中握着白兰地酒杯，白皙的手上映着雕花玻璃的花纹。他虽然故作镇静，可内心却十分焦急。本多很蔑视克己那般性欲。

"今晚你就放心吧，一定让你的房间暖暖和和的。"月光公主是否留宿的问题尚未提出，本多便抢先开口，"在你的房间里放两个大电炉。由于庆子的斡旋，已把家里的电容量提高到跟美国驻军的一般大。"

然而本多闭口不谈为何在这座洋房里不砌火墙、火炕一类采暖设备。由于煤油很难到手，有人劝本多打个烧煤的火墙。妻子也同意，可本多却不答应。因为火墙要在两重墙壁内通上热气。但对本多而言，要紧的是墙应是单层的。

这次本多来时曾对妻子说，他想到寂静的地方搞点调查，假装就他一人来这里。离家时妻子的一句叮咛不过是人世间平常的关怀的话语，但对本多来说，犹如咒文一般，在脑海深处留下了一抹黑灰：

"那儿很冷，可别感冒。像这样的雨天，御殿场的寒冷怕是出乎意料的。可千万别感冒！"

本多两眼紧贴在窥视孔上，翻过来的睫毛竟扎了眼睑。

月光公主尚未更衣。来客用的睡衣仍放在床上。她坐在梳妆台前的椅子上,凝神注视着什么。起初看来像是书,可极小且薄,又像是照片。本多再三想找一个适当的角度看看那是什么照片,但始终没看清。

她哼着可能是泰国的单调的歌曲。本多早就在曼谷听到过像拉胡琴般高亢刺耳的中国风情的流行歌曲。这使他突然回想起那金灿灿的夜市大街和早晨运河边嘈杂的船市情景。

月光公主将照片收进手提包,朝床铺走了两三步,一直走向窥视孔,那样子像是要把窥视孔弄坏,使得本多心惊肉跳。然而,在这个双人房间里,她却突然跳到远处那张只铺着床单的床上,又"嗖"的一下跳到墙边已铺好被褥的床上。这时本多就只能看见月光公主的脚了。

月光公主在自己的床上跳了两三下,每跳一下都转换方向,可以看见袜子后面的线条都扭曲了。尼龙的微光裹着美脚,腿肚子绷得紧紧的,到脚脖子处又细了起来,她的脚掌紧贴着弹簧垫,膝部弯曲,轻轻一跳,在那裙子飘起的一瞬间,露出了大腿根。袜子上半截由于针织方式的改变,在那桦木色的浓重部分,可见吊袜带上的扣儿像一粒从豆荚里迸出来的青白色的豆。再上边则是微暗的大腿皮肤的本色,像从天窗窥见的黎明前的黑暗天空的颜色一样。

蹦蹦跳跳的月光公主眼看着要失去平衡,在本多眼前,她那只脚失魂落魄似的开始向右边栽倒,但并未倒下,便从床上下来了。这些动作大概出自于孩童般的习惯,是要试一下尚不熟悉的床铺弹簧的弹力吧。

然后,她仔仔细细地检查了本多为她准备的女用睡衣,穿在西服外面。她变换各种角度对镜欣赏，好一会儿才脱去睡衣，坐在梳妆台前的椅子上，两只手巧妙地绕到颈后摘下金项链。接着，又朝镜子伸出手指，想摘下戒指，又停下来。此刻，背向本多的月光公主似乎被什么东西操纵着似的，她那海底生物般缓慢的慵懒倦怠的动作和表情，大都可以从镜子中看清楚。

月光公主把欲摘又止的戒指高高举向天棚的灯盏。在这颗璀璨夺目的男用戒指上，绿宝石发出绿色的光辉，黄金的护门神亚斯加的怪诞的脸上闪闪发光。

她好容易才将手绕到背后，正想解开拉锁上的小暗扣。本多紧张得喘不过气来。

此刻，月光公主突然放下两手，脸转向右侧的门。克己用本多交给他的钥匙打开了本已锁好的门。不过，见克己进来的真不凑巧，本多不禁咬住了嘴唇。若再晚进来两三分钟，月光公主就脱得一丝不挂了。

窥视孔内朦胧的圆圆的镜框里，一个清纯少女的突然不安构成了刹那间的最后一幅图画。从门进来的，忽然不知是何许人。屋里洋溢着百合花香，也许是一只白色的雄孔雀，迈着妄自尊大的步子走了进来。而后孔雀的振翅声，以及滑轮碾轧声般的啼声，会把整个房间变成蔷薇宫那个下午空荡荡的房间的……

然而，进来的是一个装腔作势的平庸青年。克己并未解释为什么默不作声地把门打开，只是笨嘴拙舌地说，因为睡不着觉，所以来和她聊聊。少女微笑着请克己坐下。两人谈了一阵子。克己为了取悦少女而使用了英语，月光公主便口若悬河起来。这时，窥视着的本多打了个哈欠。

克己把自己的手搭在少女的手上，少女并没把手缩回，本多凝视着。因为脖子伸得很长，所以无法长时间窥视。

本多将身子靠向书架，只凭感觉探听动静。在黑暗中，想象力海阔天空，远远超越了逻辑，一步步登上阶梯。月光公主已开始脱衣，露出了灿然夺目的裸体。当她微笑着举起左手时，左侧腹上露出三颗相连的黑痣，宛如恼人的热带夜空中象征着肉体的星星一样。对本多而言，这是不可能的象征……本多闭上了双眼，星星的幻觉在黑暗中转瞬即逝。

又有点动静。

本多连忙把眼睛紧贴窥视孔。这时，脑袋撞着了书架一角，可他怕的不是疼痛，而是那个声音，然而窥视孔的另一方似乎并不介意这声音。

克己搂抱着月光公主，少女挣扎着。两条身子摇摆着，扭动着，在窥视孔里时隐时现。少女后背的拉锁被拉开了，露出了汗津津的褐色锐角形脊背和乳罩的细带儿。月光公主挣开右手，握紧拳头，那绿宝石宛如飞翔的甲壳虫一样熠熠生辉。它划破了克己的脸，克己捂着脸离开了……过了一会儿，克己好像开门出去了。月光公主上气不接下气地环视四周，她拽过一张椅子，像是放到了门前。

本多见状惊慌失措。他思忖，这个装成大人气质可又撒娇任性的克己，是否会来借药呢？

接着，本多可忙得不得了，不声不响地将一册册厚厚的外文书放回书架，以一种罪犯的缜密在黑暗中检查是否有书放倒

239

了。然后检查书房是否锁好，熄灭了书房的炉火，悄悄回到寝室，换上睡衣，把刚才穿的衣服放进西服柜，钻进被窝。他做好了准备，什么时候克己来敲门，就假装被搅扰了睡眠，勉勉强强才爬起来的样子。

这正是本多不为人知的"年轻"的经验。如此迅速、敏捷的动作，犹如住宿的学生巧妙地掩饰违犯舍规的行为，佯作不知的样子而睡下一样。如此匆忙的行动过后，乍看像是安睡的样子，实际上心却在不停地剧烈跳动，枕头都要跳起来似的。

克己恐怕在考虑是否去找本多。他之所以长时间犹豫不决，一定是因为他已开始考虑到，仅凭着一时冲动去找本多，其得失究竟如何……在有意无意地等待克己的过程中，本多睡着了。

翌晨，雨霁，东边窗幔上透进了金灿灿的阳光。

本多披着厚厚的长袍，系上围巾，下楼打算到厨房去给这些年轻人准备早餐，却发现克己已穿戴整齐，端坐在前厅的椅子上。

"你起得真早啊！"

本多看着青年那张苍白的脸，从楼梯上便对他打招呼。

克己点着了壁炉。这个青年并未故意掩饰他的左脸。本多借着火光偷瞥青年的左脸，并未发现自己想象中那样的伤痕，很沮丧，他脸上只不过有一道轻微的擦伤而已，随便都可以搪塞过去的。

"坐一会儿吧。"

克己像主人般，请本多坐下。

"你早！"

本多再一次这样说，便坐下了。

"有话只想和先生两个人谈谈，所以格外早起了。"克己硬叫人感恩似的说。

"后来……怎么样啦？"

"挺好的。"

"怎么个好法？"

"跟我想象的一个样。"克己含着微笑，意味深长地说，"看起来像个孩子，其实完全不是那么回事。"

"像是初次吗？"

"我是她初次的男人……以后会遭到别人嫉妒的。"

本多觉得再说下去也太无聊了，所以便打断了克己的话。

"你注意到没有，那个女孩身上的特征？在左侧腹部长着三颗像是人造的整齐排列着的黑痣，你看到了吗？"

青年一本正经的表情顿时变得十分紊乱。刹那间，各种各样的东西在他的眼前闪过：为了不让人识破谎言而可能采取的几种途径，面子问题，为了更大的骗局就必须放弃小的欺诈的判断……他此时的表现非常有趣，值得一看。突然克己大模大样地靠在椅背上，高声尖叫：

"我算服了！先生您真坏！我也是个糊涂虫。她还用英语说是第一次哩，哄骗我。其实先生您早就对那个女孩的身体了解得淋漓尽致了。"

这回轮到本多微笑了。

"……所以才跟你打听呀。真想再看看那颗黑痣。"

青年急于证明当时自己假装的冷静，屏住气回答：

"当然看见了。那黑痣稍微带着汗珠，在微弱的灯光下，三颗黑痣排列整齐，不住地摇晃着，那皮肤真有一种令人难忘的神秘的美。"

然后，本多进了厨房，准备好只有咖啡和点心的大陆风味的早餐。克己主动帮忙，可他那种勤奋劲儿，从他平时的那样子里是无法想象的。就像在某种义务的支配下，又是摆碟子，又是找茶匙。本多第一次对这个青年萌生了近乎怜悯的友情。

他们议论着谁往月光公主的房间里送早餐。本多坚持说这是主人的特权，阻止了克己。他自己将早餐摆在托盘里，慢步送上二楼。

他敲了敲月光公主的房门，没有回答。本多把盘子放在地板上，用钥匙去开门，门好像被什么东西顶着，很不好开。

本多环顾洒满晨光的室内，月光公主踪影皆无。

三十七

椿原夫人近来常与今西会面。

但是夫人完全是个毫无眼力的人。她对男人没有定见，看到男人，大概也不会运用自己的眼光来判断他属于哪一种类，也就是说连是猪、是狼、是蔬菜都区别不开。就是这样一个女人，竟然还想作诗。

如果自认为彼此般配是得意的恋爱的标志，那么今西定会觉得，再也没有什么比根本不晓得般配与否的椿原夫人，更能成为他自我意识的安慰了。她如同爱儿子般开始爱上了这个四十岁的男人。

从肉体的年轻、清爽和生机方面而言，恐怕在这个世界上再也没有比今西距离这些更遥远的男人了。胃部虚弱，易感风寒，没有弹性的白皮肤，高挑的个儿没有一块结实肉，全身就像一条解开的长带子，步履蹒跚，就是说他是一个知识分子。

爱上这样的男人，当然是很难很难的，可是椿原夫人却像流利地朗诵蹩脚诗歌一样爱上了他。对于任何问题，夫人都笨拙得玲珑可爱。他最喜欢听诗歌评论，这种纯真，使她乐意听取今西不断地对她的人品进行评论。接受批评，反正是进步的捷径，夫人在各个方面都持有这种想法。

其实，今西对于在闺房里认真谈论文学和诗歌的夫人的女学生气质，非但一点儿不厌烦，而且自己也具有一种堪与夫人相媲美的气质，并且要选择这种机会表白自己的观念。彻底的犬儒主义与不成熟这两者奇异地混淆，这才是今西脸上闪现出某种内心负疚的朝气的原因。现在椿原夫人相信，今西好讲些伤害别人的话，原来是由于他的单纯所致。

他俩经常使用涩谷高台上新建的一座漂亮的小旅馆。各个房间分别隔开，中间隔着一道小河，小河的一部分流经院内。木料新且清洁，入口也不显眼。

六月十五日六时左右，驶向旅馆的出租车开到涩谷车站前时被群众阻拦，无法再往前开，此处距车站只有五六分钟的路，因而今西和夫人便一同下了车。

群众的《国际歌》的合唱声充塞了他俩的耳鼓。写着"粉碎防止破坏活动法'的旗帜若隐若现。玉川线铁路交叉桥上悬挂着一幅"美国佬滚回去"的大字标语。广场上聚集的人群兴高采烈，发狂般地像是急着要去破坏什么。

椿原夫人畏怯地躲在今西背后。由于恐怖和不安，今西感到两只脚不由得被人群所吸引。从广场活动着的人们的腿间露出的灯影，交织成凌乱的闪光，仿佛骤雨般的皮鞋声纷至沓来，冲破合唱的歌声的几声尖叫，一片响亮的不规则的掌声，夜幕笼罩着骚乱的人群。这种情景使今西不禁想起他屡次患感冒突然发烧时非同寻常的恶寒症状。人们都觉得自己的肉体像一只被剥了皮的兔子，突然将鲜红的肉暴露在空气中。

"警察！警察！"

喊声传来，群众乱了阵脚。犹如洪波巨浪般的《国际歌》的合唱声，现在变得时断时续，像雨后的水洼般散在各处，旋即被人们的叫喊声冲散了。处于客流高峰的上班族与合唱的群众混在一起，已无法分清。警察署的白色卡车横冲直撞到西乡隆盛的铜像旁边停了下来。头戴深蓝色钢盔的警察预备队像铺天盖地的蝗虫似的从车上跳下。

在拥挤奔逃的人群当中，今西握住椿原夫人的手，气喘吁吁地落荒而逃，跑到对岸商店的屋檐下才歇了一口气。此时，今西也对自己出乎意料的疾跑能力感到惊讶。他一想到自己也能快跑了，心里便突然一阵不自然的悸动，感到难受。

相比之下，椿原夫人的恐惧与其悲哀同样，似乎有某种公式化的东西。夫人胸前抱着手提包，极度悲伤地倚靠着今西，在她那张浓施粉黛的脸颊上，紫色的霓虹灯光若隐若现，恐惧仿佛变成了螺钿。然而，夫人眼里并无怯意。

今西在商店的屋檐下踮起脚尖支撑颀长的身子，眺望着人声鼎沸的站前广场，怒吼与悲鸣沸腾着，灯光照射着车站的大钟，大钟正默默地指示着时间。

今西闻到一股浓香。世界好像睡眠不足的眼睛，熬得通红。今西觉得自己此刻似乎听到了蚕在蚕房里争食桑叶的那种奇怪的嘈杂声。

这时，远处的白色警用卡车着了火。大概是被扔上了燃烧瓶所致吧。霎时间，烈火熊熊，照得肌肉发出鲜红的亮光，悲鸣四起，白烟缭绕。今西觉得自己的嘴在笑。

好不容易从那儿走出来的时候，椿原夫人盘问今西手里拿着的东西："那是什么？"

"刚捡到的。"

今西边走边把那黑色的泥土般的东西打开给椿原夫人看。那是一个镶着黑色花边的乳罩，与夫人使用的型号完全不同，一定是对乳房颇有自信的女人的东西。尺寸是大号的无背带式，嵌在乳罩周围的鲸骨架，更使得圆鼓鼓的胸部像个威严的雕像。

"啊，真讨厌，在哪里捡到的？"

"刚才在那里。当我们被人群拥挤到商店屋檐下时，不知被什么东西绊住了脚，拿起来一看，原来是这个。看样子好像被踩得够呛，瞧，上面全是泥。"

"多脏，快扔掉！"

"可是，太怪了，怎么想也觉着奇怪！"今西在过路行人好奇的目光下，得意忘形地拿着它往前走。"这玩意儿怎么会掉呢？你认为可能有这种事吗？"

当然这是不可能的。即或是无背带的乳罩，也该有几个暗钩牢牢地钩住。穿着无论怎么低胸的服装，乳罩也不可能松开掉下来。是在群众拥挤时自行松开的呢，抑或是被别人解开的呢？如果说后者不大可能的话，只能认为是某个女人自己乐意这样做。

这是为了什么？反正是在灯光、黑暗与叫喊声中，一对巨大的乳房被割了下来。它只不过是乳房的缎子外壳，却像一个镶着黑色花边的铸件似的，清清楚楚地表明了支撑它的那只乳房的鼓胀且富有弹性。为了夸耀这些，这个女人才故意扔掉它，月晕丢掉了，月亮便在这骚乱暗夜的某处露脸。今西拾到的只不过是月晕而已，但他却觉得比乳房本身更真实，那乳房的温柔、滑腻的触感，以及像扑灯蛾般聚集在其周围的感情的回忆，今西觉得全都具备了。他忽然用鼻子闻了它一下。虽粘着泥土，但廉价香水的气味仍旧很浓。今西想，它的主人准是以美国大兵为对象的娼妓。

"你真讨厌！"

椿原夫人真的生气了。今西常对她说些惹人讨厌的话，里面总是掺杂着批评的意味，可是她却无法宽恕他以这种肮脏的行径来嘲讽她。这已不仅是批评，而是指桑骂槐的嘲弄。她只是稍微看了一眼，目测了一下那无背带式乳罩的尺寸，便感觉到这是今西对于自己衰老的乳房一种无言的轻蔑。

离站前广场稍远些，在火灾后的废墟上仓促建起来的小店铺一个挨着一个，从道玄坡道下坎到松涛一带的道路一如往昔。这么早就有醉汉在彷徨，在他们头上，霓虹灯如金鱼群般闪烁。

"如果不快些，地狱又会回来！一切都顷刻毁灭吧！"

今西想。他刚一脱离危险，摆脱那无须担心的危险，就面颊潮红。再不用夫人责难，黑色的乳罩已从他手上滑落到闷热潮湿的路上了。

247

今西抱有一种信念：如果毁灭不早一点来临的话，那腐蚀肌体的日常的地狱便会得势；毁灭不早一天来临，自己就将多一天成为某种幻想的牺牲品。与其被幻想之癌吞噬，不如末日一下子来临。如不早些结束自身的生命，就会暴露自己无可置疑的凡庸，这些想法或许只不过是一种下意识的恐怖感。

今西从任何微小的现象中都会嗅出世界崩溃的征候。凡是人所向往的事情的预兆，他决然不会放过。

革命早些爆发才好。今西不管它是左派革命还是右派革命。倘若革命能把自己这种靠着父亲的证券公司吃闲饭的人拉上断头台，该有多好！可是，不论他自己如何宣扬自己丑恶，他都担心群众是否会憎恶自己。如果群众认为这是他悔悟的机会，那该怎么办呢？如果有朝一日在繁华的站前广场上搭起断头台，流血成为寻常事，自己或许由于死而成为一个"被记忆的人"呢？断头台被商店街中元节大拍卖的旗帜装饰着，其木架用抽彩场的红白布缠着，刀刃上贴着特价拍卖的价签。今西想到自己要被送到这个设计十分庸俗恶劣的断头台上，便不由得毛骨悚然。

椿原夫人轻轻地拉了一下梦游般地走着的今西的衣袖，今西才觉察到已经到了旅馆门口。门旁休息室里的女用人默默地走在前面，把他们领到熟悉的房间。剩下两个人时，河水声又渗入今西骚动不安的脑海里。

这家旅馆准备饭菜非常慢。通常在等候饭菜时，总是要有一番相应的有关健康方面的寒暄的。他们要了砂锅清炖鸡和酒之后，在等候侍者时，椿原夫人把今西硬拉到洗脸间，放开水龙头，在一旁监视着，让他仔细地洗手。

"不行，不行。"夫人说。

今西起初不晓得为什么让他洗手，从夫人那一本正经的表情里，才明白是因为他捡了乳罩之故。

"不行，再好好洗洗！"

夫人在旁边疯狂地往今西手上打香皂，红铜水池里水声喧嚣，水星四溅，她全然不顾这些，将水龙头全都打开，最后今西的手都洗得麻木了。

"这下可以了吧？"

"还不行。你用那只手抚摸我，你能想象我作何感受吗？你抚摸我，就等于抚摸我浑身上下充满着的对儿子的回忆啊。你却用那双脏手抚摸对神圣的晓雄的回忆，抚摸神灵……"

说到这里，夫人急忙背过脸去，取出手帕捂住眼睛。

今西一面搓着放在水里的手，一面斜眼窥视夫人。夫人大声哭起来，就是示意"可以了"，表示她内心里已漾起涟漪，做好了接受一切的准备。

过了一会儿，两人推杯换盏，今西以撒娇般的口吻说：

"真想早点死。"

"我也是。"

夫人随声附和。她那如白纸般的眼睑下面，染上了一抹醉酒后淡淡的红晕。

在邻室那间开着隔扇的房间里，浅蓝色的缎制被褥犹如微微呼吸般一起一伏，闪着亮光。在侧桌上的大碗里，拌鲍鱼片的烟黑色皱褶现出人工着色的樱桃的粉红色，砂锅清炖鸡正"咕嘟咕嘟"地沸腾着。

今西和椿原夫人默然无语，心照不宣，都在期待着什么，大概期待着相同的东西。

因为瞒着槙子搞这种幽会，所以椿原夫人专注地期待着罪有应得的惩罚。甚至梦见槙子进来，用红笔开始给她改诗，并且说："椿原夫人，这样不能算诗。我帮你看一看，然后你就当作念诗，试着亲身体会一下这种哀愁。我就是为此而来。"

今西到底是今西，尽管被槙子那嫌恶的眼光瞪着，心里还是想干那种事。御殿场二冈的那个初夜，是他的梦的最高潮，他想与椿原夫人一同再一次达到那个高潮。在那顶点，在那绝巅之上，槙子那双清澈的眼睛，像天上的星星一样冰冷。那么，无论如何也需要再来一次。

没有那一双眼睛，今西和椿原夫人的结合就洗刷不掉假货的气味，去不掉野合的短处。只有那一双眼睛才是最具权威的媒人的眼睛。在寝室暗淡的一角闪闪发光的那女神般犀利的眼睛，是既联结又拒绝、既允许又轻蔑的证人的眼睛，是置于这个世界某处的带有某种神秘的正义的眼睛，是勉强认可的眼睛。只有在那里，才有他们两人正当性的根据。离开那双眼睛，他们二人就只不过是漂浮的枯萎的浮萍，两个人的结合，就不过是一个沉沦于永远不会觉醒的过去梦幻之中的女人，同一个执拗于绝对不会到来的未来梦幻之中的男人的结合，有如两个无机体的瞬间相碰，有如棋盒中两枚棋子的接触。

于是，今西就觉得好像槇子已经在隔壁的寝室里，在这间屋子的灯光照不到的地方，一动不动地等待着。这种感觉越来越逼真，以致他不能不窥其究竟。今西特意站起来看了一下，椿原夫人并没有责怪他，大概夫人也和他有同感。但是在隔壁四席半的房间里，他只看到角落里的一张吊铺，上面有飞燕形的紫色燕子花的花样。

事毕，同往常一样，邋邋遢遢，姿态放任地躺着，像两个女人一样，没完没了地闲扯起来。今西信口开河，大讲槇子的坏话。

"你只不过是被槇子体面地利用着罢了。你担心自己不能独立做个诗人，所以总是依赖她。到目前为止，难道不是吗？今后你要下决心脱离她，自己独立，不然的话，就不可能成为像样的诗人。你要知道，现在已是关键时刻。"

"不过，我要是自以为是地独立了，诗的进步也就会立刻停止了。"

"为什么如此断定呢？"

"不是我断定，那是事实，也可以说是命运吧。"

今西想反问她，那么，到现在为止，你的诗"进步"了吗？但是，他良好的教养使他控制了这种无礼。而且他也感到，自己说出这些挑拨夫人与槇子关系的话，并非出自本心，而夫人回话时，也是知道这一点的。

过了一会儿，夫人扯起床单裹在身上，露着脑袋，望着昏暗的天棚，吟了一首近作。今西马上做了批评。

"这是一首好诗，不过，总觉得概括得较少，局限在日常的感觉之中，像缺乏宇宙感之类的东西。我想，其原因大概是因为下边那句'蓝色的渊潭'没有飞跃感，有点概念化。这不是以写生为基础吧？"

"是啊，仔细一想，正像你说的那样。要是在刚写出来的时候，你这么批评，我会伤心的。但是过了十来天，我自己也看出毛病来了。不过，槙子称赞这首诗。与你相反，她说下面那句好。还说'蓝色的渊潭'可否改为'湛蓝的渊潭'，这样会更庄重些吧。"

椿原夫人的语气里流露着自得的心情，这是一种让一个权威与另一个权威在自己的掌上斗来斗去的心情。随后，她趁着余兴，又详细地谈起了关于熟人的传言，这类事情是经常会使今西高兴的。

"最近我见到了庆子，打听到了一些有趣的事。"

"什么事？"

今西马上来了劲头，他将一直伏着的身子扭过来，一段长长的烟灰落到了裹在夫人胸前的床单上。

"是本多先生和一位泰国公主的事。"椿原夫人说，"最近本多先生把这位公主和她的男朋友带到二冈的别墅幽会去了。那个男人是学生，叫克己，是庆子的外甥。"

"三个人睡在一起了吗？"

"本多先生不干那种事。他是个冷静而理智的人，说不定是出于要给这对年轻的恋人进行撮合的善意吧。本多先生很喜欢那位公主，这谁都知道。可是他们年纪相差太远，谈话也不投机。"

"更重要的是庆子在这里扮演了什么角色呢?"

"她也遭到连累。碰巧那天庆子也去了自己在二冈的别墅,杰克先生歇班,也住在那里。早晨三点左右,突然有人敲门,是公主跑来了。庆子和杰克被她扰了睡眠,问她出了什么事,她死都不肯说,庆子也无可奈何。当晚公主非要住在那里不可,庆子就留她住下了。庆子想,到明天早晨再通知本多先生。

"这样一来,他们就睡过了头。杰克要赶回营房,只喝了一杯咖啡,就急急忙忙上了吉普车。庆子送他出门时,碰见脸色煞白的本多先生从对面走来。庆子笑着对我说,她还是头一次看到本多先生那样惊慌失措。

"庆子明知他是来找公主,却故意开玩笑说:'啊,您是怎么了?散步何必这么忙啊!'

"听这样一问,本多先生说公主失踪了,说话的声音都结结巴巴的了。两个人你来我往地说了好一阵,庆子把本多先生好一顿捉弄,直到本多死了心,要回去的时候,庆子才说:'公主住在我家喽。'听了这话,那接近六十岁的本多先生脸都有些红了,用全世界都为他高兴似的声音道:'是真的吗?'

"庆子带他到客房,本多先生一看见还安睡在那里的公主的面容,一屁股颓坐下来。公主并没有被他们吵醒,她微张着可爱的樱唇,面颊埋在乌黑的头发里,长睫毛整整齐齐的,仍在熟睡。四五个小时之前她跑来时的那种可怕的样子早已消失,脸上又恢复了天真的神情,呼吸也很匀称,好像正在做一个快活的梦。那时,她还撒娇似的翻了个身。庆子跟我说的。"

三十八

对本多来说,月光公主又不在了。天天梅雨绵绵,看不见月光。

那天早晨,本多看到月光公主的睡容,唯恐妨碍她安睡,就把她托付给庆子了。回京之后,抱愧的本多忍耐着不见公主。对方也没来过信。

在这表面上看似乎平安无事的时候,梨枝却开始忌妒起来了。

"近来泰国的公主没有音信啊。"

吃饭的时候,她像漫不经心似的问。言语中透着冷笑,而目光却是在热心地探索。

梨枝面对空无一物的白墙,反而自如地画出了想象的图画。

本多有早晚一丝不苟刷牙的习惯。他发现刷毛并未损坏,而牙刷却换得很频繁。大概是梨枝想得周到,买来许多同样形状、同样柄色、同样硬度的牙刷,估计着时间更换的。不过,尽管是这样,也换得过于频繁了。这虽然是小事情,可是一天早晨，本多提醒了梨枝。

"小气呀，小气呀，亿万富翁说出这样的事来，真可笑。"

梨枝激动得结结巴巴地说。本多不知道她为什么如此激动，所以也未加理会。

后来本多有所察觉，牙刷是在他归家稍迟的翌日早晨被换掉的。大概是头天晚上在他就寝后，梨枝悄悄地更换了牙刷。好像次日她在仔细地检查旧牙刷，把一根根发亮的刷毛拨到根部，查看有没有口红的痕迹，有没有年轻女人隐约的香气，然后把它扔掉。

不知什么原因，本多有时牙龈出血。虽不是满口假牙的年龄，但有时抱怨牙根松动。这种时候，梨枝将怎样看染在牙刷毛根上的浅红色呢？

所有这一切还都没有超出臆测的范围，但本多有时感到梨枝心事重重，有时像热衷于从空气中提取氧和氮，从事化合物作业似的。看上去倦怠闲散，其实眼睛等五感神经繁忙。她经常说头疼，但在多回廊的旧房子里乱走的脚步却很有生气。

有一回偶然提起了别墅的事，本多说那别墅本是为你疗养肾病修建的。

"你是说要我一个人上弃母山吗？"

梨枝如此曲解，流下了眼泪。

丈夫从那次单独在御殿场过夜时起，就绝口不再提公主的名字，梨枝揣测这便是丈夫产生恋情的征候。她做梦也没想到丈夫从那以后再没见过公主，却误以为他们大概是在偷偷相会，企图从梨枝耳目所及之处，抹掉"月光公主"这个名字。

255

这种平静绝不寻常，它无疑是把害怕追究者的心情隐藏起来的假镇静。梨枝直觉地感到此时或许正在什么地方举行着绝不会邀请自己的小型秘密宴会。

到底发生了什么呢？

正当本多感到已经终了之时，梨枝却感到有什么事正在开始。在这一点上，梨枝的看法是正确的。

梨枝从不外出，而本多虽然什么事也没有，却常常外出。本多几次邀她一起出去，梨枝总是借口有病待在家里，因而本多也就不太愿意理她了。

本多一外出，梨枝马上就活跃起来。她本应担心他不明不白的去向，但是本多一不在身边，她反而可以和自己最亲密的不安为伴。可以说，忌妒已成为梨枝自由的根据。

如同恋爱一般，梨枝的心总是缠绵不已。即使为了散心而想习字，她的手也在不知不觉间写出了"月影""月山"等和月有关的字。

虽然是个少女，却有那么大的乳房，真是下流，令人作呕。梨枝一想到这儿，就从自己无意中写下的"月山"几个字，联想到那座在月光下静卧着的乳房形的双子山。它还和梨枝在京都见过的双冈的记忆相关联，然而无论是多么纯洁的记忆，梨枝也害怕把它全都开掘出来。那双冈，是她在女子学校修学旅行途中见过的，她一想起自己冒汗的小乳房，在夏季白水兵服下微微颤动的感觉就浑身难受。

本多担心梨枝的病体，想多雇些用人，梨枝却认为人多了反而多操心，她仅限在厨房安排两个女人。这样，梨枝多年来所喜爱的厨房活计就少了，加之她又不敢长时间地在凉地上站立，就只好坐在自己的房间里做针线活儿。客厅的窗帘旧了，她就从龙村函购来仿制正仓院的布料，亲手缝制窗帘。

梨枝细心地把黑色的厚遮光幕与它缝在一起。刚刚缝了一半，本多见了嘲笑说："现在又不是战争时期。"梨枝听了愈发固执。她害怕的并不是室内的灯光透出去，而是外面的月光照进来。

梨枝在丈夫不在的时候偷看了他的日记。令她气愤的是，竟没有任何有关月光公主的记述。本多从年轻时起，就有自我羞耻心，所以抒情性的东西他是概不记入日记的。

梨枝发现了一本和丈夫的日记放在一起的陈旧不堪的日记，题为《梦的日记》，署名松枝清显。丈夫提到过这个人，所以很熟悉，但是丈夫从未提及这本日记，她看到这本日记当然更是第一次。

梨枝姑且挑着读几段，其荒唐无稽令人吃惊，于是她又小心地放回原处。梨枝并不寻求什么幻想，对她来说，只有事实才有所抚慰。

关抽屉时，并不知道衣袖被夹住。刚用劲要走，和服袖子的腋窝处就被撕开线。精神上的这种体验几经重复，那么，心也就全是伤口了。心好像被什么东西紧紧地抓住了似的，总是茫然若失，直愣愣的。

雨昼夜不停地下，梨枝隔窗看被雨浇得湿漉漉的八仙花。她感到那在暗淡天色里飘摇的淡紫色的花球，有如自己彷徨的心灵。

月光公主在这世界上的某处，这是她最难忍受的，因此世界裂了一道缝。

梨枝活到今天这个年岁，几乎不知情念的可怕，因而她对自己心中也产生了躁动无休的寂寥感甚为吃惊。这个不能怀孕的女人，第一次生出了个奇怪的东西。

于是，梨枝体会到自己也具有想象力。迄今一次都未曾使用过，一直放在宁静的生活角落里、业已生锈的东西，现在由于需要，立刻就磨光了。由需要产生的东西，总和需要的痛苦相伴。所以这种想象力，并无丝毫的甜美之处。

如果是基于事实而展开的想象力，心胸就会豁达而开朗；而企图无限地逼近事实的想象力，则会使心智卑下乃至涸竭。况且倘那"事实"并不存在，那在一瞬间，所有的一切就会都化作徒劳。

然而，刑事警察那种认为事实一定会在什么地方存在的想象力，是不会损及自身的。梨枝的想象力，兼有两种心绪，即她认为事实一定会在什么地方存在，同时她又希望没有那事实才好。于是，忌妒的想象力就陷入了自我否定。想象力的另一方面，是它绝不容许想象力的存在。正如过剩的胃酸会逐渐侵蚀自己的胃一样，想象力也在侵蚀那想象力的根源。在这一过程中，便会出现类似悲鸣的求救的愿望。如果有事实，只要有事实，自己就会得救！探求进攻招术，其末了所出现的求救的愿望便和自我惩罚的欲望相类似。其原因是，那事实（如果存在）只能是打垮自己的事实。

但是，对于这由追求而得的处罚，当然会感到它是不合理的。为什么检察官要被判刑呢？这不是颠倒事理吗？殷切盼望的事情到来之时，唤起的并不是满足的喜悦，而是对于无端受罚的不服与愤慨。啊，那火刑的烈焰即将扑上我的身体。我不该倒这样的大霉，不该身受这无以复加的痛苦。怀疑的苦楚已经够惨了，为什么勾魂取命般的认识上的痛苦，还一定要来火上浇油呢？

寻求事实，而最后又想把它彻底地否定；想否定事实，而最后又把获救的唯一希望寄托于事实。这两种心情没完没了地循环，犹如山中迷路的行人，自以为是在一直向前走，却不知不觉地又回到了原地。

以为是迷雾笼罩，却独有一处清晰可辨到令人生畏的程度。沿着雾中这一线光明走去，那边并没有月亮，而是背后的月亮照到对面去的月影。

即使如此，梨枝也并不是从始至终都失掉了自省之心。有时她也十分厌恶自己的这种心情，为如此无聊甚感羞愧。但她认为这绝不是自己的过错。现在自己落得这般不招人爱的丑相，根本原因在于丈夫。或许就是因为丈夫不爱，自己才变丑了。想到这里，憎恨就如同喷泉一般涌上心头。

但是，在梨枝的心里，也有想躲避更加严重的事实的意思，即使自己没有因忌妒而变丑，但变丑的原因另外也有很多。所以，就是不忌妒，自己也已经不受喜爱了。丈夫固然可恨，但他是为了专门摆脱梨枝魅力的需要，才不得不把她弄成不招人爱的人的。这一点还是情有可原的。

梨枝总爱照镜子。两鬓的短发总也拢不上去，挡着脸非常讨厌。梨枝的面孔，包括浮肿在内，没有一处不做作。

从前她在觉察到脸庞浮肿时，曾经浓施脂粉；忌讳似乎困倦的双眼，便把眉毛描得重些，并加厚白粉。丈夫年轻时，把梨枝这张脸戏称为月亮。她最初也曾怨恨丈夫嘲笑自己的疾病，但是每逢称呼月亮的晚上，丈夫的爱怜无微不至。梨枝觉得自己的病体更招疼爱，脸上不知从何时又带上了骄矜之色。但是现在看来，丈夫从年轻时代就喜欢妻子的浮肿，是因为在他的性欲中潜藏着某种微妙的残忍。在那样的夜里确是意蜜情酣，但是他绝不许梨枝动一动身，由此可见本多或许是从她的脸上看到了死去不久的尸体的幻影。

但是现在，镜中所见的面容，虽说活着，却枯衰了。在那失去光泽的头发下面的圆脸上，显露着团扇扇骨般的僵硬的恶意，脸已渐渐地变得不像是一个女人，女性所特有的丰满唯有浮肿而已。恰似白昼的月亮，冷冷清清，模模糊糊，充满了倦怠的臃肿。

而今，不能再浓妆艳抹，因为那意味着失败。但是，丑陋也是失败。现在已无心去弥补那原有的缺陷，所以缺陷与丑陋全都依旧，就像海滨起伏的沙丘一样，静悄悄地堆在那里。梨枝思忖，自己怎么也摆脱不开忌妒的心理，或许并非是丈夫的过错，而是由于自己懒于摆脱，懒得就像身体被很重的被褥裹着一样。要摆脱它，恐怕要花费很大的气力，所以就懒洋洋地听之任之。可是，就算是由于懒惰吧，那又为什么在这里连片刻的安宁都没有呢?

梨枝忽然想起婚后不久,在这房子的二楼看到的冬季富士山的优美。那是婆母让自己到楼上的小仓库里去取过年的食物时,从小仓库看到的。当时自己系着红色的带子。

雨过天晴,夕阳西照,梨枝来到很久没来过的二楼小库房,想看看富士山,以便排遣胸中的郁闷。她登上被褥堆,打开毛玻璃窗。战后的天空与以前不同,一派光明。但地面上却笼罩着云母般的雾气,看不见富士山。

三十九

本多在梦中被尿憋醒。

梦突然被打断,但一些片断犹在眼前。

本多梦见自己在树篱接着树篱的小居民区的路上到处徘徊。有的人家在院子里摆着花盆架,用贝壳围着花圃;有的人家院子潮湿,到处是蜗牛;有的人家有两个孩子在檐廊边上面对面地边喝糖水边爱惜地吃着不成型的饼干……这是东京被烧掉了的一个区域,如今连痕迹都没有了。夹在树篱间的路到了尽头,那里有一扇朽败的柴扉。

打开柴扉往里一进,那是一座古色古香的豪华旅馆的前院。宽敞的前院正在举行便宴,蓄着八字胡的经理走出来,恭恭敬敬地向本多施礼。

此时,便宴的帐篷里响起了响亮而悲怆的喇叭乐曲。于是,脚下的地面裂开,身着金色衣裳的月光公主乘着金色孔雀的翅膀出现了。人们头上,孔雀的双翼发着响铃般的声音,在喝彩的人们头上盘旋。

人们仰望着骑在金孔雀身上的月光公主，她那褐色的大腿根发出耀眼的光芒。然而，月光公主向仰视着的人群的头上撒下了骤雨般的芳香异常的尿。

为什么不去厕所？本多感到纳闷。必须规诫这种非礼的行为。他到旅馆里找厕所去了。

和外边的喧嚣相反，旅馆内静悄悄的。

各个房间都没有落锁，房门都微开着。本多把每个房间都一一地打开看，全都没有人，只见床上都放着棺材。

不知从何处传来了声音："那个就是你要找的厕所！"

尿已经憋不住了，他走进了一个房间，想往棺材里撒尿，但由于惧怕犯圣，他没尿出来。

就在这时，他醒了过来。

这样的梦，不过是一种可怜的象征，人一告老就尿频。然而，本多从厕所回到床上，却兴奋得睡不着。他的心已被方才的梦攫住，只想重温梦境。因为他在那里确实感到了幸福。

他祈祷着，希望能在后面的梦中再一次品味那鲜明的幸福感。在那里，洋溢着不避忌任何人的明朗而纯洁的喜悦。唯那喜悦才是现实的。纵然不过是一个梦，但那喜悦却占据了本多人生中一定的时间，是绝不会重复的一定的时间。不把这种喜悦看成是现实，那么什么是现实呢？

本多在亲睦与同感的完全融和之中，在仰望的空中，抓住了骑着金孔雀翱翔的孔雀明王的化身。月光公主是他的人了。

翌晨睡醒之后，这种幸福感依然清清楚楚地笼罩着全身，本多情绪很好。

重新睡下之后的梦境漫无边际，毫无前梦中的幸福感，自然是无从回忆的。穿透梦的堆积，那初梦的光辉，仍留在早晨的记忆里。

那一天也因为公主的不在，而成了思慕公主的日子。本多未曾体验过少年人初恋的滋味，如今这种有如少年恋情似的玩意儿却渗进了他五十八岁的躯体，他惊愕了。

说本多在恋爱，可仔细自省，这不仅是破格，而且也是滑稽可笑的。什么人适合谈恋爱呢？这个问题，本多在松枝清显身边的时候就明白了。

那是集外表上对肉感的向往、内心世界混沌、无知、认识能力不足于一身，能够在别人身上描绘出幻想的人的特权，非常无礼的特权。本多从年轻时起就明白，自己是与那种人处在两极的。

由于无知而干预历史、由于意志而从历史上滑落的人的不如意，本多见得多了。他认为，想得到的东西不能到手，其最大的原因是由于指望到手。因为他从未希望过，所以那三亿六千万元才成了他的。

这就是他的思想方法。本多绝不认为想得到的东西得不到，是由于自己努力不够。或是由于先天的缺憾，或是自己背负的命运不好。本多爱把这样的认识法则化与普遍化，因为这是本多的天性，所以他不久就开始尝试探究那法则的内蕴，是不足怪的。他无论做什么，都是一个人单独干，所以他很容易既充立法者，又做逃法者。就是说，他把自己所希望的东西限定在绝不可能得到上。因为那东西如果到手了，也必将化作瓦砾，所以要尽可能地赋予自己所希望的对象以不可能性,至少要努力使之与自己保持较远的距离……也可以说是在内心保持着所谓热烈的冷淡。

关于月光公主,他把这花瓣厚实的暹罗蔷薇神秘化的工作,在御殿场的那一夜便大体上完成了。那是将公主放到手绝够不着,认识也绝达不到的远处的工作(因为本来他手的长度与认识的长度是同一尺寸的)。由观看而得到的快乐,也必须以看不到的领域为前提。因印度的那种体验而感到已看见了人世终极的本多,想把懒惰的野兽的嗜好据为己有:远离猎获物到认识之爪达不到的领域,躺在向阳的地方,舔舐自己粘着树脂的毛。本多想效仿那懒惰的野兽的时候,不就是想把自己比作神吗?

本多深知,自己的肉欲与认识欲完全平行并重叠,的确是难以忍受的,如果不把二者分开,就没有产生恋情的余地。一株蔷薇,怎能在相互纠缠着的两棵丑陋的大树间发芽呢?无论是讨厌的认识欲,还是五十八岁的带有腐臭味的肉欲,恋情在那垂吊着厚颜无耻的气根的哪一棵树上,也不应该像寄生兰似的开花……月光公主必须存在于他的认识欲的远方,并且只需要同他不能实现的欲望发生关系。

不在才是恋爱的最好的对象。难道不是吗?那正是他恋爱的唯一优质的原料。如果不是不在,那么,认识这个夜行兽,就必定会立即瞪亮眼睛,用它的爪牙把一切都撕碎。咬住未知,把一切都化为既知的尸体,然后再将其置入停尸场。这种认识上可怕而无聊的疾病,印度不是曾一度给治愈了吗?逃到认识的尽头的尽头,是剩下的一株蔷薇;为了摆脱认识的眼睛,就要伪装成既知，在满是尘土的乌木搁板的深处加上锁，隐藏起来。印度，还有贝拿勒斯所教导的不正是如此吗？本多已完成了这项工作。锁是他亲自上的，所以他不亲自打开，这是他意志的力量。

过去，清显被绝对的不可能所吸引而违背了人伦。本多与清显相反，为了不犯人伦，他安设了不可能。因为如果他坏了人伦，那么美在这个世间就再也没有存在的余地了。

本多想起了那一天早晨的畅快。就是公主失踪的那天早晨。

本多的心虽然被不安所支配，但他一半还是高兴此事的。他在知道公主不在房间之后，并没马上惊慌失措地去招呼克己。他入迷地在房间里到处品味失踪公主的遗香。

那是个异常晴朗的早晨，床乱七八糟，就那样扔着。从床单的细褶上，可以看出月光公主烦恼时翻转热乎乎的身体的痕迹。本多从波浪起伏似的毛毯底下捡到一根弯曲的毛。那好像是一只非常可爱的野兽在那里吃过苦之后的窝。本多察看了枕头的洼坑，看那里有没有公主透明唾液的痕迹。枕头凹陷的形状是纯真的。

之后，他才去告诉克己。

克己的脸色苍白了。本多毫不费力地就把自己方才没有任何惊恐的表现掩盖过去了。

两个人分头去找。

如果说那时本多没有幻想过公主的死，那是谎言。虽然他觉得那种万一的事情也许不会有，但是，在那梅雨期的晴晨，在浪费了的咖啡的芳香中，却也漂荡着"死"。有一种悲剧性的东西，像细小的银边一般包围着那早晨。那才是本多梦想着的宠爱的证明。

他口是心非地对克己说，应该给警察局打个电话。看见克己现出甚为警惕的神色，他高兴了。

他首先走上平台，俯视积满雨水的游泳池。他战战兢兢地想到，公主的身体是否在映着碧空的池中躺着呢？由这现实的世界踏进非现实的世界竟是如此的容易，现在他感到隔开这两个世界的玻璃已经粉碎了。这个早晨，人世间什么事都可能发生。死，杀人，自杀，甚至世界的毁灭，发生在这一望无际的明媚风光里。

本多在与克己经过湿漉漉的草坡向溪流走去的时候，以迅速的想象力想到由于自杀事件和丑闻成为报纸的题材，自己从前的社会名誉就要轰然崩溃了，于是他感到喜悦。然而这是非常愚蠢的夸张，因为事件仅是围绕着克己与公主发生的，世界上没有任何一个人知道本多窥视孔的事。

前方是好久没见的富士山。夏季的富士将雪的衣襟出人意料地高高卷起，沐浴着朝阳的土色像含雨的砖一般鲜明耀眼。

看见了溪流，也看见了扁柏林。

走出家门时，本多要求克己一同到邻居庆子家去看看，或许庆子在家。但是克己坚决不肯，他提出自己要乘车向车站方向沿途寻找。克己非常害怕与舅母见面。

这么早是不宜去探访庆子家的，但是处在这种情况下也没办法。本多按了门铃。不料庆子已经化好了妆，穿着绿色连衣裙披着对襟毛线衣，与往常一样出来接待本多。

"早晨好。是来找公主吧？今天天没亮就跑到我家来了。睡在杰克的床上呢。幸亏杰克不在，不然的话，就要闹得不亦乐乎了吧……好像是很激动的样子，所以我给她喝了些甜酒，让她睡了。接着我也睡不着了，就起来了。好吓人哪……不过，究竟出了什么事，她一句也没说。去看看她那可爱的睡脸吗？"

从那以后，岂止公主，连庆子也音信杳无。本多再三忍耐着，他想，恐怕再也见不到公主了。

他等待着自己的体内萌生出真正的疯狂来。

理智因某种情况，可达到焦躁的极限。正像"狂言"[1]《钓狐》中的老狐狸，虽然深知陷阱的危险，却终于朝诱饵疯狂地扑去。经验与知识、精熟与老练、理性与客观等所有的能力，不仅全部失效，而且这些东西的积累，反而不由分说地把人推向莽撞。本多在等待这一瞬间的到来。

犹如少年等待自己的成熟，五十八岁也必须等待自己的成熟，然而却是走向悲惨结局的成熟。在十一月干枯的灌木丛中，树叶已全部落光，树下的杂草枯死，在步履蹒跚的冬日阳光下，那里像是一块干得发白的净土。本多就好像是枯萎的蔓草中仅存的一个艳红的王瓜，孤单单地专心等待走向悲惨结局的成熟。

自己实际所追求的东西，是像火焰一般的奔突呢？还是死？这，本多的年岁使他难以辨别。在那里，在自己所不知的地方，似乎有什么正在缓慢而慎重地准备着。已经存在于未来

---

1 狂言：日本室町时代流行的在"能乐"幕间演出的一种滑稽剧。

的唯一确实的东西，就是死。

有一天，本多到丸大厦的事务所去，听到了青年职员为私事悄悄打电话的声音，强烈的寂寥感涌上了他的心头。那显然是女人打来的电话。青年职员一边留心着周围的情况，一边装作漫不经心的样子应酬，但本多却感觉清清楚楚地听见了远处女人充满情趣的声音。

大概两个人之间有默契，要用事务性的词语互通心曲吧。总是梳理蓬松头发的那个青年，他那讨人嫌的眼神和傲慢的嘴唇，大概与律师事务所很不相称，本多产生了把他解雇的意图。

在东京，要想打电话找到一天到晚忙于午餐、鸡尾酒会、晚餐招待会的庆子，最好的时间就是上午十一点的现在。刚听过青年职员打电话的本多，觉得在这窄小的事务所不便大声地打私人电话，于是他说去买东西，就走出了事务所。

丸大厦一楼的商店街，是战前的东京剩下来的少数地区之一。本多喜欢在这里逛领带店，或在纸店选购书法用纸。战前派头十足的老绅士们，在雨后特别滑的马赛克地面上小心翼翼地走着，寻找便宜的东西。

本多用公用电话找庆子。

庆子跟平时一样，长时间不过来接电话。因为她确实在家，所以本多想象她此时对电话置之不理，正对着镜子的那种悠然得意的姿态，特别想象着她在出去吃午餐之前已选好了衣裳，现在正穿着一件衬裙化妆时那丰腴而非凡的后背上的肉。

"让您久等了，请原谅。"来接电话的庆子，用悠扬甜润的声音说，"好久不见了，您好吗？"

"还好。最近什么时候陪您去吃饭好吗？"

"啊，谢谢您的好意。不过，您真正想见的不是我，是月光公主吧？"

本多忽然无言以对，好像在等候庆子的命令。

"那一次，给您添了很大的麻烦。不过，我这里当然是没有她的音信，您见过她吗？"

"不，从那以后就断了音信。不知她怎么了，不会是要考试吧？"

"那姑娘好像并不那么用功吧。"

本多为自己如此镇静地说话而吃惊。

"总之您是想见她吧？"说到这里，庆子好像有所考虑似的停下来。这一间隔并非是多么沉闷的间隔；这间隔给他的感觉，好像是在午前从窗户射入寝室的光带中，香粉到处飘舞着一样。本多知道她并不是装腔作势的女人，他充满希望地等待着。

"不过，我想得有一个条件。"

"什么条件？"

"月光公主跑到我这里来，说明她完全信任我。所以，以和我一同出席为条件，由我去请她，我想她肯定是不会拒绝的。这样好吗？"

"有什么不好呢？这正是我想拜托的。"

"本来我是想只让你们两个人会面，可是暂时……那么，我往哪儿回信呢？"

"请往事务所。以后我每天上午都肯定在事务所。"

本多说过这一句，放下了电话。

从这一瞬起，世界完全变了。本多想，自己怎能受得住那下一小时、下一天的等待啊！接着，他在心中打了一个小赌：如果那时公主能照例戴着绿宝石戒指来，就表明她已经饶恕了本多；如果不戴，那就说明还不饶恕。

四十

庆子的家在麻布区的高台，正门前停车坪的引路相当长。它是从前庆子的父亲为纪念布雷顿而建造的，正面呈弧形。本多在六月末的一个炎热下午应邀去喝茶，一走进这所宅第，觉得好像又回到了战前的日本。

经受过台风，又经受过雷雨，在梅雨的季节，忽然迎来了夏日的阳光。宅第前庭寂静的小树林，唤起人们对一个时代的回忆。本多觉得自己就要进入非常怀念的音乐中了。这种在废墟中孤零零地残存下来的宅第，如今已成为更具特权性的和含有罪过与忧愁的东西了。恰似被时代淘汰下来的思想，经过若干时日之后，突然又增添了风趣。

本多虽已把自己要和月光公主再会的事拜托给了庆子，但庆子在请柬中并未提及此事，只是公式化地说："为庆祝敝宅解除征用而举行茶会。"本多带着花束，就随便地出门了。宅第被征用期间，庆子和母亲两人一同住在原管家住的单间里，在东京，至今没在自己的家里招待过客人。

戴着白手套的侍者出来迎接本多。圆形大厅有高高的拱形的天棚，大厅的一侧是画着仙鹤的杉板门，另一侧是通向二楼的大理石旋转楼梯。在楼梯半腰的微暗的转角处，有一座青铜维纳斯塑像在俯首下望。

画有狩野派风格的仙鹤的杉板门，向左右半开着，这是通向客厅的入口。进去一看，一个人也没有。

客厅有一排采光的小窗。窗玻璃表面全磨成古色古香的花纹，色彩斑斓。室内，在装修成壁龛式的墙壁上画满了金色的丝云，悬挂着条幅；桃山式的方格顶棚上悬着枝形吊灯；小桌和椅子全都是路易十五样式的华贵古董；图样各异的刺绣椅披，构成了华特欧宴乐图的画卷。

本多正在观赏，一股熟悉的香水味儿从身后飘来。回头一看，是庆子站在那里。她穿着一套时髦的两件套茶绿色捻线绸连衣裙。

"怎么？落后于潮流了吧。"

"这多么典雅呀，是精彩的日欧和衷啊。"

"我父亲的兴趣，什么都是这样的啊。不过，你想不到保存得这么好吧？被征用，那没办法。但是为了不叫不通情理的人住进来，把房子糟蹋了，我东奔西走，用尽了办法。结果是做了军方的高级宾馆，这才得以原样退回来。这房子的每个角落，都有我童年的回忆。没被俄亥俄的土包子给糟蹋了，真是幸运。今天，就是想请你来看看。"

"那么，客人呢？"

"都在院子里呢。天虽热，风倒是很凉爽。不出去吗？"

庆子只字不提月光公主。

打开屋角的门，就走上了通往院子的石径。在草坪的大树荫下，散放着藤椅和小桌。云极美，女人们五颜六色的衣衫在绿油油的草坪上放着光彩，帽子上的花朵也在抖动。近前一看，几乎都是老太婆，男人只有本多自己。尽管是把他介绍给女人们，但他感到很不合时宜。每见那一只只浅粉色的满是皱纹又长着老年斑的指头伸过来，本多对握手就犹豫一次。他感到自己的手就像是载着一个大干果的船舱，使他的心情抑郁。

西洋老太婆们连背后的拉锁开了也没察觉，仍扭动着粗腰，发着尖锐的笑声；在凹陷的目光逼人的眼窝里，装着不知在望何处的蓝色或褐色的眼珠；由于调节发音，张开甚至看得见扁桃体的大嘴，起劲地谈着一些无聊的话；时而又用修剪过的指甲，猛地抓起两三片小而薄的三明治。有人忽然对本多说她已离过三次婚，又问本多，日本人也爱离婚吗？

有些人为纳凉而穿入树丛，在树荫下的小道上散步，隔着树叶可以看见她们华丽衣服的颜色。其中有两三个人在树林的入口处露面了。被西洋女人簇拥着，从那里过来的，正是月光公主。

本多的心像跌了个筋斗似的乱跳。就是这样，就是这样，这心跳很宝贵！由于这心跳，人生不再是固体，而变成了液体，甚至变成了气体。单是发生了这种反应，对本多说来就已经是赚了。方糖在这心跳的一瞬间溶入了红茶，一切建筑都变得怪模怪样，所有的桥梁都变得像软糖，人生成了闪电、丽春花的微摇、窗帘的抖动的同义语……极端利己的满足与宿醉般不快的羞耻相交错，使本多一下子陷入了梦境。

夹在两个高大老妇人之间的月光公主，她那穿着浅红色无袖连衣裙的稚态，她那从林荫中走出，在日光沐浴下泛出黑曜岩般光泽的垂肩黑发，使本多立即想起了公主幼时在挽巴茵的游乐，想起了她被老女官们伺候着的昔日情景。这一切，对本多来说，乃是双重的喜悦。

不知是什么时候，庆子站在了本多的身边。她伏耳低语道："怎么样？我的确守信吧？"

这时本多恐惧起来：他内心产生了儿女之情，一直在依赖着庆子，如果不借助庆子，就不能应付这眼前的局面。月光公主向着这难以理解的惧怕，微笑着一步步地走过来。本想在她临近之前镇静下来，可是随着她的走近，他的恐惧却越来越厉害。想说点什么，舌头却不听使唤了。

"您装作若无其事的样子就成。御殿场的事情不提为好。"庆子又作耳语。

幸亏月光公主在草坪中间脚步受阻，因为和别的女人搭话，她站住了。她好像还没注意到本多似的。从仅距几步远的地方看去，公主好像是一颗美丽的香橙，在似乎触手可及的时间的枝头，熟透了，带着扑鼻的芳香，水灵灵沉甸甸地摇曳着。本多对她的胸脯、大腿和微笑时的皓齿都做了观察。这一切都是那炎夏的烈日培育的。而她的内心，则一定是透骨的凉。

在她加入围着几张椅子的一群时，表情依然暧昧，不知是真的没注意到本多，还是佯装没注意到。这时庆子对着她的脸，催促似的说："是本多先生啊。"

"哎哟。"公主满面微笑地向着本多,一点儿生硬的样子都没有。在夏日的阳光下,公主的面容很有生气,嘴唇也比平素格外地放松,眉毛更见清秀。在与其说是褐色,莫如说是增添了琥珀光辉的肤色下,一双大而黑的眼睛明澈生辉。她的脸迎接了这个季节。夏天使她像在宽绰的浴盆里随意舒展身体一样畅快。她的肢体是那么自然,甚至自然到了放纵的程度。如果想象乳房与乳罩之间会像温室一般潮热,便可知道寓于那奥蕴之中的夏天了。

公主伸出手来,但是眼睛里却没有任何表情。本多用微颤的手握了她的手。她的指头上没有绿宝石戒指。尽管他以前的打赌是很随意的,但此时,他想到自己真正希望的或许就是赌输,就是遭到如此冰冷的拒绝吧。为什么呢?因为本多自己也奇怪,连这拒绝都使他如此愉快,一点儿都没有扰乱他厚颜无耻的梦一般的心境。

见公主拿起了空茶杯,本多便把手伸向了桌子。他虽然摸着了那古董银茶壶的把儿,但银壶的热度使他犹豫。自己行动的方向,动辄被不安定的雾所遮扰,现在岂止手在发颤,或许已经陷入了恐惧之中,就好像是出了什么丑似的。突然,侍者戴着白手套的手伸过来,这才使本多不再担心。

"好像到了夏天您更精神了。"本多总算是说出话来了。不知不觉中措辞也得体了。

"是的,因为我喜欢夏天。"月光公主在温柔的微笑中,用教科书似的语言回答。

周围的老妇人发生了兴趣,请本多把他俩方才的谈话译给他们听。本多在翻译的过程中，感觉桌子上的柠檬香味、老年人讨厌的腋臭与香水混合在一起的气味，搔得他神经末梢发痒。老妇人们毫无意义地笑着，她们猜测说，日语中的"夏天"一词，能使人感到一种不可抗拒的暑热，因此这个词大概是起源于热带。

公主的倦意直感地传给了本多。他环视一下四周，庆子已经离去。公主的倦怠愈发加剧，就像是无语的动物在闷热的草地里悲戚地揉搓着身子。这直感是公主与本多相联系的唯一纽带。公主轻盈地转着身子，微笑着用英语应酬，这使本多逐渐感到，公主不是想把倦意传达给他吗？那倦意是从公主沉甸甸的胸部到轻捷美丽的双腿，整个肉体积累起来的夏日特有的沉郁所放出的一种音乐，其音有如羽虱在夏日的空中悄悄地振羽飞翔。此刻本多感觉那时高时低的羽音不绝于耳。

但是，这或许并不意味着公主对茶会特别厌倦。毋宁说公主所表露的倦怠的样子，也许正是夏日使她本来的面貌复苏了。果然，公主在人们中间自由地走动起来。不久，她退到树荫里，手里端着茶杯，老妇人们围着她，敬称她为"希林·海纳斯"。跟老妇人们活泼交谈着的她，突然脱下一只鞋，用穿着袜子的脚尖，若无其事地挠了挠另一只小腿。那是仙鹤般绝妙的平衡，手里的茶杯完全保持水平，一滴也没洒到茶碟上。

本多在看到这光景的一瞬间产生了信心，无论她允许或不允许，要一直溜到她的心中去。

"方才看到了一个小小的杂技表演。"本多瞅准谈话的空隙，用日语插了一句。

"什么？"公主扬起全然不解的眼睛。给她出一个谜，她根本不想努力去解这个谜，像是一下子浮出水面的水泡，立即反问："什么？"这时公主的嘴角无比的可爱。

她对不理解的事情全不在意，自己也应该有那种勇气。本多方才就有所准备，他从笔记本上撕下一张纸来，用铅笔写了这样一封短信：

"白天就行，仅你我二人会面。只一个小时就成。今天怎样？到我这儿来……"

月光公主巧妙地避开别人的眼睛，迎光看了纸条。那一瞬怕人看见的样子，使本多感到了幸福。

"有空吗？"

"嗯。"

"能来吗？"

"好的。"

公主在清晰地回答"好的"的同时，也现出了美丽的微笑，那清晰的回答好像立刻就温柔地融入她的微笑中了。当时她什么也没想，这是很明显的。

爱憎和遗恨将向何处去？热带的乌云和飞沙走石般的骤雨将消失于何处？意识到自己的烦恼的无意义，较之意识到偶然感到的幸福的无意义，更刺激本多的心。

方才走开的庆子，与本多来时一样，正在陪两位客人通过客厅到院子里来。从远处可以看见两位女客葱绿和藏蓝色的美丽和服。一个老妇人嚼着鹦鹉般干硬的舌头啧啧称奇的声音，使本多朝那边回过头去。那是带领椿原夫人的槇子。

月光公主漆黑的头发突然被风吹起来，本多看得入了迷。她们二人偏在这个时候来了，本多很不愉快。但是两个人走近后，首先向本多开了腔。槙子边环视周围的老太婆，边冷淡地说：

"本多先生今天好运气，这里只有你一个是男的。"

当然，这两个人也被依次介绍给了西洋人，说了些交际性的话，但她俩却时时想回到本多那里，用日语谈话。

白云在飘移，当她们头上的白发阴影加深的时候，槙子说："前几天，六月二十五日的示威游行，您看到了吗？"

"没有，只看过报纸。"

"我也是只看了报纸。在新宿乱扔火焰筒，派出所也烧了吗？不得了啊。看样子，早晚是共产党的天下了吧。"

"我并不那样想。"

"可是连土手枪都有了，好像是一个月比一个月激烈呀。不久，说不定整个东京都要被共产党和朝鲜人弄成一片火海了吧？"

"要是那样，就那样吧，不是没办法吗？"

"您抱这种态度，就会长命百岁啊。不过，我看着眼前的世道时常想，如果勋君活着会怎样呢？这样，我就开始作《六月二十五日的组诗》了。我想把不能入诗的东西，写成最低层次的诗，于是就寻找似乎绝不能成诗的东西，好不容易算碰上了。"

"说是碰上了，您也并没有亲自去看过呀。"

"诗人比你们看得更远啊。"

植子很少以这样坦诚的态度谈自己的诗作。然而，这种坦诚的做法，说起来却是一种伏笔。植子在环顾四周之后，嘲笑地瞥了一下本多的眼睛。

"听说您上次在御殿场非常惊慌。有这事吗？"

"听谁说的？"现在本多很从容，他反问道。

"听庆子说的。"槙子也很坦然地举出了那个人的名字，"……不过，想想看，尽管说情况是如何的危急，但在深夜闯进别人家里，敲人家夫妻寝室的门，月光公主的胆量也够大的了。刚好亲切接待她的杰克也是个好人，实在是个有教养的可爱的美国人。"

本多在心里搞不清自己是否记错了。那天早晨庆子确实是说："幸亏杰克不在，不然的话，就要闹得不亦乐乎了吧。"而槙子似乎是说杰克住在那里。那么，是传错了呢？还是庆子说谎呢？二者必居其一。发现庆子也扯这种无意义的谎话，这在暗中给了本多一个小小的优越感，他为这一发现而欣喜。但他犹豫于同槙子决裂，他想避免愚蠢地卷入女人的闲话中去。更何况对方又是在审判官面前也能公然说谎的槙子那样的人。本多绝不说谎，但他有一种习性，就是有时根据情况，像对待眼前沟渠里流过的垃圾似的，任凭微不足道的事实流去。这可以说是他自审判官时代以来的小小的恶癖。

在本多正想转换话头的时候，椿原夫人像寻求槙子的庇护似的凑过来了。

几天不见，椿原夫人的面容消瘦了，这出乎本多的意料。她的表情悲戚而颓唐，目光呆滞，神经质地用橙色的口红把嘴唇涂得不成体统，给人以莫名其妙的感觉。

槙子眼梢含着笑，突然用手指托住了这位弟子翘起的白下颏，像是端起那下巴给本多看似的说道："对这个人真没办法。总说死，死，是吓唬我的。"

椿原夫人像是想永远这样仰着似的伸着下巴，但槙子又立刻把手指抽开了。夫人遥望晚风渐强的草坪，用嘶哑的声音，半自言自语地对本多说："没有什么才能，就是活到什么时候也是无用吧。"

"如果没有才能的人都必须去死，那么日本人就死光了。"槙子风趣地应答道。

本多毛骨悚然地注视着她们进行这种对话。

四十一

两天后，本多于约定的午后四时，在约定的地点东京会馆门厅等候。他想，如果月光公主来了，就把她带到今年夏天才开张的楼顶餐厅去。

门厅宽敞地摆设着皮沙发，如果在面前打开报夹子，装作不是在等人什么的，是个很合适的去处。本多在内兜里揣着三支难得的哈瓦那手卷雪茄。吸完这三支烟的工夫，月光公主就来了吧。但是有一件事使他担心，从他在这椅子上坐下时起，窗外就暗了下来，如果下起雨来，把楼顶淋湿，就不能与公主在那里用餐了。

五十八岁的富翁，又在这样地等候着泰国少女了。这么一想，本多总算是摆脱了不安，感到自己又回到了本来的生活状态。那是一种海港的状态，而他生来就不是一条船。回到了"等待月光公主"这个他唯一的存在形态，这是他真正的精神状态。

他是一个有的是钱，上了年岁，而对于自给的纯属男性的快乐，连看都不看一眼的人。这实在是一个难对付的家伙，他甚至可以满不在乎地下决心拿自己的倦怠同地球作交换。但他的外表却朴实而寒酸，在精神上喜欢置身于一个有限的低洼处。对历史和时代如此，对奇迹和革命也是如此。像坐在西洋便器上似的坐在盖着盖子的深渊之上吸雪茄烟，一切都听凭于对方的意志，而他只是等待。这时，梦想开始明显地成形，开始隐约看到面目不清的无上幸福。死能在这样的状态下达到无上的幸福吗？……若是如此，那么说起来，月光公主不就是死吗？

他手中的牌，既备有不安，又备有绝望。期待的时间像是工艺品漆黑的底色，那上面镶嵌着许多使人担心的夜光贝壳……

在地板相连的地窖似的西式小餐厅里，正准备着晚餐，响着摆放刀叉的声音。就像侍者手中那一把混在一起的镀银刀叉一样，本多内心的感情和理性也是一团糟，没有任何计划（这是理性的邪恶的倾向），意志被放弃了。本多在这风烛残年所发现的快乐，就是如此随意地抛弃人的意志。在抛弃了意志的时候，从青年时代起就使他伤神的那种"要介入历史的意志"，便亦悬空了，历史也就不知悬在空中何处了。

在那没有历史的黑暗的时间里，杂技团的荡秋千的少女，身着灿烂夺目的白色紧身衣，在那令人晕眩的高空飞舞。这就是月光公主。

窗外已微暗下来。带着家眷的客人们，在本多的耳边昏头昏脑地长时间地寒暄。还有两个像是订了婚的人，则像疯子似的默不作声。窗外，街树沙沙作响，但雨好像下不来。报纸的木板夹子在他的手里,像是一根又长又大的胫骨。三支雪茄烟已经吸完,但月光公主没有来。

本多一个人终于吃完没有食欲的晚餐,然后就去了留学生会馆。这是有悖于慎重的举动。

走进位于麻布一角的一幢简朴的四层楼,门厅里有几个黑皮肤亮眼睛的青年,身着宽格子半袖衬衣,在看某种印刷粗糙的东南亚杂志。本多向传达室的人询问月光公主在哪里。

"不在。"

办事员干脆地回答。对于这种过快的回答,本多很不满。在两三句的问答中,本多发现那几个亮眼睛的青年都在一齐看着他,再加上夜晚的闷热,他觉得自己好像是待在热带的一个小机场的候机室里。

"能告诉我房间号吗?"

"按规定不能告诉。会面需要得到本人同意,在这前厅接待。"

本多死了心,离开了接待室。青年们的眼睛又一齐回到杂志上。他们腿搭腿地坐着,脚脖子裸露,那褐色的踝骨尖锐地突出,像刺似的。

会馆的前院可以闲走,但却没有人影。三楼的一个房间因闷热敞着窗子,室内很明亮,本多听到在那里弹吉他的声音。虽说是吉他,但曲调像胡琴,且有尖细的歌声在低唱,像发黄的常春藤一般,缠绕着那乐曲。听到这凄婉而缠绵的声音,本多想起了难忘的战争前夕的曼谷之夜。

本多很想偷偷进去，把每个房间都查看一下，他根本就不相信月光公主不在。在这潮热的梅雨期的暮色里，月光公主无处不在。在前院那个好像是留学生们侍弄的花坛里，开着在夜间看来是黄色的唐菖蒲，以及在黑暗中看不太清的淡紫色的矢车菊；月光公主的心神，也存在于这些鲜花的幽香里。到处飘荡的月光公主的微粒子，说不定会逐渐凝聚，以至成形。在蚊虫微弱的羽音中，也能预感到它的存在。

三楼的许多窗子都是黑黑的，只有楼角处的房间亮着灯；透花窗帘飘动着，十分雅致。本多凝神注视着那个房间。一个人影站在窗帘后面，俯视着前院。风吹开了窗帘，这时本多看清了那个人的姿容。她就是光穿一件长衬裙纳凉的月光公主。本多不由得向窗下跑去，户外灯光照亮了他。这时，月光公主清楚地认出是本多，神色有些惊慌，她立刻熄灭了灯，关上了窗户。

本多倚着楼角等了很久。时间在慢慢地流逝，太阳穴的血在骚动。流逝的"时间"也像是血。他把脸颊贴在水泥墙上一层薄薄的青苔上，用那凉青苔消解他老脸上的高烧。

不久，三楼的窗户发出了好似蛇叫的摩擦音，像是悄悄打开窗户的声音。一个白色的柔软的东西落在了本多的脚边。

他拾到手里，撕掉包着的白纸，里边是掌心大的棉团。看来是用力压过的，纸一打开就像活物似的鼓起来了。本多捏弄那棉芯，露出来一枚镶着金护门神的绿宝石戒指。

抬头望去，窗户又紧紧地关上了，连一丝灯光也没有。

离开留学生会馆，本多清醒了过来，这时他发现从这里走到庆子家还不到两条巷子远。因为他每次外出幽会都尽量不用自家的汽车，所以现在搭一辆出租车也是可以的。但是这一次他要让自己苦行，忍着腰酸背疼，走着去。即使庆子不在，也要敲敲她家的门，无论如何也不能就这样回去。

本多边走边想，如果自己还年轻，那就会一边走着，一边放声号哭吧。如果我还年轻！但是，青年时代的本多绝不哭泣。他是有为的青年，他认为有流泪的工夫，莫如运用理智有益于自己和他人。这是多么甜蜜的悲伤，多么诗情的绝望啊！本多一边这样想着，一边又觉得只有在"如果我还年轻"这样一种假定的条件下，才可以作如是之想。于是，本多也就把方才心中甜蜜情愫的可靠性，连根拔掉了。那么，如果可以宽容自己年龄的话呢？可是本多无论现在和过去，都不宽容自己，这是本多的秉性。因而，此刻仅有的可能，只是梦想一个与过去不同的自己。是一个怎样不同的自己呢？本多根本就不可能成为清显和勋那样的人。

如果说本多沉溺于"假若年轻也会如此"的想象，确乎使他摆脱了一切与年龄相称的感情的危险，而得以自卫的话，那么，与此相反，他现在不肯承认犹存某种感情的羞耻心，或许就是他遥远的律己青春的遗痕。不管怎样，无论是现在或过去，本多是不会边走边哭的。一个身着防水衣，头戴呢礼帽的半老绅士，独自一人在走路，这在谁看来，也不过是夜里一时兴起，出来散散步而已。

于是，不愉快的自我意识，使他过分习惯于用间接叙述法来表达一切感情。其结果是即使没有自我意识，他也获得了一个安全的处境。因此对于本多来说，各种愚蠢、无耻的行为，都有可能干出来。如果一一追寻本多过去的踪迹，说不定人们会误认为他是一个"感情用事的人"。现在，他在雨意正浓的夜路上向庆子家急奔，也正是这样一种愚蠢的行为。走着走着，他真想把手伸进自己咽喉的深处，把心掏出来看看，就像指头伸进西装背心的布袋，掏出怀表那样。

庆子在家，虽然在这样的时刻是不可能有的事情。

本多马上被请进前几天来过的豪华客厅。路易十五式样的椅子，靠背直立，限制着本多的坐姿，他疲劳得有些发晕。

杉板门和从前一样半开着。在其势凌人的枝形吊灯的照耀下，这夜间的客厅显得更加空寂。他很想站在窗前，看看在庭院小树林外光彩夺目的街灯，但是他连走过去的气力都没有了。还是忍受着暑热，赖在这里任湿汗把身体沤臭好。

本多听到了庆子的脚步声。她身着底襟拖地的华丽的家居服，从门厅的大理石螺旋楼梯上走下来。庆子走进客厅，把身后画有仙鹤的杉板门关上。乌黑的头发像是卷着风暴一样竖起。由于头发无拘无束，随意向四面八方蓬着，所以她那较平时化妆为浅的面容，与往日不同，显得小而苍白。庆子绕过椅子，背向绘有金色丛云的壁龛，中间隔着放有白兰地的小桌，与本多对面坐下。她那光脚穿着的室内凉鞋，从底襟下露了出来。鞋上挂满了热带干果，红色的脚趾甲，和她那黑地连衣裙上的大朵木槿花一样的红。尽管如此，她那以金色丛云为背景的蓬松的黑发，还是难以形容的阴郁。

"请原谅，头发像个疯子似的。您突如其来，连我的头发都受惊了呢。打算明天去做发型，方才洗了头，运气不好啊。这是男人不了解的苦处啊……可是，您怎么了？脸色不好啊。"

本多扼要地说了一下方才发生的事情，但他对自己口头辩论式的语调很讨厌。对自己当前发生的问题，甚至连按理论程序加以阐说的老毛病都没有摆脱。他的言词只不过是起了把事情条理化的作用，而他在来这里之前，是要控诉，而那当是失声的吼叫。

"哎！这正是'欲速则不达'的典型例证啊。我不是对您说过把这事交给我吗！可是您……我也不管了……不过，月光公主的态度也过于失礼了。或许这就是南国习惯吧？不过，我也很理解您去拜访的做法。"

庆子一边劝喝白兰地，一边又说："那么，要我做些什么呢？"她一点也没有厌烦的表现，而且充满了她那特有的慢悠悠的热忱。

本多掏出戒指，在小指上又戴又摘地摆弄着，他说：

"拜托您把这个还给月光公主，请她务必收下。因为我觉得这枚戒指离开那个姑娘的身体，她和我过去的关系就永远断绝了。"

庆子沉默不语，本多担心她是不是生气了。庆子把白兰地酒杯高擎在眼前，看出了神。泛起的白兰地酒波，在雕花玻璃杯壁上，画出了一片黏而透明的云形，然后又徐徐滑落下去。在又黑又多的头发下，庆子的眼睛大得吓人。本多想，她是在努力不把嘲笑表现出来，她的表情极其真挚而自然，她的眼睛就像孩子们注视被踩死的蚂蚁的眼神。

"我来就是拜托这件事的，就是这一件事。"

本多极度夸张这区区小事，他是打算豁出什么东西去。如果没有这种对任何蠢事都不放过的道德倾向，哪里会有本多的快乐呢？他从这垃圾箱般的世界中拣出了月光公主，为这连一个指头还没碰过的少女苦恼着。他把这愚痴提到这种高度，即他在寻求自己的性欲与星辰运行的相交点。

"那样的姑娘，您就再也不理她不好吗？"庆子好容易开口了，"前几天听说，在美松的舞厅，有人看见她靠着一个下流学生的肩膀跳贴面舞呢。"

"置之不理？那绝对不行。置之不理，那不就是让她成熟吗？"

"这么说，您是有权利不准她成熟喽？若是这样的话，您以前为那姑娘是处女而伤脑筋的心情，又如何解释？"

"本想让她一下子成熟起来，变成另一种女人，可是失败了。这都怪你那个混蛋外甥。"

"混蛋哪，克己……的确。"

庆子忍不住笑出来，她迎着灯光透视酒杯后面自己的指甲。长而尖的涂红的指甲，透过雕花玻璃从手指内侧看去，像是小小的神秘的日出。

"太阳升起喽，瞧。"

庆子醉了，竟做出这种动作给本多看。

"残酷的日出啊。"

本多心不在焉地嘟囔着,这时他非常希望能有一种丑恶的和违背常识的雾,把这个过于明亮的房间罩个伸手不见五指。

"方才那件事,如果我干脆拒绝,您会怎样呢?"

"那我的老境就暗无天日了。"

"小题大做。"

庆子把酒杯放在桌上,仍在思考。"为什么我总要帮助别人呢?"她喃喃自语。过一会儿又说,"内心深处的真正的问题,总是很天真的啊。人一想干什么就追求什么,就像为了寻找一张印错的邮票,甚至可以到非洲去探险。"

"我感觉我是在爱着月光公主。"

"哎呀!"庆子哈哈大笑,她的眼神似乎认为那不过是谎言。

接下来,庆子毅然决然地说:"明白了。您现在需要做某种惊人的傻事。譬如……"说着她略微提起连衣裙的底襟,"譬如,亲吻我的脚背,怎么样?仔细看看您根本不爱的女人的脚背,一定会使您心情舒畅的。我脚上的静脉是美得出了名的。请不要担心,我洗澡之后修得很仔细,大概不会有碍于贵体。"

"如果把答应我方才的要求作为交换条件,我就高兴当场照办。"

"那么,请。在您的自尊心的历史上,不妨做一次这样的尝试,它会使您出色的历史分外的好看。"

庆子显然是被一种教育者的热情支配着。她站在耀眼的枝形吊灯下,不耐烦地用双手拢着蓬松的头发。被拨到两侧的头发像大象耳朵一样颤动着。

本多想要微笑,但笑不出来。他环视一下四周,慢慢地弯下了腰。因为腰痛忽然加剧，他蹲了下来，又一狠心，就趴在了地毯上。

他趴着看见的庆子的拖鞋，像是一个尊贵的祭器。褐色的、茶色的、紫色的、白色的干果，一同涌向她那用力踏着的五根脚趾头的红指甲，庄严地守护着她肌肉微隆的神经质的脚背。本多的嘴唇刚要挨近，那穿拖鞋的脚又狡猾地退了回去。如果不撩起她那带木槿花的裙襟，把头伸进去，嘴唇就够不着脚背。本多钻进去，那里面充满了幽香和暖气，本多突然进入了一个陌生的国土。亲吻脚背之后抬眼向上看，透过朵朵木槿花的光线，全都变成了暗红色。里边有两根微露静脉花纹的雪白美丽的柱子耸立着；遥远的上空，悬挂着一颗小小的漆黑的太阳，乱七八糟地放射着黑色的光芒。

本多缩回身子，好歹站了起来。

"喂，我确实做到了。"

"我不会失约。"

庆子接过戒指，露出练达而沉着的微笑。

四十二

"你在做什么呢?"

梨枝在屋里催促老不来吃早饭的丈夫。

"看富士山哪。"

本多在平台上回答,但声音不是向着室内,而仍然向着院子西端凉亭那边的富士山。

夏日早晨六点,富士山沉醉在葡萄酒色的朝霞之中,轮廓虽还朦胧不清,但在大约十分之八的高处,一抹雪斑有如节日里涂在小孩子鼻梁上的白粉。

吃罢早饭,本多再度只穿着短裤和短袖运动衫,来到灿烂的晨空下,躺在游泳池边,用手捧着那满满的水玩。

"你在做什么呢?"

早饭后,梨枝拾掇着屋子,又在喊。这一回他没吭声。

梨枝隔着窗户盯视她那五十八岁的丈夫的癫狂行为。主要是他那装束不合她的心意。既然是从事法律工作的人,就不该穿短裤,下面露着衰萎而没有弹性的白腿。衬衫也不顺眼,肉体并没有年轻健壮的丰实感，却偏穿着短袖运动衫，结果袖口和后襟都像穿着海藻似的耷拉着。与其说梨枝现在的心情是要探明丈夫搞这种与身份不相称的勾当到了什么程度，莫如说已转化为抱着某种兴趣在远眺。她产生了一种快感，就好像她那长满了鳞片的自我感觉被逆着抚摸一样。

本多的脊背感觉到梨枝已经心灰意冷地返回室内去了，于是他就对游泳池倒映着的清晨美景看得入了迷。

蝉在扁柏林中鸣叫起来，本多抬起了眼睛。方才的富士山色还是那样的醉人，而八时的现在，又变成了一派茄紫色。山麓处在绿意朦胧中，浮现出了稀疏的森林和村落的姿影。在眺望如此深蓝的夏日富士山时，本多发现了一个独自一人赏玩的小游戏，它可以在盛夏里看到深冬时节的富士山。其秘诀是，先凝视一会儿深蓝色的富士山，然后猛地把视线移向旁边的碧空，于是眼中的富士残像就变成了雪白，一座洁白无瑕的富士山，就在这一瞬间从碧空中浮现出来了。

自从于无意中领悟到这种现幻之法，本多就相信有两个富士。夏富士之侧恒有冬富士；现象之旁恒有纯白的本质。

把目光转向游泳池，他看到箱根山的倒影占据了相当大的水面。一片葱郁的群山使人感到夏日的苦热。小鸟从水中的天空掠过，饵场有只老莺来访。

是的，昨天在凉亭边打死了一条蛇，那是一条二尺左右的花蛇。为了防止吓着今天来的客人，用石头砸它的头，把它打死了。这一小小的杀戮，使本多昨天终日感觉充实。那条浑身油亮的蛇挣扎翻滚的惨相，在他心中形成了青黑色的钢发条。

自己也能杀什么了的感觉，培养了他阴郁的活力。

本多又把手伸进游泳池，翻弄着水面。水中的夏云，变成了毛玻璃似的碎片。游泳池完工已经六天，但是还没有一个人在这儿游泳。本多和梨枝在三天前就来到这里，但他借口水凉，一次也没有游泳。

这游泳池是为了看月光公主的裸体才挖的。其他的目的一个都不重要。

远处传来钉钉子的响声，那是邻居庆子的家正在改建。东京的宅第解除征用之后，庆子很少来御殿场，与杰克的关系不知为什么也冷淡下来。于是她对本多的新居萌生了竞争心理，开始了几乎与新建无异的大改修。看来这个夏天是无论如何也住不进来了，所以庆子说，今年夏天就要在轻井泽度过了。

本多从游泳池边站起身来，为躲避越来越强的日晒，他费力地把比桌子高得多的遮阳伞打开，然后坐在阴凉的椅子上，重新眺望游泳池的水面。

早晨的咖啡仍使头后部保持着近于陶醉的兴奋。九米宽二十五米长的游泳池水底白线，在蓝色油漆的晃动中，使他想起了遥远的少年时代的体育比赛中，那不可缺少的白石灰线和冬青油的薄荷气味。一切都被画上了几何学的有规则的洁白的线，从那里有所开始，在那里有所结束。但这是虚假的回忆，本多的青春时代与运动场是没有任何关系的。

白线也使人想起夜间画在车道中央的线。他忽然想起了夜间在公园看到的一个总是拄手杖走路的矮个老人。第一次是在汽车前灯强光掠过的人行道上相遇的。老人挺着胸，把带象牙把儿的手杖挂在胳膊上。为了不使手杖拖到地上，他把那只弯曲的胳膊不自然地抬起，以致走路的姿势愈发拘板。人行道的一侧是五月飘香的森林。矮个老人的样子看上去很像是个退伍军人，似乎如今已成废物的勋章还珍藏在他的西装内兜里。

第二次是在森林的暗处遇到的，并且还贴近地看到了那手杖的用途。

男女在森林幽会时，通常是女人靠在树上，男人上去拥抱。相反的情况极其少见。当一对青年男女走到树下时，矮个老人便贴在了那棵树的背面。碰巧距本多观看的地方不远，本多发现那手杖的"U"形象牙把儿从树干后面慢慢地伸了出来。本多目不转睛地注视着那在黑暗中出现的白东西，当弄清那是象牙把儿时，也就立刻知道它的主人是谁了。女人两手搂着男人的脖子，男人的两只胳膊抱着女人的后背。远处汽车的前灯扫过来时，男人后脑上的发油闪出了亮光。手杖的白象牙把儿，在黑暗中停了一会儿，接着就像下了决心似的，那"U"字形把女人裙子的底襟钩住了。一经钩住，就极熟练而迅速地把裙子一下子撩到了腰部。女人的白腿露了出来，但冰凉的象牙没有碰到肌肤上，并没引发被察觉的失误。

女人小声说："不行啊！不行啊！"最后竟说："好冷啊！"但是着迷的男人并不回答，大概是女人缠绵，男人两臂只顾紧紧拥抱她的脊背而没有发觉……每当想起这桩啼笑皆非的恶劣玩笑，这种献身性的无私合作，本多的嘴角就现出了微笑。但是他一想起从前的某一个白天，在松屋随军商店门前搭话的那个人，这些许的滑稽也就消逝在冷清的不安之中了。对自己来说是真挚的快乐，却只会引起某些人的厌恶；自己必须从早到晚都经受着这种厌恶的困扰；而且不仅如此，这厌恶的本身，迟早还会不知不觉地成为那快乐的不可缺少的因素。难道还有比这更无理的事情吗？

令人毛骨悚然的自我厌恶，与最甜美的诱惑合而为一，自己否定自己的存在，与绝对的无可更改的不灭的观念合而为一。存在的不可治性才是不死的感觉的唯一实质。

他又来到游泳池边，弯下腰去，用手抓那荡动着的水。这是他在步入人生暮年时抓到财富的触感。当他感觉到炎夏的太阳射在了他弯下去的脖子上时，他觉得像是平生反复出现过五十八次的夏天，向他射来了大量的恶意与嘲笑的箭。他的人生并非那么不幸，一切都遵从理性之舵，巧妙地避开了毁灭的暗礁。如果说没有过片刻的幸福，那未免过于夸张，然而虽说如此，那又是何等无聊的航程啊！所以毋宁夸张一些，说自己的一生是暗淡的，符合自己真实的感觉。

公开宣称自己的人生是暗淡的，这也可以理解为他对人生尚且抱有某种深切的友情，在与你的交游中，没有任何收获，没有任何欢乐。我并没有请求，而你却来强迫我和你交往，强迫我走进毫无道理的生活之网，使我节制陶醉，使我有所过剩，变正义为纸屑，把理智估价为家当，把美监禁成羞于面世的样子。为把正统处以流刑，把异端送进医院，使人性陷入愚昧，人生已大坏。它是堆积在脓盆上的沾满脓血的污秽绷带，也就是每天给患不治之症的病人换下来的心灵的绷带。每一次换绷带，都使那老的少的发出同样的喊叫声。

他感到在这山区的蓝天的某处,藏有一只巨大而柔软的女护士的手,每天为这无用的治疗,参与履行粗暴的义务。那手温柔地抚摸他,再一次地催促他活下去。笼罩在少女峰上空的白云,就是那又白又新又耀眼,卫生到伪善程度的散乱的绷带。

那么在他人看来呢?本多知道自己是能够站在非常客观立场上的人。在他人看来,本多是最富有的律师,处在可期悠然度余生的地位。这也是在长期的法官和律师生活中,毫无私曲,既公正又坚持天理正义的回报。因而本多处在人皆羡慕而无非难的位置上。这是市民社会,偶尔对于市民的忍耐所给予的为时过晚的报偿之一。时至今日,即使本多的小小恶德万一暴露出来,人们无论是谁,也都一定会把它当作常见的而并非是罪的坏习惯,以微笑来表示许可的。总之,他在人世间"拥有一切"!只是孩子除外。

"抱养个孩子吧。"夫妻俩曾商量过,别人也曾劝说过。但在他们发财之后,梨枝就不愿再提及此事,本多也不热心了。因为他们对为弄钱而登门的人害怕起来。

从屋里传来了谈话声。

这么早有客人来?仔细一听,是梨枝与司机松户在说话。

过了一会儿,他们两个来到平台上。梨枝望着起伏的草坪说:"你看,那边高低不平。往凉亭去的斜坡,是看富士山最显眼的地方。剪成那样子,多么丢人啊。殿下也要到这儿来的呀。"

"是,再重新剪一下吧。"

"再剪剪吧。"

比本多大一岁的老司机，到平台边上放园艺工具的小仓库去取剪草机了。本多不太喜欢松户，只是看重他从战时到战后一直在官厅做司机的经历。

举止慢慢腾腾，说话有点摆架子，在日常生活里也渗透着安全行车作风的这个人，总是不慌不忙的态度让人着急。认为人生与开车一样，只要谨慎小心就能成功，这怎么能行呢？本多每每观察松户，心里就想，松户一定认为主人本多和自己是同样类型的人；这时本多就感到好像松户始终都在没礼貌地给自己画着漫画。

"还有时间，来歇一歇吧。"

本多招呼梨枝。

"啊，不过厨师和侍者就要来了。"

"反正他们是要来晚的。"

梨枝像在水里松开一团线那样，懒洋洋地犹豫了一会儿。然后又回到屋子里取出坐垫，放在铁椅子上。因为肾脏不好，怕着凉。

"又是厨师又是侍者，外人到家里来折腾。实在讨厌。"她边说边坐在本多身旁的椅子上，"如果我是欣欣女士那样爱摆阔的女人，该是多么喜欢这种生活啊！"

"又提起过去的事啦。"

欣欣女士是大正时代日本首屈一指的律师夫人，艺伎出身，以美貌与奢华而闻名一时。她会骑马，好像骑的是一匹白马。就是去参加葬礼，她的丧服也花枝招展，引人注目。丈夫死后，她感到奢侈的欲望已无法满足，在绝望中自杀身死。

"不是说欣欣女士喜爱蛇，在手提包里总装着活的小蛇吗？啊，我忘了，你说过昨天打死了一条蛇吧？殿下来的时候，要是爬出蛇来，那可不得了啦。松户，你要是看到了蛇，一定要把它收拾了。不过可千万不要让我看到。"她向拿着剪草机走远的松户喊道。

游泳池水无情地映出了喊叫的妻子咽喉处的衰老，本多凝视着那映像，突然想起战争期间在涩谷废墟遇到的蓼科，以及蓼科赠与的《孔雀明王经》。

"要是被蛇咬了，念一下这样的咒文就行了。摩谕吉罗帝莎诃。"

"噢。"

梨枝对此毫无兴趣，她又坐到椅子上。忽然响起的剪草机声给了他俩沉默的自由。

本多觉得尽管守旧的妻子对殿下的到来是欢迎的，但他对妻子本知道月光公主来访却如此平静，则感到惊奇，然而梨枝却在希望，如果今天能现实地在丈夫身边见到月光公主，那么她长期以来的苦恼大概就可以烟消云散了。

"明天游泳池开放，庆子带着月光公主一同前来，可能在这里住下。"

当丈夫若无其事地告诉这消息的时候，梨枝心里喜得热辣辣的。由于忌妒太深而又无确实的根据，所以梨枝感到好像看见闪电之后等待雷鸣那样，时间每过一瞬，不安都有所减轻。可怕的东西与渴望的东西变成了同样的东西，再也无须等待，所以心情也就开朗了。

梨枝的心好像是侵蚀着泥土的一条河，在广袤无垠的荒原上，曲曲弯弯、缓缓地流过；流至河口处，将夹带的泥沙尽情堆下，然后渐渐流向那陌生的大海。那河以此为界，将结束其淡水的生涯，而完成化作苦涩海水的转变。某种感情的量增至极限，会发生质的改变；原来以为会毁灭自己的苦恼蓄之既久，也会突然化作生的力量。这是一种非常之苦、非常之暴烈，然而却又豁然开朗的蓝色的力，它就是大海。

本多并没有觉察到妻子正在不知不觉地变成一个苦闷的难以对付的女人。在梨枝用愁眉不展或噘嘴不语来试探、折磨他的那个时期，其实她还不过是这种女人的蛹。

在这晴朗的早晨，梨枝甚至觉得好像肾脏的老病减轻了许多。

远处剪草机沉闷的轰鸣声，震动着默默坐着的夫妇的耳鼓。这一对没有必要交谈的夫妇，他们的沉默甚至远远超过了一幅静止的图画。本多有些夸张地想到，这是一种勉勉强强相互默认了的状态，有如互相依凭着的神经束，由于是靠在一起的，所以倒在地上时才没有发出金属般刺耳的响声。自己如果犯了弥天大罪，那么至少还能感到是比妻子飞在了更高处。但是，妻子的烦恼和自己的欢欣，无论到哪儿都只能认为是一般高的。这一点伤害了他的自尊心。

映在水面上的二楼客室的窗户，正在开着通风，白色的透花窗帘在飘动。月光公主今夜将住在那里。月光公主曾在深夜从那窗口飞到屋顶上，又轻轻地落在地上。只能认为她是长着翅膀的，才会有这种行为。月光公主在本多看不见的地方，不是真的在飞吗？本多看不见时的月光公主，解脱了存在的束缚，谁能说她不会跨上孔雀，穿越时空而变幻莫测呢？显然，这些事是既无确证，又无法证明，才使本多着迷的。想到这些，本多觉得自己的恋情确实有一种玄妙的性质。

游泳池的水面像是洒下了光线的旋网。妻子将宫廷偶人似的浮肿的小手放在遮阳伞半遮着的桌边上，默默无语。

这样，本多便可以放任地沉迷于思念了。

但是现实的月光公主，只是本多目之所见的月光公主。她有一头美丽的黑发，总是露着微笑；对待约会常常是靠不住的，但又十分果断，是一个感情难以捉摸的少女。但是，他所看到的月光公主，显然并不是公主的全部。本多向往着看不见的月光公主，对他说来，恋情与未知密切相关。不言而喻，认识与既知相关。如果不断推进认识，用认识去劫掠未知，以增加既知的部分，那么恋情能否得手呢？那是办不到的。因为本多的恋情，正要指向那认识之爪所达不到的，越来越远离月光公主的远方。

从年轻时起，本多的认识的猎犬就极其机敏。因此，可以认为，所知所见的月光公主，大致符合本多的认识能力。使月光公主存在于这个限度内的，不是别的，而是本多的认识力。

因而，本多想看月光公主不被人知的裸体的欲望，便也成了脚踏相互矛盾的认识与恋情两只船的不可能实现的欲望了。何以言之呢？因为所谓看，属于认识领域，月光公主即使没有察觉，她也会从本多在书架后边的小孔窥视的一瞬间，变成被本多的认识所造就的世界居民。在因他的眼睛看过而被污染了的月光公主的世界里，绝对不会出现本多真正想看的东西，恋情是不会如愿以偿的。如果不看呢？恋情又永远不可能实现。

本多看见飞翔的月光公主，但是他所能看见的月光公主并不飞翔。因为只要月光公主属于本多认识世界里的被造物，她就不能违反这个世界的物理法则。大概（梦中除外）月光公主裸体骑孔雀飞翔的世界，距本多仅有一步之遥，或许由于本多的认识本身出现了云雾，有了小毛病，或某一极小的齿轮发生了故障，而未运作起来。那么，把那故障排除，换一下齿轮会怎样呢？那就只有把本多从他和月光公主共有的世界除掉，也就是本多的死。

现在一个明显的事实是，本多的欲望所希求的最后的东西，他真正真正想看的东西，只能存在于不存在他的世界里。为看见真正想看见的东西，必须死。

窥视者不知不觉地认识到了，只有除掉窥视行为的根源，才能接触到光明，这个时候，也就是窥视者的死。

认识者的自杀的意义，在本多心中所具的分量，可以说是有生以来第一次。

如果听任恋情一意孤行而否定认识，想要无限地摆脱认识，把月光公主带到认识绝不可及的领域，那么来自认识方面的反抗就只能是自杀。这也就是本多把月光公主，连同被他的认识所污染的世界一起留下，他自己退出去。然而尚未准确地预测到，在这一瞬间，光辉灿烂的月光公主会出现在眼前。

现在的这个世界，因为是本多的认识所制造的世界，所以月光公主也一同住在这里。根据唯识论，这是本多的阿赖耶识创造的世界。但是，本多尚未能完全屈膝于唯识论，这是因为他固执于他的"认识"，不肯把自己认识的根源，与那永远且无半点留恋地抛弃着世界，又更新着世界的阿赖耶识，一视同仁。

莫如说本多在心里把死看为一种游戏，他在醉心于死的甜蜜。认识在怂恿着他自杀，在自杀的一瞬间，他久想一见的月光公主的裸体，如同灿烂的月亮，出现在他的眼前。那是一尊谁也看不到的闪烁着琥珀光辉的纯净无垢的裸体，本多梦见了至高无上的幸福。

所谓孔雀成就，不就是意味着这个吗？根据孔雀明王画像仪轨，在表现其本誓的"三昧耶形"中，在孔雀尾巴上面悟出了半月，又在半月上面悟出满月来，因之它如同半月变成满月那样，表现了"修法成就"。

本多所一向期望的，或许正是这孔雀成就。如果今世之恋均以半月告终，那么谁不梦想孔雀尾上升起的满月呢？

剪草机的响声停了下来。

"这样可以吗？"

远处传来了喊声。

夫妻俩像是蹲在栖木上的两只呆倦的鹦鹉，笨拙地扭过身去。身着草黄色工作服的松户，背向白云半遮的富士山站立着。

"啊，就那样吧。"梨枝低声说。

"是啊，对老年人不要太勉强。"本多也附和着。

松户领会了本多的手势，不慌不忙地把剪草机推过来。这时，朝向箱根山那边的大门传来了轰隆声，一辆客货两用汽车开了进来。是从东京开来的，载着厨师和三个侍者，还有很多烹调材料的车。

四十三

尽管本多是二冈对山庄最新的住户，但至今也没有请过这别墅区的老资格居民。风传在御殿场附近，以美军为对象的酒吧、游娼、拉客的，或带着军用毛毯在演习场转来转去的"夜莺"等等，严重地妨害了风化，人们由于害怕，都远离了别墅，今年夏天才陆陆续续地回来了。本多这次是借游泳池开放的机会，首次邀请他们。

最老的住户是香织宫夫妇和真柴银行的真柴勘右卫门的寡妇。老寡妇说要带着三个孙儿来。另外还有别墅区的几个人，及东京方面的今西和椿原夫人，也要加到庆子和月光公主的队伍中来。槙子由于出国旅行，老早就回信说不能参加了。本来应该是椿原夫人陪她旅行的，但是她选择了别的门生当旅伴。

本多奇怪地注意到，待家仆相当苛刻的梨枝，现在对外来的帮工，不管是厨师还是侍者，都一反常态，总是慈祥地微笑着。她说话和蔼，对人处处体谅，想要向别人和自己证明，她是一个如此为世人所喜爱的人。

"太太，院子里的凉亭那边怎么准备呢？那里是不是也要放些饮料？"已经换上白衣服的侍者说。

"那好啊。"

"不过，我们三个人恐怕照顾不到那里。我们往暖水瓶里放些冰块，就请客人自己动手好不好？"

"是啊，到那么远的地方去的，多半都是情侣，不打搅反倒更好啊。正因为是这样，所以还有，到了傍晚，可别忘了熏蚊子呀！"

本多听到妻子说这样的话，心底为之一惊。她提高了嗓门儿，言词油滑。梨枝一向最憎恶的是华而不实，现在她的声调和言语都流露着这种味道，听起来好像是在指桑骂槐。

白衣侍者们快捷的走动，好像瞬间就在室内的空气中胡乱地拉出了许多直线。那浆得笔挺的白上衣，那充满朝气而勤快的举止，那毕恭毕敬的仪表，那职业性的殷勤，把整个家庭变成了他人的清爽的世界。在这里，个人性的东西已不复存在，彼此间的互相协商、互相问询或指挥命令，真像是折成蝶形的白色餐巾在那里飞来飞去。

游泳池边，准备了简易餐桌，供穿游泳衣的客人们进午餐。到处贴着"更衣室设在楼下"的纸条。周围的情景眼看着就变了样。本多珍藏的落地式电唱机被蒙上了白桌布，变成了室外酒吧。这事虽然是自己指使的，但干起来一看，真像是遭了一场什么大难。

在越来越强烈的阳光照射下，本多呆呆地望着那把他逼上绝境的四周。这是谁出的坏主意？究竟是为了什么呢？花了几个钱，宴请这些阔气的客人，心满意足地扮演一个资本家的角色，炫耀一个竣工的游泳池。实际上，这是从战前到战后，在二冈修建的头一座个人所有的游泳池。而且在这个世界上，有的是由于被招待，而不嫉恨他人富有的大度之人。

"你把这个穿上吧。"

梨枝把拿来的古铜色薄毛料裤子、长袖衬衫和印有极细小水珠花样的茶色蝴蝶领结，放在伞下的桌子上。

"就在这里换吗？"

"不好吗？能看到的只有侍者。而且那些人现在正在吃午饭。"

本多拿起两端呈葫芦形的领结，用手捏着一头，耍戏地对着池水光瞧着。这实在是一条简易的丑陋的没有气度的带子，使他想起了简易法庭的"简易命令"的程序。"简易程序的告知与被告人的异议……"而且，除了那个最终的核，本多所奢望的闪烁着光芒的焦点之外，最嫉恨越来越临近的集会的，乃是本多自身。

真柴老寡妇带着三个孙儿最先来到。虽说是孙儿，但却是以老处女姐姐为首的姐弟三人。两个弟弟是戴着普通眼镜带有秀才风度的大学四年级和二年级的学生。姐弟三人立即到更衣室去换游泳衣，奶奶依旧身着和服待在伞下。

"男人在世的时候，战后每当选举就特别爱吵架。我只为跟男人赌气，就专投共产党的票。我是德田球一迷啊。"

老寡妇在说话中，就像蝗虫缩着身子不住地摩擦翅膀一样，两只手又是对领子，又是拉袖口，一直在神经质地动着。她的确如人们所说的，既洒脱又快活。但在那淡紫色的眼镜片后面，却隐藏着一双在经济上对一家老小明察秋毫的眼睛。来到她面前，一旦置身于那冰冷的目光之下，谁都会觉得像是她的亲属。

换上泳装走出来的三个孙儿，体态安详、没有棱角，是典型的良家子女。他们相继跳入水中，缓缓地游去。最先进入这池水的不是月光公主，本多想，再没有比这更痛心的事了。

不久，梨枝领着已经换上泳装的香织宫夫妇从室内走出来了。本多为没有发现而未能迎接表示歉意，顺便也责备了梨枝。但殿下仅简单地摆摆手，说声"不，不"，就下水去了。老寡妇以看俗物的神色望着这种应酬。殿下游过一会儿，刚坐在池边上，她就从远处尖声喊道：

"殿下多么年轻健壮啊！要是在十年前，该报名参加游泳比赛了。"

"现在也许还比不上真柴女士吧。照这样，游了五十米就喘不过气来了。不过能在这御殿场游泳真是好极了，虽然水多少凉一些。"

说着，殿下像是除掉虚饰似的把身上的水珠抖掉，混凝土地面上滴下了点点黑痕。

殿下想使自己的举止行为全都按战后的风习来做，尽可能地淡泊，不拘形式，但有时反被认为太冷淡，而他自己却并无察觉。在不需要保持威严之后，他就不大理解和别人的交往了。殿下特权式地自信比任何人都更有资格讨厌旧传统，因而他轻视目前仍然注重传统的人。这虽然并没有什么不好，但是他所说的"那个人太不进步",实际上同他从前说的"那个人出身太卑微",几乎成了同义语。殿下把一切进步主义者都评价为与自己同样的"挣扎于传统桎梏"的人。其结果是再向前迈进一步,殿下便会荒谬地认为自己生来就是一个普通老百姓。

本多第一次看到殿下为下水而摘掉眼镜的面孔。对殿下来说,眼镜是他与世人相联系的相当重要的桥。在他那断了桥的脸上,或许是由于阳光晃眼的缘故,露出了一种在过去的尊贵与现在之间,焦点不定的茫然的悲哀。

相比之下,略显肥胖、身着泳装的妃殿下,则洋溢着愉快舒适而高雅的气度。妃殿下仰浮在水面上,举起一只手,向这边笑着的姿容,宛如在箱根群山的背影下嬉戏着的一只洁白美丽的水鸟。人们不能不感到妃殿下是少见的懂得幸福的一个人。

真柴家的孙儿们出水后围着祖母,同时又与两位殿下有礼貌地应酬着,这使本多有些不耐烦。这些年轻人,光谈美国的事情。长女说的是自己正在留学的高级私塾,弟弟们说的是大学一毕业马上就要去留学的那所美国大学。反正谈什么全都是美国。说那边已经普及电视,如果日本也能那样该有多好啊,但是看日本现在这种样子,恐怕没有十年以上的时间,是看不到电视的,等等。

老寡妇不喜欢这种未来的话题,立刻打断了:"你们横竖寻思只有我是看不到了,都在奚落我是不是?那好吧,我每天晚上变成幽灵,出现在电视上给你们看!"

祖母毫不留情地管束着年轻人的谈话,而年轻人对祖母要说什么话,又一齐默默地侧耳恭听,这种异乎寻常的样子,使本多感到这些孙儿们像是三只聪明的兔子。

人们对接待客人的方法熟悉起来，穿泳装的客人相继出现在平台的入口处。穿着衣服的今西与椿原夫人，被同一别墅区的两对着泳装的夫妇围了起来，隔池向大家招手致意。今西穿着不太合身的肥大的夏威夷衫，椿原夫人照常穿着类似丧服的颜色发黑的罗纱衣服，在光闪闪的游泳池前，好像是一颗不吉利的黑水晶。本多立刻就发觉了这种效果。他推测，一定是今西为了嘲弄那个单纯的夫人总是企图扮演不自量力的滑稽角色，才故意穿那种夏威夷衬衫到这儿来的。

当那些闹哄哄的穿泳装的客人走过来之后，他们两个才摇晃着投在池水中的黑的和黄的倒影，不慌不忙地绕着池边走过来。

两位殿下十分熟悉今西和椿原夫人。尤其是殿下，由于战后经常出席所谓文化人的聚会，和今西的关系是非常融洽的。这时他对身旁的本多说："来了一位有趣的人。"

"这些日子总睡不好觉。"坐下来的今西突然掏出一个皱巴巴的外国香烟盒扔掉了，然后又掏出来一盒新的，打开口，弹一弹盒底，灵巧地顶出一支烟来。他边把烟衔在嘴上，边漫不经心地说。

"啊，有什么烦恼的事吗？"殿下把用完的碟子放在桌上，问道。

"没什么烦恼，但是一到夜里总要和人交谈。谈啊，谈啊，一直谈到早晨。在天亮之前，两个人都以服毒自杀的心情，一同严肃地吞下安眠药，想睡觉。第二天早晨一醒来，仍然是一个什么事也没发生的平常的早晨。"

"每天夜里都这样，那么都谈些什么呢？"

"一想到今夜是最后的夜晚了，话就不知有多少。交谈这世界所有的一切。自己所干的，他人所干的，这个世界所经历的，人类从前所做过的，或者是一块被弃置的沉睡了几千年的大陆，什么都好，全都是话题。因为今天晚上是世界的末日。"

殿下从心眼里产生了兴趣，更进一步地问："那么，第二天又活下来还谈什么呢？要说的话不是该一点儿都没剩吗？"

"那没关系，不能反复地说吗？"

殿下对这种嘲弄人的回答有些烦，便默不作声了。

在一旁听着的本多弄不明白今西到哪里会说正经话，想起了他从前的一个奇谈怪论，于是问道：

"这事就算是你说的那样，可是那个'石榴国'怎么样了呢？"

"啊，那个呀？"今西冷漠地瞟了本多一眼。他近来的脸色憔悴得更加明显了，再配上那夏威夷衫和美国香烟，让本多感觉他实在和某种类型的美军翻译分毫不差。

"那'石榴国'灭亡了，已经不存在了。"

这是今西一贯的做法。它本身并没有什么可惊奇的，但是那个被称作"石榴国"的"性的千年王国"，倘若在今西的幻想里已经破灭了，那么它在讨厌今西的幻想的本多心里也就破灭了。无论在哪里，它都已经不存在了。而且杀戮那幻想的凶手竟是今西，那么今西是怎样被观念之血迷住了心窍，而毁灭自己所构筑的王国的呢？那一夜的惨状是可想而知的。他是用语言构筑，又用语言把它毁掉的。可以说这一次也没有成为现实的东西，在什么地方显现过一次之后，便被残暴地毁坏了。本多看到今西的舌头在舔着嘴唇，一见他那被药品染得发黄的舌头，他那观念上的尸山血河，便真切地浮现在本多的眼前。

与这虚弱、苍白的家伙相比，本多的欲望远为稳健和素朴。但是在"不可能"这一点上，二者是相同的，今西一点儿都不感伤，还特意装出一副不介意的样子，说出了那句"'石榴国'灭亡了"，他的这种轻荡相，印在了本多的心里。

椿原夫人凑近耳边的说话声，打扰了本多的思绪。她那压低的语音，事先就在告知并非什么重大的事情。

"这事只告诉本多先生。槙子现在到欧洲去了。"

"噢，这我知道。"

"不，我要说的不是这个。她单单是这一次没有约我，带着别人走了。那是她的一个看上一眼就叫人讨厌的劣等无能的弟子，但我对这个人不想做什么评论。反正是关于旅行的事，她对我什么也没说。这样的事怎么能想象呢？我虽然到机场去送行了，但心里难过，一句话也没说出来。"

"这是为什么呢？你们不是莫逆之交吗？"

"岂止是莫逆之交，槙子是我的神，我是被那神抛弃了。说起来话长，她父亲是诗人，又是军人。在战后的困难时期，首先援助她的是我。我一切听她指点，对她毫无隐瞒，一切都是按照她的指示生活下来的，并且也想按她的指教吟诗作歌。这种与神同心同体的感情，一直支持着我这个在战争中失去了儿子的失魂落魄的女人。即使在她赫赫有名的今天，我的心情也丝毫没变。但是只有一件事不行，就是她和我的才能相差悬殊，这次被抛弃，就更清楚地证明了这一点。不过，与其说是才能相差悬殊，不如说是我毫无才能。"

"哪有的话。"本多在游泳池的光照下，眯着眼睛敷衍地说。

"不，我已经明白了。自己明白了当然好。不过，到现在我才搞清楚的是，她一定是从一开始就清楚这一点的。竟有这样残酷的事吗？既然当初就知道我是个毫无才能的人，却又指导我，让我唯命是从。有时也让我高兴高兴，能利用就利用。而现在弃之如敝屣，又让别的有钱弟子来伺候她，到欧洲去旅行。"

"你有无才能又当别论。如果槙子才能出众，那么才能本来就是残酷的呀。"

"就像神那样残酷……可是本多先生，被神仙抛弃了，怎么能活下去呢！如果对我的所作所为逐一看着的神没有了，究竟如何是好呢？"

"自己有信心才好啊。"

"说什么信心！相信那种看不见的、不用担心它背叛的神，那是没用的呀。如果不是经常不断地在盯着我一个人，总是手把手地教那不行，这不行的神；如果不是在她面前不能有任何一点隐瞒、在她面前自己也被净化到连任何羞耻心都不要的神，那又有什么用呢？"

"你永远是个孩子，并且是个母亲。"

"是呀，是这样的，本多先生。"

椿原夫人的眼睛已是眼泪汪汪。

现在在眼前游泳池中的客人是真柴家的孙儿们和另外两对

夫妇。香织宫殿下跳进去之后,他们开始抛掷带绿白纹的大皮球。水音、喊声和笑声使散乱的水光愈发灿烂夺目。在人与人之间荡漾着的几许蓝色水面,不一会儿就被搅得波翻浪涌,或悄悄地舔舐着水池的四角。水面被人们发亮的脊背劈开,呈现出发光的伤口,但转瞬间又愈合起来,鼓荡着围向那水中的人们。在游泳池的那边,与猛然的喊叫声同时腾起的水花,使这边无数黏液质的光圈精巧地伸缩着。

那水球在向空中飞起的一瞬间,在绿白两色的条纹上,也带有轮廓清晰的阴阳面。本多思量,他对这水色、泳装的色彩及玩耍的人们,都没有什么深厚的感情和缘分;可是为什么这一定水量的荡动和人们的笑声喊声,会在心中唤起某种悲剧性的构图呢?

这也许是由于太阳的缘故吧?在本多猛然仰望光辉耀眼的碧空,打了一个喷嚏的时候,椿原夫人用手帕捂着脸,用人们熟悉的悲声说:

"大家很快活呀!在战争期间,谁能想象会有这样的时代到来呢?哪怕是一次也好,真想让晓雄感受一下这样的心情。"

梨枝陪同着泳装的庆子和月光公主出现在平台上,已是过了下午两点钟的时候。由于等待得过苦,本多现在感到她们的到来是极为自然的。

隔游泳池望去,庆子被黑白条纹泳装裹着的躯体极其丰丽,使人难以相信她是近五十岁的人。自幼西洋式的生活,使她的腿形与腿长,都匀称得与日本人迥然不同。她的体态十分娇美,即使看她与梨枝谈话时的侧身，其曲线也像雕塑般庄严和流畅。隆起的胸部与臀部都非常匀称，通体给人一种浑圆的感觉。

在她身旁的月光公主的体态，则与她形成了绝好的对照。月光公主身着白色泳衣，一只手拿着白胶皮泳帽，一只手拢着头发，右腿做着稍息的姿势，脚尖微微向外撇着。从远处看月光公主向外扭脚尖的姿态，有一种使人怦然心动的变了风韵的热带情调。她那结实而细长的双腿支撑着厚实的身躯，给人一种不均衡的危险感，这是与庆子的体态最明显的不同之处。而且白色游泳衣使褐色的肌肤格外引人注目，被游泳衣裹着的胸部，朝前郁然隆起的部位，使本多一见便想起阿旃陀石窟那幅濒死舞女的壁画。她微笑时露出的牙齿，比白色的游泳衣还白，从游泳池这边也看得很清楚。

本多从椅子上站起来，迎接他所鹤望的人一步步走近。

"这回各位就都到齐了吧。"

梨枝小跑着过来说，本多没有回答。

庆子问候妃殿下，又向游泳池里的殿下招手。

"冒完了险，筋疲力尽。"庆子用丝毫听不出倦意的流利声音说，"我这个笨手笨脚的司机，把车从轻井泽开到东京，在东京又带上月光公主，再来到这里，好不容易呀。可是，我一开车，为什么别的车都躲着走呢？真如到了无人之境。"

"被你的威严镇住了吧。"本多说。不知为什么梨枝尖声笑了。

这一会儿，月光公主迷上了那波光荡漾的池水，背向着桌子，心里飘飘然地摆弄着白泳帽。有时那帽里儿翻过来，像涂了油似的泛着媚人的光泽。本多的心神全部集中在公主的身体上，过了好一阵儿，才注意到她手指上的绿色光彩。她指头上戴着镶有金护门神的绿宝石戒指。

本多看到了这个，顿时欣喜若狂。这是予自己以许诺的表示，戴上戒指的月光公主，又成为原来的月光公主了。于是，本多早年学习院森林的沙沙声，暹罗的两位王子及他们忧郁的眼神，夏日在终南别墅的庭院里所听到的前代月光公主的噩耗，漫长岁月的流逝，在曼谷对幼年月光公主的谒见，挽巴茵的沐浴，在战后的日本又找到的戒指……所有这一切，都再一次地编入了连接着本多过去对于热带的憧憬的黄金锁链。有了这枚戒指，月光公主才成了本多错综复杂记忆中的、不断奏起的一连串忧郁而辉煌的音乐的主旋律。

本多听到了蜂鸣，在阳光正毒的空气里，他闻到了炒麦子似的气味。

在这并无惜花人的庭院，没有富士原野夏季盛开瞿麦和龙胆花的美景。但在这里的风中，微微掺杂着原野的气味，还有那时而把天空染黄的美军练兵场尘埃的气味。

月光公主在本多的身旁喘息着。岂止是喘息，她的身体就像一到夏季就特别容易感染某种疾病那样，连手指尖都染上夏天了。她的肉体的光泽，就像在合欢树浓荫下的市场上售卖的泰国珍奇水果的光泽。那果子已经成熟了，它是一颗应时的果实，是一个践约的裸体。

想起来，本多看见这裸体，从她七岁那年到如今，已经相隔十二年了。至今犹在本多眼前的她那幼时稍显大点的孩童的肚子，如今已经微微凹陷了，而当年那扁平的小胸脯，现在却丰满地扩展起来。月光公主被游泳池的喧闹所吸引，她的脊背恰好向着桌子。游泳衣后背上的带子系在脖子上，然后向左右分开，与腰部相连。露出的一条笔直而流畅的脊沟，一直连着臀部的沟，在臀裂上方的尾骨处忽然停住，甚至连那小小的秘密的瀑潭似的部分也窥见得到。掩藏着的臀部的浑圆，恰似一轮满月那样优美。显露的肌肉像是笼罩在夜晚的凉气里，而掩藏着的肌肉好像更为光亮。阳伞把非常细腻的肌肤分隔成阴阳两面，阴影中的一只胳臂像青铜像；照在日光下的另一只胳臂直到肩膀，像是抛光的花梨木。而且那细腻的肌肤在淘气的时候，是不会不沾户外的空气和水的，它将湿润得如同琥珀色兰花的花瓣一样。远看似乎纤细的骨骼，靠近来看其实是匀称而结实的。

"该游泳了吧？"庆子说。

"是呀。"月光公主活泼地回过头来露出了微笑，她在等着这句话。

此时，月光公主把白泳帽放在桌上，抬起双手向上挽她美丽的黑发。在她做这与其说灵活莫如说草率的动作时，本多正处在一个合适的位置上，注视着她左腋的下方。游泳衣的上半部，形状恰似西式的围裙，胸襟上方的带子，虽由脖子绕到后背左右分开，但是由于胸襟开口过大，几乎露出乳房的根部来。遮盖两肋的只是胸部左右两侧很窄的带状部分。因此腋窝下方总是可以看到的。当她双手举起时，带子被稍稍提起来，所以从未见过的部分也完全看到了。本多看得很清楚，那里的皮肤与别处没有什么不同,浑然一体,在阳光下十分自然,连一点黑痣的痕迹也找不到,本多心中甚为喜悦。

月光公主随随便便地把泳帽戴在拢起的头发上,伴同庆子向游泳池走去。当庆子发觉自己手指还夹着香烟又返回来时,月光公主已在水中了。此时恰巧梨枝不在身边,本多看准了这一空当,对低头往烟灰缸里扔烟头的庆子悄声说:"月光公主戴着戒指来了。"

庆子无言地使了个媚眼。在她挤那只眼睛的时候,平常看不见的小皱纹,隐隐约约地刻在眼角。

正在本多呆呆地注视着游泳的两个人的当口,梨枝返回来坐在了他的身边。她看见月光公主像海豚一般跃出水面,带着那笑容转瞬间又没入闪光的水中,就以沙哑的声音说道:

"啊,那样的身体准能生出许多孩子。"

四十四

夜半，本多在书斋里消磨时间，一般的书怎么也不想看。

打开平时不开的抽屉，发现了扔在里面的审判记录抄本，本多无聊地翻阅了一下。那是昭和二十五年一月宣判的将今天的财产归于本多的判决书。

本多把用黑线装订的审判记录放在展开的甩摩洛哥皮革制作的英式大文件夹上翻阅着。

取消明治三十五年三月十五日农商务省下达的林字第5609号、即对原告做出的不返还国有山林的指令。

被告应向原告退回附件目录中记载的国有山林。

诉讼费用由被告负担。

诉讼是在明治三十三年提出的，明治三十五年曾被驳回。在那以后的半个世纪中，岁月悠悠，原告一直执拗地提出异议，本多偶然参与此案，使原告获胜。想来，福岛县那一地区的与本多毫无关系的山林，现在如此支撑着本多的财富与腐化的生活，这纯属歪打正着。到了夜间，杳无人迹的杉林，连同那阴湿的树下杂草，为滋润本多今天的生活，日复一日地自然成长着。如果在明治末叶有谁在山路上行走，看到那高高耸立的杉林而赞叹其崇高时，若知晓那只是为五十年后的人们的蠢行服务的话，又该做何感想呢？

本多倾听着。百虫宁静，妻子已在邻室沉沉入睡，家里被夜晚骤然加剧的凉气占据。

游泳池开张的招待会五点结束，庆子与月光公主之外的客人都该离去，但今西与椿原夫人坚持不走，他们当初就打算住在这里的。因此，晚餐与房间的安排都有麻烦。椿原夫人是个不拘小节的人。

晚八点，本多夫妇与庆子、月光公主以及今西和椿原夫人，六个人用过晚餐。此时厨师与侍者开始准备回去，客人到院子里去乘凉。今西与椿原夫人去了凉亭，许久没有回来。

本多起初打算安排庆子在最里面的客室，月光公主在书房隔壁的客室，但今西他们留宿，因此变成了请庆子与月光公主同住在书房的邻室，今西他们则被挤到里间。此时，本多尽情地欣赏月光公主单独一人的睡态的意图业已落空。与庆子同住，月光公主必定安然睡去。

审判记录的字句，丝毫也没有放在心上。

六、训令第四项第十五条记有"此外，依照幕府及各藩的制度，应承认其所属之事实"。意思是：除第一条至第十四条所列具体事项之外，可以认定尚有一般的所属之事实时，应予返还。所谓一般的所属之事实……

看看表，已是十二点过五六分了。突然，在黑暗中，他的心神被什么东西吸引住了，胸中涌起了难以名状的甜美的热潮。

这样的心跳是有过的。夜间在公园里潜伏时，急切盼望的事情终于在眼前出现之际，红蚂蚁一齐爬上心脏，便引起同样的心跳。

那是一种雪崩。这黑暗的蜜一般的雪崩，是以令人晕眩的甜蜜把世界包裹起来的，压断理智之柱，用机械的律动记录下所有的感情，一切都融化了。试图反抗也是徒劳的。

那是从哪里袭来的呢？在什么地方有官能的深深的巢穴，一旦它从远处发出指令，无论多么贫乏的触角也敏感地轻轻摇动，一定要抛弃一切跑出来。快乐的召唤与死的召唤多么相似！一旦被召唤，目前的任何事情都无足轻重，没写完的航海日志，才吃几口的饭菜，只擦了一只的鞋子，刚刚放到镜子前面的梳子……人们必须抛弃正在做的一切而出走，像是刚系上缆绳全体船员就消失了的一条幽灵船。

心跳是发生这种事的预兆。从那里开始的事情显然是不体面与丑恶的，但是这心跳必定包含着彩虹般的美丽，闪耀着与崇高难以区分的东西。

与崇高难以区分的东西，那正是莫名其妙的东西。促使人做出极高尚的事业、极壮烈的行为的力量，与引诱人做那极卑鄙极快乐极丑怪的梦的力量，同出于一源，伴随着同样预兆的心跳，这是我们最不愿意看到的事实。如果最卑鄙的欲望不过是若隐若现的卑鄙的影子，在这最初的心跳中没有闪耀崇高的诱惑，那么人还可以保持平静的自尊心而生活下去。有时诱惑的根源并非肉欲，而是故弄玄虚的、模糊不清的，像是云端隐现的高峰似的崇高的银色幻影。它先把人俘虏，接着使之摆脱难以忍受的焦躁，向往广大无边的光明。它就是这种"崇高"的粘鸟胶。

忍无可忍的本多站起身来。瞧一眼隔壁黑暗的卧室，妻子确已入睡。明亮的书房又只有他一个人了。有史以来，书房里便是他一人独处。到历史终结之时，书房里也依旧是他孑然一身吧。

关闭了书房的灯。皓月当空，家具的轮廓依稀可见，一块磨光了的山毛榉板桌面，闪着如水的月光。

靠近墙边的书架，观察邻室的动静。动静是有的，不过不像是坐着交谈。或许是在这难眠之夜躺着说话，但是一句也听不清。

本多从书架上抽出十册西洋书籍，露出那个窥视孔。那些书籍的数目是事先定下来的，书名也是既定的。那是德文的旧法律书，是父亲传下来的古老的上端烫金皮面书。他的手指能明确地分辨出一册册不同的厚度，抽出的次序是固定的，拿到手上的重量是早就知道的，落在书上的灰尘的气味也是熟悉的。这庄严的书籍的触感与重量，那排列的端正，是为了快乐的必需的手续。郑重其事地拆掉这些观念的石墙，把思想上严肃的满足变成卑鄙的陶醉，乃是最为重要的仪式。

每一册都小心地不出声地放在地板上。一册一册都使心跳更加激烈。第八册是分量特别重的大书。取出它的时候，那快乐的积满尘土的黄金般的重量，几乎使他的手感到麻木了。

注意脑袋不碰到任何地方，眼睛也对准那窥视孔。这种熟练的精巧是重要的，一件件多么细小的事情都是极其重要的。有如举行祭礼，为窥视光芒耀眼的另一世界，每个细节都不能疏忽。他就是在这暗夜之中唯一的祭司。他严密地遵守在头脑里长时间反复考虑的仪式程序（他深深相信，如果忘记一件，就会全盘瓦解），首先悄悄地把右眼紧贴于窥视孔。

对面的房间里是斑驳的微明，好像点着台灯。本多曾吩咐松户玩了小小的花招，靠墙的床稍稍离开了墙壁，因此两张单人床均在视野之中。

在那暗淡的灯光中，交错在一起的肢体，在眼前的床上蠕动着。白而丰满的肉体与浅黑的肉体，极尽放纵。

此时，月光公主的腋窝露出来了。左侧乳头的左边，方才隐在臂下之处，在那晚霞余晖尚在的薄暮天空般的褐色肌肤上，宛如昴宿星团的三颗小小黑痣，一目了然。本多受到箭矢贯目般的冲击，错开脑袋，正要离开书架。

此时，有人轻轻拍他的后背。本多从窥视孔缩回脑袋，只见身着睡衣的梨枝站在那里，目光严厉，脸色苍白可怕。

"你在做什么？我早知道反正是这种勾当。"

本多向妻子指指自己汗湿的额头，但没有丝毫的忸怩，因为已经看到黑痣。

"你看看吧，那黑痣……"

"你是说让我看看吗？"

"看看吧，果然不出所料。"

梨枝在体面与好奇心之间踌躇良久。这时本多满不在乎地来到向外突出的窗边，坐在那固定的长椅上。梨枝把头伸向窥视孔。看不到自己那种姿势的本多，看到妻子此时姿势的可鄙，甚为难堪。但是不管怎样，夫唱妇随彼此彼此了。

隔着纱窗看那云中之月。在四周明亮的云彩里，月光四射。许多云彩连接着，气象庄严。星星寥寥可数，在扁柏林的上方有一颗闪着强光。

梨枝窥看之后，打开室内的灯，满面喜色。

走到窗前，坐在长椅边上，梨枝已万分满足，压低声音亲热地说：

"大吃一惊啊……你早就知道吗？"

"不，现在才知道。"

"可是方才不是说'果然不出所料'吗？"

"你理解错了，梨枝。我说的是黑痣。你过去翻过我东京的书房，看过松枝的日记吧？"

"谁翻过你的书房。"

"那倒无所谓。总之我是问，看过松枝的日记吧？"

"啊，别人的日记，我不感兴趣，不记得了。"

本多让她到寝室去取雪茄烟，梨枝立即照办，甚至用手掌遮着纱窗的风给他点火。

"松枝的日记里，有关于转世的关键问题。你看见了吧？左边腋窝的三个黑痣。那黑痣本来是松枝身上的。"

梨枝另有所思，对本多之言不置可否，大概认为那是丈夫的遁词。本多想与妻子共同回忆，又追问：

"嗯？看见了吧？黑痣。"

"哎呀，怎么说呢？看见了比黑痣更惊人的事情。人啊，真是不可理解的呀。"

"所以月光公主是松枝的转世……"

梨枝用怜悯的眼光凝视着本多。这个相信自己的病已经治好的女人，又要做一个给别人治病的人，这不是理所当然的吗？这个确信粗暴的现实的女人，也想让丈夫尝一尝像海水刺激皮肤似的那种粗暴的味道。梨枝虽然也有过变换姿态的欲望，但当她懂得即使自己不变，单用眼睛看也可以看见世界在变，她就觉得还是相信现实才是明智的。那么，这时的梨枝，已经不是从前的梨枝了。她有些藐视丈夫的世界，其实，她还不了解，由于她这一看，就成了丈夫的同谋。

"转世，转世，多么无聊。我也不看什么日记。但是现在总算平静下来了。你这回也该清醒了吧？至于我嘛……我被一件完全估计错了的事情弄得好苦，跟一个幻想斗来斗去。一想到这些，就觉得很累……不过，总算还好，以后再没什么烦恼的事了。"

夫妻二人坐在长椅的两头，中间放着烟灰缸。恐怕梨枝着凉，本多关了玻璃窗，因此雪茄的烟渐渐弥漫在灯光下。两个人默默无言，但与白天的沉默不同。

此刻本多想到，如果由于看到了那些讨厌的事，能使两颗心结合起来，他和梨枝也能像世上的许多夫妇那样，把自己的道德的端正，像洁白的围裙一般挂在各自的胸前，每日三次在餐桌前就座，得意地填满肚腹，有权利藐视不伦不类的事情，那该多好啊！然而事实上，两个人已成为有窥视癖的夫妇。

但是二人所见并不相同。本多发现了实质，而梨枝发现的则是虚妄。共同的只是两人走过的这一路程，给他们留下的只是至今尚未恢复的疲劳，此外一无所获。今后剩下的只是两个人互相安慰了。

后来，梨枝打了个大大的哈欠，一边拢着鬓发，非常得当地说："喂，我们还是考虑要个养子吧。"

在这一瞬间，死亡已从本多的心中飞去。本多现在已经有理由相信自己或许是长生的。他一边拂去粘在嘴唇上的雪茄烟叶，一边毅然决然地说："不，还是两个人过日子为好。没有后继也行啊。"

本多和梨枝被激烈的敲门声惊醒，立即闻到烟火味。"失火啦！失火啦！"一个女人大喊大叫。夫妇俩手拉手跑到门外，二楼走廊已是浓烟翻卷，报信的人不知去向。夫妇俩用袖口捂着嘴迎着浓烟跑下楼梯。闪闪发光的是游泳池的水，不管怎样赶紧到那里去或许有救。

来到平台，向游泳池望去，庆子在那边拥着月光公主在呼喊。虽然没有开灯，但清楚地看到游泳池里的投影，说明房屋各处都已起火。披头散发的庆子和月光公主整齐地穿着带来的西式睡袍，这使本多甚为惊讶。而本多和梨枝穿的是简便睡衣。

"呛嗓子的气味引起咳嗽，所以醒了。是从今西的房间起的火。"庆子说。

"方才敲门的是谁?"

"是我……也敲过今西先生的门,可是他没起来。糟了。"

"松户!松户!"

本多大声招呼沿着游泳池跑来的松户。

"今西,椿原,不得了啊!能去救吗?"

抬头看二楼的窗户,今西的房间和庆子的房间都从窗户涌出熊熊的火焰夹杂着白烟。

"不好办啊,先生。"司机慎重地想来想去回答说,"已经束手无策。怎么没逃出来呢?"

"必定是安眠药吃多了。"

庆子从旁说。月光公主听了这话,把脸伏在庆子胸前哭了起来。

突然火焰腾起,大概是房盖塌了。空中火舌飞舞。

"这水,怎么办?"

本多望着似乎摸一下都会烫手的被火焰映得通红的游泳池水,说了这样一句不着边际的话。

"是啊。救火已经来不及了。客厅里有贵重东西,或许洒些水为好。我去取水桶吧?"

松户征求着主人的意见,仍然没有任何行动。

本多已在考虑别的事情。

"救火车怎么啦?现在几点钟?"

谁也没带表,手表都扔在房间了。

"四点过三分,天快亮了。"松户说。

"你真能耐,把表带出来了。"本多意识到自己在这种时候也没忘记挖苦人，觉得自己已经镇静下来。

"多年的习惯，总是戴着手表睡觉。"

甚至裤子也穿得整整齐齐的松户回答说。

梨枝呆呆地坐在合上的阳伞旁边的椅子上。

本多看见月光公主贴在庆子胸前的脸抬起来了，慌忙掏着睡衣的胸兜，取出一张照片。照片的光泽被大火映得更加明亮，本多不经意地看出那显然是靠着椅子的庆子的全裸照。

"好啊，这个没烧掉。"

月光公主微笑着仰视庆子，火焰照亮了那雪白的牙齿。准确的记忆功能，使本多从错综复杂的思绪之中，想起这照片正是那天月光公主在克已闯进她卧室之前，看得出神的秘密照片。

"傻瓜。"庆子娇媚地搂住她的肩膀问道，"戒指呢？"

"戒指？哎哟，忘在房间里喽。"

本多听见月光公主明确地说。

二楼边上的窗户，马上要出现浑身是火的人影，可怕地大喊大叫吧？本多陷入这种恐惧之中。现在那里确实在发生死亡，或许可以说死亡过程已经完结。可能由于这个缘故，尽管有"噼啪"声和"轰隆"声，火灾却深深地予人以静寂之感。

焦急盼望的救火车仍无踪影。由于想起可以使用正在改建的庆子家的电话，本多让松户跑去，给二枚桥的御殿场消防署挂电话。

大火包围了整个二楼，一楼也灌满了烟，但是风恰好从西北的富士山方向吹来，所以烟并没有刮到游泳池，相反黎明前的寒气侵袭着脊背。

火势时时变化。"噼噼啪啪"的声音像是在火焰中阔步的巨大脚步声，其中夹杂着断断续续的物品的裂响。每当此时，本多便料想是书在燃烧，桌子在燃烧，暗自描绘着书页被烧得卷起来，就像蔷薇花的样子。

火势愈发凶猛，火舌超出浓烟，热气也传到游泳池边。热风腾起，燃烧物的碎末接连不断地飞上天空。那些即将成为灰烬的最后的金色似要一齐飞出来，令人感到好像是一群出笼的小鸟，喧闹地振动着金色的翅膀。在被冲天的火焰照亮的天空一角，黎明前黑暗中的横云，轮廓变得清晰了。

房子里"轰隆"一声，大概是二楼地板塌了。接着外墙的一部分被火焰撕裂，烧毁的窗框掉在游泳池里。那黑窗框一圈都是火，一瞬间予人以暹罗大理石寺院之窗的幻影。落下来的窗框溅起水花，同时发出"咕嘟咕嘟"的开了锅似的声音，刺破周围的空气。于是，人们从池边躲开。

渐渐失去外墙的房屋，看来像是燃烧着的巨大鸟笼。从所有的间隙溢出一条条纤细的火焰，摇曳闪烁。房屋喘息着，火焰的中心似乎蕴含着生命实质的深深的激烈的气息源泉。在火焰之中，有时熟悉的家具变成剪影浮现，如同过去的生活形态。但是一旦被火光覆盖便立即破散，自身又变成嬉戏的火焰。向外显露的火舌，像蛇一般飞快地隐身于腾起的烟中，火焰从浓重的黑烟中时而显露出糜烂的面孔……一切均以迅速无比的动作使火与火携手，烟与烟结合，向着一个顶点一味地上升。游泳池中，燃烧着的房屋的倒影，深深地投下了火焰之锚。从那深处可以看到，火焰尖端的黎明前的天空是清澈的。

风向变化，烟向这边飘来，所以人们愈发远离游泳池。虽然分不太清，但烟气中确实夹杂着烧人肉的气味。人们心照不宣，双手紧紧捂着鼻孔。

梨枝提议，露水重了，不如到凉亭去。于是三个女人离开火场，沿着昨天修整的草坪斜坡向凉亭走去。只有本多留了下来，因为他在沉思这一情景曾在哪里见到过。

火焰，映照火焰的水，焚烧的尸体……这些正是贝拿勒斯。在那圣地见过终极的本多，能不梦想它的再现吗？

家宅变成薪柴，生活付之一炬。一切琐事化为灰烬，本质以外的事物无一重要。一个被遮掩的巨大的面孔，突然从火焰中抬起头来。笑声也罢、悲鸣也罢、涕泣也罢，一切都被火焰的"嘎嘎"响声、烧裂木材烧破玻璃的爆响以及房屋各处的鸣动所吞没，那些声音本身处于一片静寂之中。烧热的屋顶瓦裂纹塌落，一个个的束缚解除了，家宅变成从未有过的灿烂的赤裸。烧剩下的一楼的一角，鸡蛋壳色的外墙从周围起皱，眼看着变成了茶褐色。同时从渗出的烟中，火舌伸出凶暴的拳头，打开火焰的喷出口。其动作的轻快，比梦想的更为巧妙。

本多掸去落到肩头和袖子上的火星。游泳池的水面被烧透的木片和水草似的灰烬覆盖。但是火焰的光辉穿透一切，火葬浴场的净化之火，倒映在这块小小的水域——为月光公主的沐浴而建造的神圣的游泳池。它与恒河映照的葬火有什么不同呢？在这里，火也是由薪柴和两具尸体构成的。那尸体是不容易烧透的，大概在火中不止一次地打挺，也举起过胳膊。已经没有痛苦，肉体只是模仿着受折磨的样子，反复地抵抗着毁灭。

它是与那浮现在暮色中的阶梯浴场的鲜明的火毫无差别的同一性质的火。一切都在迅速地回归"四大",烟气充满了天空。

这里唯一缺少的,就是在火焰那边回过头来,注视本多的脸的白色圣牛。

救火车到来时,火势业已衰减。但消防员们还是忠实地向整个家宅洒水。他们首先试图抢救,发现了两具焦黑的尸体。警官来后,会同本多一起勘查现场。楼梯已经塌落,难以登上二楼,因此本多没有去。了解了今西与椿原夫人的习气,警官认为,大概躺下吸烟是起火的原因。假如吃下安眠药是三点钟左右,那么药力发作的时间与烟头由其指尖掉到被褥因而起火的时间,符合今西生前的习惯。本多不赞成自杀的看法。当警官提到"情死"的字样时,在一旁的庆子笑了。

告一段落之后,为填写案情记录,本多还需去警署。今天真是够忙的。不得不让松户去买早点,但距离商店开门的时间还有几个小时。

没有别的安身之处,大家自然而然地聚集在凉亭里。谈话中间,月光公主结结巴巴地说,方才躲避大火跑来这里时,草坪里出现一条蛇,远处的火光照得那茶色的鳞片仿佛涂上了一层油,它飞快地逃掉了。听到这话,几个女人更加感到不寒而栗。

此时,瓦红色的晨曦中的富士山,山顶闪烁着一抹雪光,映入凉亭里人们的眼帘。尽管是在这种场合,几乎是出于无意识的习惯,本多把注视着红色富士山的视线,迅速移向一旁的早晨的天空,于是那里浮现出了一个截然不同的雪亮的冬日富士。

四十五

昭和四十二年，本多在驻东京美国大使馆举行的一次晚宴上，偶然遇到一位在曼谷的美国文化中心负责的美国人。他的夫人是一位三十多岁的泰国女子，据说是一位公主。本多认为她无疑是月光公主。

昭和二十七年御殿场发生火灾之后，月光公主不久归国，后来再无音信。不料十五周年后，做了美国人的妻子，又返回东京。在那一瞬间，本多是确信不疑的。这并非不可能，介绍的时候故作初次见面的寒暄，对本多假装从来都不认识，就月光公主来说，这并不奇怪。

晚餐期间，本多时常望着夫人的脸，但夫人顽固地不说日语。那美式英语，与美国人毫无二致。魂飞魄散的本多，多次答非所问地应酬邻席的女人。

餐后到别的房间去喝饭后酒。本多走近身着蔷薇色泰绸衣服的夫人，终于有了单独说话的机会。

本多问，认识月光公主吗？

"不但认识,而且那是我的孪生妹妹,已经故去。"

夫人以漂亮的英语回答。本多慌忙询问,什么时候,怎么死的呢?

据夫人所说,情况是这样的。

从日本留学回来之后,父亲得知那是毫无成就的留学,所以想让月光公主再去美国留学。但是,月光公主不同意,宁愿在曼谷宅邸的花丛中闲散地过日子。在二十岁那年的春天,她突然死去。

据侍女说,月光公主独自到院子里去,待在红花烂漫的凤凰树下。院子里不会有别的人,但从那里传来公主的笑声。远远地听到笑声的侍女,觉得她独自发笑有些奇怪。那是清脆而天真的笑声,回响在阳光灿烂的碧空之中。笑声停住,过了一会儿,变成激烈的惊叫。侍女跑过去时,月光公主已被眼镜蛇咬了腿倒在地上。

一小时后,医生才赶来。在此期间,月光公主眼看着肌肉松弛、动作失调,一个劲儿地说看不清东西,很困。紧接着就出现延髓麻痹和流涎,呼吸缓慢,脉搏不整。医生到来时,她最后一次的痉挛发作完毕,已然气绝了。